Johann Ernst Spitzner

Ad. Bened. Spitzneri

Commentatio philologica de parenthesi libris sacris Veteris et Novi Testamenti

accommodata

Johann Ernst Spitzner

Ad. Bened. Spitzneri
Commentatio philologica de parenthesi libris sacris Veteris et Novi Testamenti accommodata

ISBN/EAN: 9783337383497

Printed in Europe, USA, Canada, Australia, Japan

Cover: Foto ©Andreas Hilbeck / pixelio.de

More available books at **www.hansebooks.com**

AD. BENED. SPITZNERI

A. M.

COMMENTATIO PHILOLOGICA

DE

PARENTHESI

LIBRIS SACRIS VETERIS

ET NOVI TESTAMENTI

ACCOMMODATA.

LIPSIAE,

EX OFFICINA BÜSCHELII

1773.

VIRO

PERILLVSTRI ET EXCELLENTISSIMO

IO. CHR. DE POIGK,

DYNASTAE IN RINGETHAL ET

CROSSEN,

SERENISSIMI DVCIS SAXONIAE

ET NOVEMVIRI S. R. I.

CONSILII CAMERAE ET REDITVVM

EX METALLIS

PRAESIDI DIGNISSIMO GRAVISSIMO

MAECENATI SVO,

INDVLGENTISSIMO

ET

GRATIOSISSIMO,

HOC STVDIORVM ET LABORVM

SPECIMEN

IN MEMORIAM SVMMORVM

BENEFICIORVM LIBERALI MANV

ANTEHAC PRAESTITORVM

LVBENS MERITO

D. D. D.

TANTI NOMINIS CVLTOR

DEVOTISSIMVS

AD BENED. SPITZNERVS.

PRAEFATIO.

Commentationem de Parenthefi, cui in *Syſtemate Analyticae S. Textuſ Hebraici V. T.* in quo concinnando verſor, datus erat locus, inde excerptam et variis modis auctam, in publicum proferre ſtatui, vt, quas ego rationes ſequar in librorum diuinorum interpretatione, ex hoc nouo ſpecimine innoteſcat. Neque hoc meum conſilium reprehendet, quisquis

)(3   aequa

aequa mente confiderauerit, nondum effe fatis
hoc doctrinae genus inueftigatum aut de-
monftratum.   Quamuis enim tum veteres
Grammatici, tum Philologi recentiores in
explicatione auctorum antiquorum parenthefes f. interpofitiones paffim notauerint:
attamen vix quisquam earum aut notas de-
fcribere, aut limites definire aufus eft.   Primi hoc in fe fufceperunt, qui accentuum in
Codice S. Hebraico analogiam et vfum
oftendere adgreffi funt, *Wasmuthus, Rein-
beckius, Bofton, Alphenius* et alii, fed breui-
ter attigerunt, quae huc fpectare viderentur.
Inter eos autem, qui libellis fingularibus rationem

tionem parentheseos maiori studio: expositam ad libros diuinos retulerunt, primo loco
commemorandus est *Mich. Beckius*, qui Diss.
philol. de parenthesi codicis ebraei, indice
et iudice accentuatione Vlmae a. 1685, edidit. Deinde *Christoph. Wollius*, postea Do-
ctor Theologus Lipsiensis multis meritis post
fata inclutus, a. 1726. Commentationem
philologicam de parenthesi sacra Lipsiae pu-
blicauit; eamque apparatu insigni philolo-
gico instruxit. In Sectione theoretica, positis tribus causis parenthesium, vt illae vel
ἐξήγησιν notatu dignam, vel πάθος quod-
dam singulare,vel denique quamcunque ἔμφα-

σιν exhibeant, easdem in tres claſſes diſpe-
ſcuit, et ſingulas in Sectione practica per
octo Canones rationibus et exemplis illuſtra-
vit. Denique S. R. D. *Io. Fried. Hirt*, ſa-
crorum Antiſtes et Profeſſor Theologiae in
Academia Ienenſi celeberrimus, a. 1745.
Diſſ. Philoſophico - Criticam de Parentheſi,
et generatim, et ſpeciatim ſacra, Ienae pu-
blice propoſuit, cuius autem mihi ſero nimis copia facta eſt. Poſt hos viros digniſſi-
mos, quorum ego laudem nulla re minuere
cupio, parentheſeos indolem legesque, ſtu-
diorum meorum ratione inductus, qua fieri
potuit, attentione inueſtigare ſtudui, quod

ea

ea res ad intelligandam orationem verborum comprehenſione deuinctam momentum maximum habere videretur. Nam cum orationis membra omnis generis apto nexu coniuncta eſſe debeant, vt ſingula cum ſuperioribus et inferioribus ſententiis conſtent, omnino ad illa membra etiam attendendum eſt, quibus interpoſitis ille nexus diuellitur. Ideoque ad inueniendas et iudicandas parentheſes vtile, et omnino neceſſarium eſt, vt, quibus legibus membrorum orationis connexio et cuiuslibet vocabuli conſtructio cum aliis contineatur, certo cognoſcas. At enim vero, vtut virorum doctiſſimorum cura in

)(5 eruen-

eruendis vocabulorum fingulorum, quae in
Codice Hebraico occurunt, poteftatibus adhuc fumma cum laude occupata fuerit: attamen, quod fine inuidia dixerim, conftructionis membrorum et vocabulorum ratio et
analogia nondum fatis obferuata et conftituta
eft, vt fubfidio effe poffit ad fignificationem
vocabulorum multorum in locis fingularibus
intelligendam, quae ex orationis nexu con-
cipienda eft. Ego vero, fi modo is fum,
qui id poffim aut fciam iudicare, huic rei ab
aliquot annis multum operae dedi, vt illam
conftructionis rationem et analogiam certis
legibus comprehenderem, quo pacto oratio

in

in periodos, periodi aut eius membra in propofitiones, et propofitiones in conceptus tum fimplices tum compofitos accentuum indicio diftingui debeant, et quomodo fin-gulae partes inter fe cohaereant.   Ad illam methodum in hoc libello plerasque paren-thefes, quae in libris facris V. et N. T. no-tari folent, in tres claffes disiunctas, recen-fui, quoniam illae vel periodis, vel mem-bris periodi, vel propofitionum conceptibus interpofitae reperiuntur.   Atque hic inpri-mis illud mihi negotium datum effe exifti-maui, vt leges conftituerem, quibus paren-thefium limites defignari, et verae parenthe-

fes

Ies a falfis aut dubiis difcerni poffint. Cumque ad hoc etiam accentuum Hebraicorum
ductum fecutus fim, non dubito, quin le-
ctores, quotquot accentuum vim intelligunt,
et antiquitatem eorum venerantur, has meas
rationes fint probe perfpecturi. Quorum
iudicio hoc, quidquid eft, conatus et labo-
ris permitto, et, fi cui de fententia vnius
alteriusue loci aliter ac mihi cum ratione vifum fuerit, non refragabor.

§. 1.

Parenthefis vi originis et formae
fignificat interpofitionem, quod
verbum deinde ad eam rem transfertur, quando duobus membris
orationis, quae verborum fententia aut conftructione inter fe cohaerent, membrum aliquod di-
verfum interpofitum eft. Vfus autem inualuit,
vt non folum actus interponendi, fed etiam ipfum
orationis membrum diuerfum, quod fic interponitur, parenthefis appelletur. Sed ἀκυρολογίαν
effe puto, quando multi membrum aliquod in
parenthefi effe vel collocari, aut parenthefi includi dicunt, ac fi fpatium illud vacuum inter
duo membra nexu coniuncta fit proprie parenthefis, aut fegmenta circuli, quibus parenthefis
ab vtraque parte definiri folet, hoc nomen me-
reantur.

§. 2.

Hanc ego definitionem parentheseos perfpi-
cuam et veram effe arbitror, quam quidem plerique alii comprobant, fed paffim aliena admifcent.
Sic M. FAB. QVINCTILIANVS *de Inft. Orat.*
l. IX C. III. poftquam de figuris fententiarum

differuit, ita pergit: *„Illa quoque ex eodem genere* *„poffunt videri, quae nos interpofitionem, vel* *„interclufionem dicimus, Graeci* παρένθεσιν *vocant,* *„dum continuationi fermonis medius aliquis fenfus* *„interuenit: Ego cum te (mecum enim faepiffime* *„loquitur) patriae reddidiffem.„* ISIDORVS ORIG. L. l. C. 36. *Parenthefis eft, inquit, vbi interponi-* *mus fententiam noftram, qua ex medio remota* *integer fenfus perdurat.* Quod hic dicit, fenten-tiam noftram, non vbiuis in parenthefi depre-henditur. RVTILIVS LVPVS, *Grammaticus,* Parenthefin dicit, *quum in continenti fententia* *aliquid interponitur, quod neque eius fit fenten-* *tiae, neque omnino alienum ab ea.* Dubito, an potius ita fcriptum fuerit: *quod non eius fit fen-* *tentiae, fed omnino alienum ab ea.* Nam IVLIO RVFINIANO parenthefis eft, quum ordinata ac legitima fententia interrumpitur, per alienam extrinfecus diuerfamque fententiam; qui exempla citat ex VIRGLLII *Ecloga.* IX. 27 - 29. et *Georg.* III. 513. fq. Item VOSSIVS *Inftit. Orat.* L. V. C. V. *Sect.* V. Grammaticos veteres fecutus, parenthefin vocat, *cum inferitur orationi aliquid* *a tota materia alienum.* Vtut vero concedam, parenthefin a membris extremis nonnunquam fenfu effe alienam, in multis tamen locis contra-rium obferuatur, vt omnino ad membrom illud vtrumque determinandum fpectet, adeoque faluo fenfu eodem abeffe non poffit. IO. CLERICVS *in Arte Critica* P. III. Sect. I. C. XI. §. 2 paren-thefin dicit omnem orationem, quae alterius, cui interponitur, conftructionem abrumpit, ita vt eam

eam commode intelligere nequeamus, niſi omis-
ſis iis, quae parentheſi continentur, verba inter
ſe connexa legamus. Satis bene, niſi quod genus ponat orationem, cum parentheſis ſola nullibi orationem abſoluat, ſed vbiuis membrum
orationis habenda ſit. Hanc *Clerici* deſinitionem
fere ſuam fecit c. WOLLIVS ὁ μακαρίτης,
quem ſaepius deinde, vt illius merita poſcunt,
honoris cauſa nomino, in Commentatione de
parentheſi ſacra, Sect. I. §. 2. Denique AND R.
REIMBECKIVS parentheſeos vſum iuſto latius
extendit, quando *in Doctrina Accentuum Cap*. VI.
§. 22. 33 36. parentheſes et voces, quae duobus commatibus in verſione includi debent, vna
tractatione complectitur.

§. 3.

Multi parentheſin rem eandem eſſe putarunt ac
μεταξυλογίαν, παρεμβολὴν ſ. ἐπεμβολὴν et ὑπέρ-
βατον, figuras orationis, quas Rhetores antiqui
tractant, item סירוס ſeu מסורס מקרא, cuius
in ſcriptis Rabbinorum ſit mentio. Sed res maxime diuerſas ab his confundi, non obſcurum erit
intelligentibus. Nam primo μεταξυλογίαν vt
etiam παρεμβολὴν et ἐπεμβολὴν ſenſu latiori
Rhetores dixerunt, quando membra complura
intermedia diuerſa, quae quidem ad membri
primi explicationem pertinent, cumulantur,
priusquam ad membrum vltimum perueniatur.
Sic parentheſis non ipſa μεταξυλογία, ſed eius
quaedam pars eſt. Deinde Hyperbaton, trans-
greſſio ſ. turbatus ordo et nexus vocabulorum,
eſt nomen generale, complectens aliquot formas,

A 2   in

in quibus eſt parentheſis. QVINCTILIANVS,
harum rerum optimus arbiter, l. c. a parentheſi
hyperbaton, non illud, quod inter tropos eſſe
voluerunt, ſed alterum, quod eſt eius figurae
ſententiarum ſimile, quae ἀποςροφὴ dicitur,
accurate diſcernit, et παρένθεσιν atque ἀποςροφὴν
in illo VIRGILII: *at tu dictis Albane maneres,*
coniugi obſeruat   Ego igitur ita ſentio, parentheſin eſſe omnino ad Hyperbaton, vt ad genus,
referendam, quando membrum orationis, quod
ordine naturali poſt aliud membrum collocari
poterat et debebat, huic membro interponitur,
id quod in plerisque parentheſium exemplis deinde commemorandis animaduerti poteſt. Sic
Rabbinorum סירוס ſeu מסורס מקרא eſt ipſum
Hyperbaton, quo nomine vtuntur, quando verba ꞌmutato ordine naturali ſunt transpoſita, vbi
vero nonnunquam ſimul parentheſis obſeruatur
verborum, quae in principio aut ſine membri
alicuius erant ponenda. *In Libro* הליכות עולם
Tractatu IV. *Cap.* III. §. 295. de modo expo-
nendi ſcripturam per inuerſionem diſſeritur, ad-
ducto loco *Pſalm.* CXIX. 126. qui ita exponitur:

חפרו תורתך משיבם דעת לעשות ליי
Ita H. I. BASHVYSEN *in Claui Talmudica* edidit,
ſed ſuſpicor ſubeſſe mendum, et legendum eſſe:
משמור על─, hoc ſenſu: *Irritam fecerunt legem
tuam, vt non obſeruent tempus ſacrificandi Iehouae.* In eandem rem vſus eſt hac appellatione
R. SALOMO, qui in *Commentario ſuper
Ieſ.*

Ief XLV. 24. מקרא מסורס statuit pro ביהוה
אך לי, atque ita exponit: *attamen' mibi in Ieho-*
va promifit iuflitiam et robur. Sic *Hof.* VIII. 2.
eadem methodo exponit: *Ad me clamabunt Ifräe-*
litae, o Deus, nouimus te. Atque ex eo patet,
סירוס non effe proprie parenthefin fed mutatum
ordinem verborum naturalem, feu Hyperbaton,
etiamfi nonnunquam parenthefis cafu accedere
poffit. Hinc etiam factum eft, vt interpretes
Chriftiani pro parenthefi exprimenda nonnunquam verba, ordine naturali pofuerint, vt *Gen.*
XXX, 27. *Verf. Tigurina* et *Leuit.* XVIII, 11.
VERS. CASTELL. aliaeque, *vid.* §. 21. I *Sam.*
III. 3. *conf.* §. 28. 2. *Reg.* XV, 20. et *Ief.*
XLVIII 22. *conf.* §. 31. 1. *Par.* XXI, 20. §. 17.
Ita *Pfalm.* XVII, 15. Verbum בהקיץ in VERS.
ITALICA, GALLICA ET BELGICA transponitur et in fine collocatur. Rurfus verba, quae
in textu authentico in extremo alicuius membri
occurrunt, in verfionibus nonnunquam conficta
parenthefi in medio membro locum inuenerunt,
vt *Exod.* XXIX, 27. in VERS. SEB. SCHMI-
DII, qui וקדשת ad finem Pafuci reiecit. Ibidem v. 30. vocabula tria priora in VERS. GAL-
LICA ad extremum Pafuci funt transpofita, ficut
2 *Par.* X, 2. כשמוע in *Verf. Anglica* ad finem
prioris hemiftichii. Ex dictis intelligitur, ad
parenthefin plus requiri, quam hoc, vt verba ex
medio membro eximi, et ad eius extremum aut
principium transponi poffint. Nam fi transpofi-
tio manente eodem fenfu locum habet, hoc quidem plerumque prodit parenthefin: non autem

A 3   vice

vice verfa, fi non habet locum, propterea parenthefis reiicienda eft, cum aliae rationes eam
euincunt.

§. 4.

Igitur hunc vnum effe arbitror characterem
parentheſeos generalem et fufficientem, quando
membra A et B ſententia vel conſtructione inter
ſe cohaerere intelliguntur, his autem aliud membrum P interpoſitum eft, quod cum alterutro
horum membrorum vel plane nullo, vel exiguo
nexu coniunctum effe, vel ad vtrumque membrum reſpectu eodem pertinere cognoſcitur. Hic
vero, quis ſit nexus membrorum orationis, et
quis ſit nexus arctior, paucis explicandum eft.
Nam ſicut membra orationis omnia ita inter ſe
deuincta effe debent, vt poſterius quoduis ad
prius reſpiciat: ita ſingul-tim periodorum, membrorum periodi, propoſitionum et conceptuum
in propoſitione nexus conſiderandus eft. Sic
primo nexus et reſpectus eft *periodorum*, quibus
vnius eiusdemque oratio, vel actio eadem continuata, vel duae actiones loco aut tempore con-
nexae deſcribuntur: quando ſe habent vt antecedens et conſequens, vt prius et poſterius, vt
cauſa eiusque effectus, vt res et eius ratio, vt
oratio aut interrogatio vnius et reſponſio alterius.
Deinde nexus eft *membrorum periodi*, vt alterum
ad prius reſpiciat, vel vt Apodoſis ad Protaſin,
aut velut conſequens ad antecedens, qui reſpectus plerumque ſingularibus particulis et conſtru-
ctionibus deſignatur, quae in principio membri
vnius vel vtriusque poſitae ſunt, cuiusmodi particulis

ticulis etiam propofitiones fingulae plerumque in
periodo cohaerent. Denique eft nexus *conceptuum*
in propofitione, qui ad Verbum Finitum vt conceptum determinandum, indicio conftructionis
Grammaticae, referuntur. Iam fi talis connexio
membri orationis B non cum P, fed cum A apparet, ex eo intelligitur, membrum P effe diuerfum et explicationis gratia interpofitum, adeoque
pro parenthefi habendum, vt quando verba hiftorici Scriptoris aliorum orationi inferta funt, aut
quando conftructio membrorum periodi vel propofitionis verbis diuerfo modo conftructis interrupta eft. Porro nexus arctior eft membrorum
periodi et propofitionum, quam periodorum:
conceptuum aut membrorum propofitionis, quam
propofitionum: et membrorum orationis, quae
particula coniungente funt inftructa, quam eorum,
quae tali particula carent. Ideoque deprehendi-
tur parenthefis, quando membrum P eft fua natura
periodus intra membra periodi aut duas propofitiones, vel eft propofitio intra propofitionem
eiusque conceptus, vel caret particula, qua cum
priori membro conftruatur.

§. 5.

Duos alios parentheseos characteres c. WOL-
LIVS *in Commentatione de parenthefi Sacra Sect. I.*
commemorat, et primo §. II. idearum effentia-
lium vel accidentalium difcrimen inducit; ftatuit-
que, folas ideas accidentales, quae falua fermonis integritate abeffe poffunt, parentheseos figno
debere includi. Sed exemplis demonftrari poteft,
ideas etiam effentiales, quae faluo orationis fenfu

et nexu abeffe non poffunt, quaeque ordine naturali ad extremum alicuius membri poni debebant; nonnunquam membro medio parenthefeos more interponi. E contrario ideae accidentales non funt parentheticae, fi ad partem membri, cui interpofitae funt, priorem magis vel aeque ac ad alteram explicandam aut definiendam fpectant. Aliis autem in locis parenthefeos rationem habent, non quia accidentales funt, fed quia pars illa prior non tam cum his, quam potius cum pofteriori parte fententia aut conftructione cohaeret. Sic apud VIRGILIVM *Aeneid.* VIII. 642. fq. verba: *at tu dictis Albane maneres!* merito parenthefis effe putantur, non propterea quod omnino posfint abeffe fine vlla fenfus iactura, fed potius, quod verba: *haud procul inde --- diftulerant*, non cum parenthefi, fed cum verbis: *raptabatque viri mendacis —* in v. 644. coniuncta fint. Igitur WOLLII *hypothefin* non meam facio, quae infinitum parenthefium inducit numerum, fi omnes interlocutiones accefforiae, quae fubiectum vel praedicatum vberius illuftrant, aut affectum vel emphafin declarant, parenthefes effe dicantur.

§. 6.

Characterem alterum fingularem commendat WOLLIVS l. c. §. IV. quo etiam vfum effe TREMELLIVM aliosque videmus, eorundem verborum repetitionem, (Epanalepfin Rhetores vocant,) quae praebere fufpicionem parenthefeos exiftimatur. Sed caute hoc charactere vtendum eft, ne ταυτολογίας vitium ftilo librorum facrorum, dum remouere intendimus, impingamus,

gamus, et ne characterem illum primarium §. 4. negligamus. Ita quidem reuera hac conditione parenthesis admitti potest *Genes.* XLI, 46. et 2 *Sam.* XXI, 2. *conf.* §. 17. *Psalm.* CXXIV, 1. *Vid.* §. 21. Sed fingitur parenthesis aliis in locis, quia character ille generalis deficit, vt *Num.* XXXI, 43 - 46. *conf.* §. 22. Sic

Rom. I, 25. hanc ob causam parenthesis est FLACIO *in Claui S. S.* P. II. p. 457.

1 *Cor.* VIII, 1 - 3. verba: ὅτι πάντες — ὑπ' αὐτοῦ, ex hac ratione parenthesin faciunt FLACIUS l. c. et alii. *Vid.* §. 15. *Schol.* II.

Eph. I. 13. C. WOLLIUS p. 69. 70. parenthesin statuit verborum, ἀκούσαντες — σωτηρίας ὑμῶν, ob talem repetitionem, quae si ad mentem Apostoli cogitari potest, non quidem notis parentheseos, sed modo duobus commatibus opus erat. Alii quidem ad ἐν ᾧ καὶ ὑμεῖς ex v. 12. ἠλπίκατε, vt BEZA, VERS. HISP. et ANGLICA, vel rectius vt videtur ex v. 11. ἐκληρώθητε, vt PISCATOR et DIODATI, vel Verbum *estis*, vt GENEVENSES et BELGAE supplent. Sed non video, quid obstet, quin possit, ἐν ᾧ per emphasin repetito, participium vtrumque ad ἐσφραγίσθητε referri. *Eph.* III, 2 - 13. ob eiusdem loquendi formulae iterationem parenthesin faciunt PISCATOR, HOMBERGIUS *in Parergis Sacris*, C. WOLLIUS p. 70. aliique plures. At v. 14. optime cum v. 13. coniungi et in v. 1. vt completa fiat propositio, εἰμὶ addi potest, quod INTERPRETI SYRO, ERAS-

MO, BEZAE aliisque placuit. *Conf.* I. c. WOL-
FIVS *in Curis ad b. l.*

Phil. IV, 11 - 16. poſt οὐχ ὅτι parentheſin ſta-
ſtuit HOMBERGIVS vsque ad finem v. 16. propter
verba οὐχ ὅτι per Epanalepſin v. 17. repetita,
quod merito diſplicet WOLFIO *in Curis* ad
h. l. p 266.

Ebr. V, 11. *vsque ad Cap.* VI. v. vlt. parentheſis pathetica continetur iudice C. WOLLIO
p. 70. Sed repetitio ſola nominis Μελχισεδὲκ
profecto non poſtulat verborum tot intermedio-
rum parentheſin, cum v. 1. *Cap.* VII. non ad
Cap. V. v. 10. ſed potius ad v. 20. *Cap.* VI. vbi
verba, 'κατὰ τὴν τάξιν Μελχισεδὲκ cum inferioribus arcte cohaerent, reſpiciat.

§. 7.

Haec de parentheſeos natura et characteribus
generatim dixiſſe ſufficiat. Iam quando in hac
doctrina progredior, textus quidem Hebraici
V. T. memor inſtituti, praecipuam rationem ha-
biturus ſum, vt, quis ſit habitus parentheſium
ad orationem reliquam, quibus legibus earum
diſtinctio contineatur, ſuccincte exponam. Attamen ne quid omnino deſideretur, quod ad hanc
doctrinam ſpectet, exempla etiam parentheſium
pleraque ex N. T. Graeco in medium afferam,
eaque iisdem legibus, quantum fieri poteſt, ac-
commodabo. Igitur primo vt rem omnem commoda diſtinctione complectar, parentheſis occurrit, 1) intra duas periodos, quae vna periodo
vel pluribus conſtare ſolet: 2) intra membra periodi, quae quidem ſua natura eſt periodus, ſed

pro

pro membro periodi habenda eft, quia membra
B P A, quorum refpectus mutuus inter fe fupponitur, homogenea effe debent: 3) in media propofitione, quae parenthefis fua quidem natura eft
propofitio, fed hic pro conceptu habendaeft, vt
iterum membra BPA fint homogenea. Denique an
parenthefis conceptus intra propofitionis conceptus, vel in medio conceptu compofito occurrat, fuo loco deinde dispiciam. Enimuero c.
WOLLIVS l. c. Sect. I. §. 4 6. parenthefes
facit vel exegeticas vel patheticas, vel emphati-
cas, et ad hanc diftributionem Commentationem
fuam integram et recenfionem exemplorum com-
ponit. Quamuis autem haec diftributio parenthefium, quando prius ex charactere illo § 4.
tales effe comprobatae funt, in doctrina exegetica
non fit inutilis, tamen illius a me rationem effe
habendam non exiftimo. Hic etiam commemorandus eft HIERON. VAN ALPHEN, qui
in Inquifitione breui et modefta in vfum accentuum
§. 44 - 50. de parenthefibus agit, et eas diftin-
guit in longas, longiufculas et breues: et longas
quidem, quae vno pluribusue Pafucis, longiufculas, quae vno Pafuci hemiftichio continentur, et
breues, quae non integrum hemiftichium im-
plent. Breues vocat primi ordinis, quae quinque pluribusue, fecundi ordinis, quae quatuor
aut tribus, tertii ordinis, quae duabus vocibus
vel vnica conftant. Sed haec diuifio non eft
accurata, nec magnum vfum in Analyfi
praeftat.

§. 8.

§. 8.

Notae peculiares parentheseos, interrogationis et exclamationis in Codice Hebraico non occurrunt, quo argumento nonnulli accentuum diuinam auctoritatem oppugnarunt. B R. W A L T O- N V S *in Apparatu Biblico* p. 251. b) E D I T. T I G V R I N A E, dicit Masorethas, vt in aliis fortasse nimis diligentes aliquibus videri possunt, sic in eo incuriosos fuisse, quod eiusmodi notas, quae in aliis linguis vsurpantur, non excogitauerint. Idem vrgent H E L M O N T I V S *in Alphabeto Naturae* p. 158 squ. et B R V N S M A N N V S *in Diss. de Accentuationis Hebraicae Distinctiuae nouella arte*, L. II. C. 7. §. 54 squ. Sed H E L- M O N T I O A V G. P F E I F F E R V S *in Critica S.* p. 134. W A L T O N O L O E S C H E R V S *in de Caussis* L. H. p. 359 et B R V N S M A N N O D A C H- S E L I V S *in Disp. I. Anti Brunsmanniana* p. 25. squ. responderunt. Parentheseos nota Hebraeus sermo caret, at non re ipsa, quae prudenter in oratione ipsa animaduertenda, vt scribit B V X- T O R F I V S *in Thesauro Gramm.* p. 609. Etenim omnino credere fas est, veteres Hebraeos accurata sua pronunciatione, quando vocem mutarunt, vel orationem accelerarunt, parenthesin expressisse, vnde etiam in parenthesibus longioribus lineae Makkeph vsus frequens obseruatur: siquidem quod recte c. W O L L I V S p. 9. monet, parenthesin voce aliquantum depressa, ea vero, quae post parenthesin dicuntur, tono priori et magis acuto pronunciari conuenit. Quin etiam ipsa Hebraica orationis indole et structura satis
clare

clare parenthefis defignatur, quando A magis ad
B quam ad P fpectare intelligitur, vt nota peculiari non opus fit. Denique cum ipfa membra
B P A accentibus determinentur, eorumque limites accurate definiantur, quod mox oftendam,
omnino dici poteft, parenthefin accentibus defignari, ficut, quas immerito nonnulli venditant,
parenthefes magna ex parte accentuum indicio
repudiantur.

§. 9.

Neque etiam apud Graecos et Romanos veteres
parenthefeos notarum vfus extitit, fed poft lite-
ras demum renatas feculo XV in codicibus typo
expreffis et manu fcriptis vfurpari coeperunt.
Hic vero cognofcendum eft, (quod non omnes
curaffe video,) quibus conditionibus vel figna
parenthefeos fcribenda fint, vel duo commata in-
principio et fine fufficiant, cum illa figna in fub-
fidium inuenta effe videantur, quia parenthefis
communibus interpunctionis notis non vbique
fatis clare poteft defignari. Nam duo commata
ad parenthefin intra propofitionem, nifi comma
in media parenthefi requiratur, fufficiunt, ficut
ad alios conceptus in propofitione diuerfos, quibus nexus abrumpitur, diftinguendos. Sed re-
quiruntur notae parenthefeos, quando illa venit
intra periodos aut membra periodi, vel in media
parenthefi comma, colon aut punctum eft fcribendum.

§. 10.

Plerique eorum, qui de accentibus fcripferunt,
WASMVTHVS p. 63. DOERFELIVS p. 62.
REIM-

REIMBECKIVS p. 188. VENZKY p. 139.
SANKIVS p. 65. ftatuunt, parenthefin accentibus ita indicari, vt femper parenthefin accentus
maior claudat, et illa vbiuis ad fuperiora referenda fit. Et vt alios taceam, praecipue c.
WOLLIVS l. c. p. 17. et p. 116-120. pronunciat, parenthefin incipere ab accentu minori,
et claudi maiori, nec poffe exemplum in contrarium produci vllum, ideoque loca ab aduerfa
parte obiecta cum hac hypothefi conciliare laborat. Eandem hypothefin aduerfus BRVNS-
MANNVM ftrenue tuetur DACHSELIVS in
Difp. I. Anti - Brunsmanniana p. 26. num. a)
nec non in Bibliis Accentuatis ad Deut. V, 5.
XXX.20. Iof. VIII, 31. XXI, 8. I Reg VII, 42.
Ief. XLVIII, 22. Obferuandum tamen eft, non
aliam ab his produci rationem, nifi antiquam
Iudaicae gentis magiftrorum regulam, et exemplorum omnium, quam praetendunt, conuenien-
tiam. Sed poft BRVNSMANNVM etiam alii,
meliori quidem animo, vt I. G. ABICHTIVS
in Arte diftincte legendi S.S. p. 131, BOSTON
in Tractatu Stigmol. p. 196. fqu. et STARKIVS
in Luce Accent. §. 15. illa hypothefi reiecta do-
cuerunt, non folum poft parenthefin, fed etiam
nonnunquam ante eam, accentum maiorem in-
veniri, id quod ipfe in §. 11. 15. Schol. I. item
in §. 23. 30. 33. oftendo. Sic etiam 10. FRAN-
KIVS in Diacrit. S. §. 141. afferit, non femper parenthefin antecedentibus iungi, fed faepe
ad fequentia referri. Loca autem quae FRAN-
KIVS producit, vnico illo Gen. XII, 8. excepto,
(conf.

(conf §. 23.) ad confirmandum hanc hypothesin nihil faciunt.   Nam *Leu* ҳXIV. 10. Iof. XXI, 8. et *Ief.* II, 20. de quibus in §. 31. agitur, rectius absque parenthefi intelliguntur. Deinde *Iof.* VII, 19. et *Iud.* V, 18. fecutus eft fallam lectionem Sakephi pro Rbhia, ficut 1. *Reg.* XI, 26. Sakephi in צרועה pro Pafchta : Porro *Efth.* IX, 16. et *Iof.* III, 17. Pafer non ad Rbhiae vel Tbhiri, fed ad Gerefchi ditionem fpectat : Rurfus *Cobel.* VIII, 11. non eft parenthefis, fed potius conceptuum diuerforum coniunctio, fi communis valet explicatio : Denique *Pfalm.* CXLVI, 10. eft potius propofitio compofita, in qua duae feries conceptuum diuerforum feparatim ad Verbum referuntur.

§. 11.

Cum vero in principio et fine parenthefeos vel accentus iidem, quando vno Pafuco integro aut pluribus continetur, vel accentus diuerfi, adeoque etiam diuerfae poteftatis, appareant, vt accentus maior fit quidem plerumque in extremo, nonnunquam tamen etiam ad initium parenthefeos, quae fint huius diuerfitatis rationes, dicendum eft.   Nam quia, cum parenthefis periodis vel membris periodi interiecta eft, fupponitur, membra BPA non effe nexu continuo coniuncta, ex legibus euphoniae fectio maior eaque ordinaria poft parenthefin venit, vt a principio orationis ad finem celeritas pronunciationis paulatim deficiat, et mora gradatim augeatur, eodem modo ac alibi membra homogenea diftingui folent. Cogitari etiam poteft, parenthefin, quamuis cum

mem-

membris A aut B fenfu et conftructione non cohaereat, tamen plerumque ad membrum A explicandum pertinere.   Igitur fi extra ordinem fectio
maior apparet ante parenthefin, haec propterea
non reiicienda, fed exiftimandum eft, cum membro A emphafin effe coniunctam, vt *Gen.* XXIV,
16. XLI, 46. ex §. 17. vel parenthefin reuera
magis ad membrum B aut aliud eo pofterius explicandum pertinere, *conf.* ex §. 17 *Gen.* XXIII,
10. *Iof.* II, 4. 2. *Sam.* XIII, 18. *Cant.* VIII, 5.
Vid. etiam §. 25. vbi vtriusque generis loca re-
cenfetur.   Quod fi vero parenthefis venit *intra*
propofitionem, videndum eft, an illa Verbo Finito fit prior aut pofterior, quia tanquam conceptus vna cum conceptibus aliis diuerfis in propofitione diftinguitur, qui eo maiori accentu
notari folent, quo longius a Verbo Finito f. conceptu determinando diftant.   Ita fectio maior
neceffario requiritur poft parenthefin, fi illa poft
Verbum Finitum extat, nec facile contrarium
admitti poteft.   Contra ea fectio maior eaque ordinaria eft ante parenthefin, quae ante Verbum
Finitum in propofitione apparet.   Si vero hic
reperitur poft parenthefin, quae quidem talis
effe ex charactere vniuerfali certo cognofcitur,
tum vel conceptuum diuerforum coniunctio, vel
emphafis ad parenthefin eft ftatuenda.

§. 12.

Quoniam hic accentus maioris vel minoris, qui
fectionem maiorem vel minorem defignat, et
poftea faepius fit mentio, neceffarium effe videtur, vt accentuum diuerfam poteftatem, qua

alter

alter altero maior aut minor eft, in tabula con-
fpiciendam proponam.   Nam feries accentuum
propriorum, (nam vicarios lubens omitto,) vt
poteftate continuo decrefcunt, talis eft:

I. in libris profaicis:	II. in libris metricis:
Sillucus,	Sillucus,
Atnachus,	Merca Mapachatus,
Segolta,	Atnachus,
Sakephus,	Rbhia Gerefchatus,
Tiphcha,	Munachus cum Tiphcha,
Rbhia,	Rbhia,
⌠Sarka,	Sarka,
⌡Pafchta,	Tiphcha anterior,
⌡Tbhir,	Merca cum Merca,
Pafer,	Mapachus vel Kadma an-
Tlifcha magnum,	te Munachum cum
Gerefchus,	Tiphcha,
Tlifcha paruum.	Pafer,
	Kadma vel Mapachus
	cum Pfik.

§. 13.

Nunc de conftitutione et limitibus parenthefeos et membrorum A et B haec funt obferuanda.
Parenthefis, quamuis non intercedat nexus illius
et membri A vel B, confiderari tamen poteft
vt dimidium, cum membro A vel B ceu altero
dimidio totum efficiens, quod deinde velut dimidium maius ad membrum alterum refertur,
quod fit aiterum dimidium maius, ita vt membra BPA vnum aliquod membrum in oratione
exhibeant.   Iam fi accentus maior eft in fine
parenthefeos, illa dimidium primum pofterius eft
ditionis accentus illius, et membrum A, ceu
SP. COM. PHIL.   B   prius

prius dimidium, reliquam illius ditionem exhau‑
rit, et vsque ad accenrum proxime maiorem illo
dextrorfum continuatur, quo pacto etiam defigna‑
tur extremum membri B accentu proxime maiori,
ad quem accentus in fine parenthefeos vt fub‑
diftinctiuus pertinet, fi cogitetur, P ⅄ et B effe
duo dimidia, quae membrum maius B P A effi‑
ciant. Vid. *Idea Analyticae S.* §. 83. Sic *Gen.*
XIX, 20. p⸱renthefis, *nonne exigua eft*, accen‑
tum maiorem Tiphcham habet in extremo, et
minorem, Rbhiam, in principio, ideoque eft
dimidium primum pofterius ditionis Tiphchae, et
membrum A, *liceat mihi eo me recipere*, reliquam
illius ditionem exhaurit, et ad accentum proxime
maiorem, Atnachum, continuatur, ficut mem‑
brum B, *vt faluti meae profpiciam*, a Tiphcha
vsque ad Sillucum pertingit, ad quem Tiphcha vt
fubdiftinctiuus pertinet, vt fic duorum dimidiorum
P⅄ et B refpectus accentibus defignetur, et totum
membrum BPA altero hemiftichio contineatur.

Contra ea fi accentus maior eft ante parenthe‑
fin, illa dimidium prius eft ditionis eius accentus,
qui ad extremum membri B fcriptus eft, vnde B
obfignatur accentu proxime maiori, quam is eft,
quo parenthefis clauditur; h. e. illo diftinctiuo,
ad quem accentus in fine parenthefeos vt fubdi‑
ftinctiuus fpectat. In fine autem membri A, f.
ante parenthefin, occurrit eiusdem diftinctiui
fubdiftinctiuus idem repetitus, aut maior eo, cu‑
ius ditione integra membrum A continetur, vt
illud vsque ad accentum proxime maiorem, quam
qui in extremo A fcriptus eft, procurrat, quando‑
quidem

quidem A et BP vt duo dimidia membri maioris
B P A hic conſideranda ſunt. Vid. *Idea Analyti-*
cae S. §. 70. 71. Sic *Exod.* XXXIV, 9. parentheſis, *nam eſt durae ceruicis populus*, accentu
minori, Sakepho, in extremo, et maiori, Atnacho, in principio diſtinguitur, et eſt dimidium
prius ditionis Silluci, quo membruma B obſigna-
tur, vt ſic P et B vt duo dimidia ad ſe mutuo
reſpiciant. Sed membrum A ab Atnacho vsque
ad initium Paſuci, ſ. ad accentum proxime maiorem Atnacho, h. e. Sillucum v. 8. continuatur,
quia dimidiorum A et BP reſpectus eſſe, et accentibus deſignari debet. Igitur vt paucis omnia
complectar: *Membrum A dextrorſum, et membrum*
B ſiniſtrorſum continuatur vsque ad accentum
proxime maiorem, quam qui ante vel poſt paren-
theſin ſcriptus eſt. Quodſi vero parentheſis vno
Paſuco integro vel pluribus continetur, vt in
extremo eius et ante eam accentus *idem*, Sillucus
veniat, v. g. *Num.* XII, 3. *Exod* IX, 31, 32.
tum membrum vtrumque extremum, A et B, non
poteſt non vsque ad Sillucum alium, quo maior
accentus non datur, continuari, vt eo Paſucus
integer exhauriatur.

Conſtituto hoc generali canone, iam accentibus in ſubſidium adhibitis et ex natura parentheſeos hactenus explicata Canones aliquot ſpeciales
proponam, ſecundum quos de parentheſibus in
textu Hebraico iudicium certum fieri poſſit:
quibus non ſolum parentheſes verae confirmen-
tur, ſed etiam fictae repudientur. Nam ſaepe-
numero ſacrornm librorum interpretes ex ſuis

hypo-

hypothefibus vel absque ratione parenthefes fingunt, aut limites earum non accurate defignant, et inter eos inprimis TREMELLIVS et IVNIVS in *Verfione Latina* V. T. *Francofurti ad Moenum* a. 1579. *cum Adnotationibus edita*, quae quidem parenthefes in hac Verfione, quam poftea TR. IVNIVS multis rationibus mutatam edidit, et IO. PISCATOR fuae Verfioni in Commentariis in Libros V. T. ad latus pofuit, magnam partem iure meritoque expunctae funt. Qua occafione fimul oftendam, quomodo iidem Canones in iudicio de parenthefibus, quae in textu N. T. Graeco notantur, applicari poffint. Hic autem in vniuerfum moneo, me fpectare verfionem maxime literalem, quae textum authenticum κατὰ πόδα fequatur, cum non nefciam pericopas quasdam liberius ad genium linguae, vt eadem verborum fententia maneat, transferri poffe, et fic parenthefin absque vitio euitari, quod v. g. in Caftellione non reprehendi, fed potius laudari meretur.

§. 14.

Sit igitur Canon I. *In principio aut fine membri maioris BPA, cui parenthefis interiacet, ne appareant accentus minores, quam qui in fine parenthefeos vel ante eam fcripti funt.* Hic Canon ex dictis in §. 13. intelligitur, nec vberiori demonftratione indiget. Nam fi minor accentus occurrit, membra quidem A et P, vel P et B, fed non aeque PA et B vel A et BP duo dimidia effe poffunt, quae vnum membrum maius efficiant. Igitur fallo ftatuitur parenthefis, quando in

prin-

principio aut fine membri maioris B P A accentus
minores quam in fine parenthefeos vel ante eam
apparent: aut fi parenthefis ex charactere §. 4.
vera effe cognofcitur, illius limites, nonnunquam
etiam membrorum A aut B, alio modo definiendi
funt, vt accentibus refpondeant. In producendis hic exemplis parenthefium et verfionum,
quae ex hoc Canone I. reiiciuntur, integrum
membrum BPA, quod tum ex Canone generali
§. 13. tum ipfa orationis indole et conftructione
defignatur, confiderandum eft, vbi quiuis, in-
fpecto codice Hebraico, id quod volo, ftatim
videbit, nec multis verbis opus erit.

Genef. III, 3. וּמִפְּרִי IN VERS. GRAECA
ALEX. cum תֹּאכְלוּ conftruitur, et fortaffe IN
VVLGATA, vbi verba, εἶπεν ὁ θεὸς, velut parenthefis funt accipienda, quae vero huic Canoni
aduerfa 'eft, quia minor accentus, Sakeph, in fine
membri B, quam ante parenthefin occurrit. Lu-
therus וּמִפְּרִי ad אָמַר retulit, ficut etiam VERS.
HISP. ITAL. BELG. SEB. SCHMIDII, et
fortaffe PAGNINI, TIGVR, ANGL. TRE-
MELLII et PISCATORIS. Sed accentus
hoc non permittunt, quia Segolta ad אֱלֹהִים
fcribendus erat, nec אָמַר vllibi cum obiecto
per מ conftruitur. Igitur, vt eft in VERS. GAL-
LICA, verba priora vt conceptus abfolutus, *fed
fructum arboris, quae eft in medio horto, quod
attinet*, ficut *Gen.* II, 17. accipienda effe
videntur.

Gen. XIV, 8. (*haec eft Zoar*) in VERS. SCHMI-
DII ET ANGL.

Gen. XIV, 10. (*vallis autem Siddimorum re-
ferta erat puteis bituminis:*) ita TREMLLIVS.
Atnachus ad finem membri B minor eft Silluco
ante parenthefin.   Neque etiam ex charactere
§. 4. parenthefis illa comprobatur, quia cum inferioribus optimo nexu coniuncta eft, fi in hanc
fententiam accipiantur: *cumque fugerent,* — —
inciderunt illuc, fcil. in puteos, bituminis, vt
recte *in Verf. Graeca,   Tremellii, Pifcatoris,
Italica et Gallica* factum eft.

Gen. XXIV, 16. (*et quisquam non cognouerat
eam*) C. WOLLIVS p. 32. *Conf.* §. 17.

Gen. XLVI, 34. verba vltima, *quia abominabiles
Aegyptiis funt omnes paftores ouium*, maxima
diftinctione feparantur a prioribus in VERS. LVTH.
PAGN. JVNII, PISCATORIS et GALLI-
CA, et notis parentheseos includuntur in ITA-
LICA, ac fi verba Mofis hiftorici fint habenda.
Sed parenthefi obftat, quod maior accentus eft
in eius extremo, quam ad initium membri A,
ficut etiam illa diftinctiu accentibus prorfus aduerfa
eft, et Atnachum in גֵּשֶׁן fupponit. Accentus
autem in textu monftrant, haec effe verba Io-
fephi, et cum his folis, *vt habitetis in regione
Gofchen*, coniungenda.

Gen. XLVII, 18. לֹא נִשְׁאַר כִּי et vna propofitione coniunguntur, et verba intermedia vt parenthefis exhibentur IN VERS. PISC. GALL.
SCHMIDII, item IN VERS. TREMELLII,
vbi notis parentheseos diftinguuntur. At haec
paren-

parenthefis non eft admittenda, quia ante כי ſ. membrum A accentus minor. eft, quam in fine p rentheſeos. Refellitur etiam ex Canone II. §. 15.

Exod. XVIII, 3. (*quia dixit : peregrinus fui in terra extranea*) in VERS. BELGICA. Ante A eft Atnachus Silluco minor.

Exod. XIX, 5. (*nam mea eſt tota terra*) CASTELLIO, et TREMELLIVS falſo, quia minor accentus, Atnachus, eft ante membrum A, quam in fine parentheſeos. Alii haec verba ad Peſucum integrum referunt, vt PAGN. IVN, PISC. SCHMIDIVS, VERS. ITAL. et ANGLICA, ac fi Atnachus ad העמים extet : Sed rectius VERS. HISP. GALL. et BELG. ad ſolam Apodofin.

Exod. XXIV, 16. PISCATOR *Vid.* §. 15.

Leuit. XIX, 25. (*Anno demum quinto comedetis fructum eius,*) TREMELLIVS, qui verba poſteriora, *vt augeat vobis prouentum eius*, cum v. 24. coniunxit, quia ſubiectum ad להוסיף eſſe Deum falſo putauit. Quae parenthefis etiam huic Can. I. aduerſa eft.

Num. X, 33. (*arca autem foederis Iehouae proficiſcebatur ante illos*) TREMELLIVS.

Num. XXI, 24. (*nam munitus erat terminus Ammonitarum*) in VERS. TREMELLII et BELGICA.

Deut. II, 28. (*tantum transibo pedibus meis*) Haec TREMELLII parenthefis admitti nequit, quam etiam IVNIVS omiſit, cum ſolum prius hemiſt. v. 29. pro membro B adſumendum ſit, in cuius fine accentus minor, Atnachus, quam in extremo Parenthefeos apparet. *Conf.* §. 23.

Deut. IV, 31. (*quia Deus mifericors et Iehoua Deus tuus*) in VERS. PAGN. TIGVR. ET ANGLICA. Referuntur hic pofteriora huius Pafuci verba vt Apodofis ad v. 30. fed parenthefis, quae hac hypothefi ftatuitur, non habet Iocum. Nam Atnachus in, fine membri B, et Sillucus ante parenthefin fcriptus eft. Rectius alii v. 31. faciunt periodum diuerfam, vt Protafis f. conditio, v. 29. fpectans ad וּמִצְאָת, quod Apodofin exhibet, vberius v. 30. explicetur.

Deut. XIII, 3. prius hemiftichium vsque ad לֵאמֹר notatur parenthefeos fignis in VERS. TREMELLII et ITALICA, vt לֵאמֹר cum v. 2. coniungatur, quod per hunc Canonem fieri non poteft, atque etiam Canoni II. aduerfum eft. Multo minus licet parenthefeos initium facere a וּבְחֹן in v. 2. et לֵאמֹר ad huius Pafuci prius hemiftichium referre, quod in Edit. *Verf. Pagnini* obferuatur. At לֵאמֹר potius ad דָּבָר pertinet, ita quidem, vt אֲשֶׁל pro בַּאֲשֶׁר, ficut alibi faepius, fcriptum fit.

Deut. XXVI, 21. (*non enim obliuioni tradendum eft exfcindendo ex ore feminis eius*) TREMELLIVS et IVNIVS, eodemque modo parenthefis notatur in VERS. CLERICI, falfo, quia Segolta ante membrum A eft minor Atnacho in fine parenthefeos. Ideoque etiam כִּי ante לֹא ibidem et in VERS. PISC. ANGL. et BELGICA non accurate, *nam*, exponitur.

Iof. VIII, 6. VERS. ANGLICA, *conf.* §. 21.

Iud.

Iud. XVI, 9. (*insidiae autem manebant apud
eam in aliquo conclaui*) in VERS. TREMELL.
TIGVR. et ITALICA. Atnachus est in fine
membri B, et Sillucus ante parenthesin. Supponitur verba membri B cum verbis vltimis v. 8.
arctius esse coniuncta. Sed rectius alii, quia Sillucus intercedit, propositionem primam v. 9.
periodum faciunt, vt est in VERS. SCHMIDII
et HISPANICA; vel vt membrum prius periodi
ad reliquam partem hemist. prioris referunt, vt
IVN. PISC. PAGN. CLERICVS, VERS. GALLICA,
ANGLICA et BELGICA: *conf.* §. 17. ad *Iud.*
XVI, 12.

1 *Sam.* I, 7. (*et sic faciebat annuatim*)
PAGNINVS.

1 *Sam.* IX, 27. (*transiuit itaque*) in VERS.
TREMELL IVN. PISC. PAGN. ITAL. GALL.
ANGLICA. Sed ante membrum A, quod
ditione Tipchchae integra continetur, accentus
minor, Sakeph, venit, quam est Atnachus ad
parenthesin. Praestat autem ad alterum hemist.
Verbum dicendi repeti, quod a CLERICO
factum est.

1 *Sam.* XXIV, 11. (*Ecce hoc die viderunt, in ista
spelunca*) TREMELL.

1 *Sam.* XXVI, 5. (*iacebat autem Schaul in mediis castris, et populus castra habebat in circuiti-
bus eius:*) ita SEB. SCHMIDIVS, qui facit
partem prioris hemistichii v. 5. post Segoltam, et
prius hemist. v. 6. duo membra vnius periodi,
quod accentus non permittunt, siquidem Segolta
et Atnachus v. 6. periodus obsignant, et Sillucus

B 5   in

in media periodo venit. Deinde etiam parenthesis haec reiicienda est, quia minor accentus,
Segolta, est ante membrum A, quam in fine
parentheseos.

1 *Sam.* XXXI, 4. (*reuerebatur enim valde eum*)
TREMELLIVS. Sakephus in בי ante membrum
A est minor Atnacho.

2 *Sam.* XIX, 42. (*omnes autem homines Dauidis cum eo erant :*) Ita TREMELLIVS, qui אבשי
in Nominatiuo accepit, et haec verba ab histo-
rico facro explicationis caula addita esse putauit.
Cum eo facit PISCATOR, notis quidem parentheseos in fua versione omissis. VERSIO etiam
GRAECA, quod obiter moneo, ἄνδρες in Nominatiuo oftendit. Quos fortasse illud in hanc
opinionem impulit, quod hic non המלך repetitur, fed דוד feriptum est, quae tamen ratio nulla
est, cum etiam v 44. haec duo Nomina coniuncta legantur. Ceterum illa parenthesis ex hoc
Canone refellitur, quia ante membrum A est minor accentus, Atnachus, quam in fine parentheseos. Igitur, quod alii recte faciunt, אבשי
in Accufatiuo accipiendum, et cum ויעברו, construendum est.

1 *Reg.* II, 22. (*quod hic frater est me natu
maior,*) ita VERS. GALL. ANGL. et BELGICA,
vt alterum hemistichium et verba, expete illi
etiam regnum, vna propofitione comprehendantur. Quae parenthesis non probatur, quia minor accentus, Sakephus est ante membrum A,
quam in fine parentheseos. Igitur alterum illud
hemist. propofitionem diuerfam exhibet, quae
variis

variis modis explicatur. VVLGATA: *et habet Abiathar facerdotem et Ioab filium Saruiae.* In hanc fententiam reddunt VERS. GRAECA, LVTH. PAGNINI et TIGVRINA, falfo, cum fic ו copula et ל duplex poft ולו, negligatur. L. DE DIEV laudat VERS. CHALDAICAM: *annon in coufilio fuerunt ipfe et Abiathar* — fed mirum eft, quod mox VATABLI explicationem reprehendit, quae ad mentem Ionathanis facta eft. *Ipfe* vero DE DIEV ita exponit: *et ipfi et Abiathari* — i. e. ipfi cum Abiathare et Ioabo res eft, focii funt, et communia confilia habent. Sed fruftra ad phrafin, מה לי ולך prouocat, quae huic loco non congruit. TREMELLIVS et IVNIVS שאלה ex v. 20. fupplent: *at illius et Ebiatharis* — (*petitio eft.*) Optime, ni fallor, VATABLAS, PISC. DIODATI, CLERICVS et STARKIVS in Notis fel. שאלי hic repetunt: *et illi* (*pete, inquam, regnum,*) *et Ebiathari facerdoti et* —

I *Reg.* VII, 14. (*Is erat filius* — *faber aerarius*) in VERS. TREMELL. IVN. et PISCATORIS. Atnachus in fine membri B, et Sillucus ante parenthefin extat. Multo magis parenthefis et VERSIO DIODATI reprobanda eft: (*filium mulieris viduae de tribu Naphtali*) *vna cum patre eius, qui erat vir Tyrius, faber aerarius: et Hiram ille plenus erat* —

I *Reg.* VII, 18. (*vt etiam fecit coronae alteri*) TREMELL.

I *Reg.* XX, 33. (*Homines autem ifti* — *an ex ipfo effet*) TREMELLIVS, falfo. Nam Sakeph

eft

eft in extremo membri B, et Sillucus ante parenthefin.

2 *Reg.* VII, 7. (*caftra erant vt fuerant.*)
PAGNINVS.

2 *Reg.* VII, 13. poft Sakephum: (*illi, inquam,
profecto funt ficut vniuerfa multitudo Ifraëlis, quae
iam confumta eft:*) Ita non accurate PAGNINVS,
quia in fine parenthefeos Atnachus, et ante
membrum A Segolta fcriptus eft. Cum vero
omnino hic parenthefis locum habere videatur,
haec alio modo definienda eft. *Conf.* §. 21.

Ief. XXV, 8. (*nam Iehoua locutus eft*) TRE-
MELL. et IVN.

Ief. LIV, 9. (*Nam ficut aquae Noachi erit hoc
mihi:*) quemadmodum enim iuraui — : *fic iuraui* —
Ita SEB. SCHMIDIVS, cuius quidem verfio admitti
poterat, fi ad לי Atnachus effet pofitus, vbi
tamen non ftatuenda eft illorum verborum parenthefis. *Conf.* §. 19. Multo minus hic admittenda eft, quod ante illam Sillucus, et in fine membri B Atnachus in textu Hebr. apparet.

Ierem. IX, 21. (*eloquere, fic habet dictum Iehouae*) TREM. et IVN.

Ierem. XLII, 19. (*nam conteftor vos hodie*)
TREMELL.

Ion. I, 10. (*nam indicabat ipfis*) TREMELL.

Zach. VII, 5. (*an vllo pacto mihi, mihi inquam
ieiunatis?*) TREMELL.

Cohel. II, 3. (*idque animum meum ducens · in
fapientia ipfa*) in VERS. TREM. CASTELL. ANGL.
et BELGICA, vt לאחז aeque ac למשוך ad
תרתי referatur. AVG. VARENIVS in *Gemmis*
Salo-

Salomonis hanc parenthefin reiicit, quod לְאָחֹז
potius ad בֹּהַג fpectet, et verba ita exponenda
fint: — *ducebat me in fapientia, etiam ad appre-*
bendendam ftultitiam, coll. *Cohel.* l. 17. II, 12.
Quamuis autem non fatis conftet, qua ratione
לְאָחֹז et בֹּהַג copula וְ cohaereant, certum tamen
eft, illam parenthefin ex hoc Canone effe repu-
diandam.

Cohel. III, 11. (*excepto eo quod non affequitur*
homo) TREM. et IVNIVS.

Efth. II, 16. (*ipfe eft menfis Tebeth*) VERS.
PAGN. et ANGL.

Efth. III, 13. (*ipfe eft menfis Adar*) PAGN.
PISC. ANGL. BELG.

Efth. IX. 1 (*et contrariam accidit, vt domi-*
narentur Iudaei fuis hoftibus,) in VERS. PAGN.
ITAL. et ANGLICA, vt, quia ad בִּקְהִלּוֹ particula deficit, — בַּיּוֹם cum v. 2. vna propofitione coniungatur. Sed minor accentus Atnachus ante membrum A, quam in fine parenthefeos apparet. Ideoque haec verba prioribus ita
adiungenda funt: *cum cogitarent hoftes Iudaeorum*
— et contrarium accideret, vt dominarentur Iu-
daei fuis hoftibus, congregati funt — —

Efra I, 3. *Vid* §. 31.

1 *Paral.* XVI, 5. (*Afaph autem cymbalis re-*
fonabat) ita TREMELLIVS, qui Nomina propria
v. 5. 6. in Accufatiuo cum וַיִּתֵּן v. 4. conftruit,
vt fic parenthefis veniat in media propofitione.
Neque tamen hoc neceffarium eft, cum מַשְׁמִיעַ,
continuata conftructione, etiam in Accufatiuo
exponi poffit. Ipfa autem parenthefis huic Canoni
aduer-

aduerfatur, quae in fine Sillucum habet, Atnacho
ante membrum A maiorem.

1 *Par*. XX, 1. (*Dauid autem manebat in Ierufalem*) PAGN. ANGL.

1 *Par*. XXI, 12. (*dum gladius hoftium tuorum
te confequitur*) ANGL.

1 *Par* XXII, 14. (*quia in multitudine erat*)
PAG. et ANGL.

2 *Par*. II, 12. (*praeditum fcientia*) in VERS.
ANGL.

2 *Par*. XX, 9. (*nomen enim tuum eft in hac
domo*) in VERS. PAGN. TIGVR. PISC. ITAL. et
ANGLICA.

2 *Par*. XXXI, 16. (*prater generis ipforum
mares a nato tres annos et deinceps*) TREMELL.
IVN. PISC. BELG.

2 *Par*. XXIV, 11. (*nempe cum viderent pecu-
niqm effe multam*) in VERS. TIGVR. ITAL.
GALL. item *in edit*. VERS. VVLGATAE et LV-
THERI. TREMELLIVS quidem parenthefin vsque ad הראש producit, vt accentibus refpondeat. Sed haec per §. 24. non eft neceffaria,
quia membra apte coniungi poffunt. 'A odofis
quae Atnacho obfignatur, fecundum interpretes
in ובא incipit, fed accentus iubent in ויערן
illius initium ftatuere, vt duo membra Protafeos
in ditione Segoltae et Sakephi primi, feparatim
ad Apodofin hoc modo referantur: *Et quo tempore deferrent arcam — — et cum viderent —
veniretque fcriba regis et delegatus fummi facer-
dotis: euacuarunt arcam —*,

Scho-

, Scholion,

Hic Canon membrorum diftinctionem ordinariam et neceffariam fupponit. Nonnunquam enim contingit, vt propofitio aut membrum orationis ex arbitrio auctoris facri et euphoniae caufa, ne membra nimis inaequalia fiant, non ad membrum pofterius aut prius integrum, fed ad eius partem referatur, et accentu minori diftinguatur. *Conf. Idea Analyticae* S §. 40. 41. Itaque fieri poteft, vt parenthefis, quae quidem ex charactere §. 4. vera effe cognofcitur, maiori accentu obfignata reperiatur, quam qui in principio aut fine membri maioris BPA appareat. Si vero cogitetur, ordinaria diftinctione ante membrum A accentum maiorem fuiffe fcribendum, non dici poffunt exempla talia huic Canoni aduerfari.

Genef VIII 21. parenthefis: *nam cogitatio animi hominum praua eft inde a pueritia eorum;* accentum maiorem Atnachum habet in extremo, qui eft maior Segolta ante membrum BPA, id quod Canoni huic primo non aduerfatur, quia diftinctio ordinaria in loco Segoltae Atnachum, et pro Atnacho Sakephum, pro Sakepho autem in האדם Rbhiam requirebat.

Num. XIV, 13. (*nam eduxifti robore tuo populum hunc e medio illorum*) in VERS. LVTH. PAGN. TIGVR. PISC. GALL. ANGL. BELGICA et SCHMIDII. Quae parenthefis omnino ex §. 4. comprobatur, quia ושמעו cum ואמרו arctiori nexu cohaeret. Nam illud Verbum ad v. 12. refpicit: *audient fcil, te pefte percuffiffe hunc*

populum

populum et euertiffe: non autem ad כי־העלית,
quod in VERS. GRAECA, HISP, et a CLERICO
fupponitur, quia hoc non tum demum Aegyptii
audituri erant. Neque כי permittit, verba hoc
modo exponi: *audient Aegyptii e quorum medio
eduxifti* — quod in VERS. VVLG. ITAL. TRE-
MELL. IVN. et PISC. factum eft. Sed non obftat illi parenthefi, quod minor accentus, Atnachus, eft ante membrum A, quam in fine parenthefeos, quia propofitio procemialis: *Et dixit
Mofes ad Iebouam*; diftinctione ordinaria ad orationem Mofis integram vt prius dimidium referri,
et Silluco disiungi poterat et debebat, hic vero
ad eius partem fpectat, quae v. 13. continetur, ne
membra nimis inaequalia fint. Ceterum vt ad
v. 14. pauca adiiciam, circa obiectum Verbi
ואמרו diuerfe interpretum fententiae feruntur,
quod Verbum in VERS. GRAECA et LATINA
VVLGATA prorfus omittitur. Nonnulli obiectum
indefinite exprimunt, vt VERS. TIGVR. *dicetur-
que hoc habitatoribus* — ANGL. *And they wil tell
it* — Alii obiectum quaerunt in v. 16. vt *Gloffa*
notat ad *Verf. Hifp.* hoc modo: *et dicent
(Aegyptii) ad incolas* — v. 15. *quin ipfae gentes,
quae* — *dicent:* v. 16. *propterea quod non poffet*
— Ita etiam alii, qui quidem hac hypothefi
אל־יושב reddunt, cum incolis, vt TREMELL.
IVN. PISC. item VERS. ITAL. et GALLICA. Deinde
fubiectum ad שמע plerique faciunt incolas terrae, et exponunt, *qui audiuerunt* — vt LVTH.
PAGN. SCHMID. HISP. ITAL. GALL. BELG. vel
ita cum parenthefeos notis: (*audierunt enim* —
et

et in columna ignis noctu:) vt TREMELL. IVN.
et TIGVRINA. Sed mihi iam optima videtur
interpretatio LVD. DE DIEU *in Critica S.* quam
etiam fuam fecit CLERICVS: *et dicent ad incolas terrae huius, audiuiffe fe, te Iehouam in medio hoc populo fuiffe* — Nam Aegyptii funt fubiectum Verbi שמע, ad quod כי *quod* fupplendum eft, quod hic non fine caufa, vt alibi faepius poft verba fenfuum et dicendi, abeft. Ita
nexus et fenfus verborum exiftit facilis, atque etiam v. 15. periodus diuerfa fieri poteft, vt accentibus confulatur.

Iud III, 9. occurrit parenthefis in media propofitione, vt liberaret eos, vbi membri A in
ויקם initium eft, nec obftat, quod ante illud venit minor accentus, Sakeph, quam in fine parenthefeos, quia Atnachus ordinaria diftinctione
in יהוה locum requirebat, fed euphoniae caufa
in media propofitione altera fcriptus eft, vt fic
duae propofitiones coalefcant.

2 *Reg.* X, 17. parenthefeos, *donec perdidit eum,*
eadem eft ratio.

Ierem. XX, 10. (*omnes homines mibi pacati ob-
feruant latus meum*) Haec verba Ieremiae, quibus ad הגירו refpicitur, verbis inimicorum eius
interpofita funt, quae ita cohaerent: *Nunciate
aliquid, quod nunciemus: fortaffe decipietur, vt
illi praeualeamus, et poenam de illo fumamus.*
Poft מסביב autem לאמר fupplendum eft, quod
faepius omitti folet. Haec parenthefis, quae fa-
cilem verborum nexum exhibet, bona effe videtur, quamuis ante membrum A minor accentus,

Sp. Parenth. V. et N. T.   C   Segol-

Segolta, occurrat, quam in fine parenthefeos,
quia propofitio prooemialis ad integram inimicorum orationem referenda, et Atnacho loco Segoltae notanda erat, vbi deinde Sakeph ad צלעי
et Rbhia ante כל fcribi debebat.   Plerique in
hanc fententiam verba transtulerunt: *Omnes viri*
— *latus f. claudicationem meam*, *dicentes: for-*
taffe decipietur — vt PAGN. PISC. CLERI-
CVS, *item* VERS. HISP. ITAL. GALL. AN-
GLICA; fed non permittit hoc Atnachus, qui
fic ante כל fcribendus erat.   VERSIO quidem
BELGICA accentibus congruit,   vbi אמרו,
dicunt, ante אולי additur: Sed verbum dicendi
in principio periodi non omitti folet.   Neque
etiam VERS. VVLG. TIGVR. TREM. ET
IVNII eft probanda, vbi verba illa parenthefeos cum דבת conftruuntur.

Ierem. XXIV, 8. (*fic enim dicit Iehoua*) Haec
parenthefis rede a plerisque ftatuitur, atque etiam in VERS. TREM. IVN. PISC. ANGL.
ET BELGICA fuis notis defignatur, pofita
intra Protafin et Apodofin,   nec obftat, quod
membrum B in הזאת minori accentu obfignatum
fit, quam Atnachus eft ante Parenthefin, fiquidem propofitio prooemialis, quae hic ad propofitionem dimidiam euphoniae caufa refertur,
reuera ad integram pertinebat, et Sakepho diftin-
guenda erat, vt fic membrum B vsque ad finem
Pafuci pertingeret.   Igitur non opus erat, vt
SEB. SCHMIDIVS *in Verfione*, fecutus KIM-
CHIVM, verba, *funt reliqui*; in Commentario
autem, *erit populus hic f. pars populi huius* in
fup-

ſupplementum adderet, et in כִּי periodi initium
faceret.

Hagg. II, 6. (*breui illud fiet*) ita P I S C A T O R
in ſua verſione cùm notis parentheſeos. Si cui
haec parentheſis ſe probauerit, quod particula
abeſt, et verba priora *adhuc ſemel*, cum altero
hemiſtichio arctiori nexu coniuncta ſunt, non erit
illa huic Canoni aduerſa, quamuis minor accentus, Sakephus, ante membrum A, quam in fine
parentheſeos extet, quia propoſitio prooemialis
reuera ad Paſucum integrum ſpectat, et Atnacho
notanda erat, qua hypotheſi Sakephus ad הָיָה,
et Paſchta ad אַחַת locum habebat.

Pſalm. CXXIX. 1. *Vid.* in §. 21. ad *Pſalm.*
CXXIV, 1.

§. 15.

Canon II. *Non poſſunt in média parentheſi ac-*
centus maiores habere locum, quam ad eius finem
et principium. Nam parentheſis conſideranda eſt
vt dimidium, quod ad membrum A aut B velut
ad alterum dimidium refertur, vt in §. 13. demon-
ſtratum eſt. Igitur ante et poſt parentheſin accentus maiores quam in media parentheſi requi-
runtur, vt parentheſis integra ad A vel B referri
intelligatur. Quod ſi vero maiores accentus in
media parentheſi locum habere velis, tum illa di-
vellitur, et eius pars una dextrorſum altera vero
ſiniſtrorſum ſpectat, vel membrum A aut B ad
parentheſin dimidiam referendum eſt, id quod
hypotheſi eſt contrarium. Quam ob cauſam repudiandae ſunt multae parentheſes, quae paſſim
venditantur, ſi in media parentheſi accentus ma-
C 2   ior,

ior, quam ad eius finem et principium apparet;
vel quando parenthesis ex charactere §. 4. admittenda est, eius limites alio modo definiendae
sunt. Huiusmodi sunt exempla, quae hic addita
breui explicatione et interpretum collatione recensebo.

Genef. III, 22. Igitur (*ne extendat manum —
et uiuat in aeternum*) emittamus eum ex
horto. Ita c. WOLLIVS p. 79. qu. Ellipsin
membri B cum SEB. SCHMIDIO et aliis hac
ratione vult suppleri. Meliora quidem haec,
quam quod in VERS. BELGICA V. 23. velut
Apodosis cum v. 22. nexu sane difficili vna periodo coniungitur. Parenthesis autem nulla est,
quoniam ועתה non ad Apodosin spectat, sed ordinaria distinctione, vt alibi, ad propositionem
primam in Protasi refertur. Ceterum Ellipsin ita
supplent TREM. IVN. PISC DIODATI,
CLERICVS: Nunc igitur *videndum s. cauendum est, ne —*

Gen. VII, 15. 16. (*venerunt enim ad — bina
ex omni carne ingressa sunt:*) Ita TREMEL-
LIVS v. 13 fingit Protasin: *cum ingressus esset —*
quae ipsi *ad finem* v. 14. continuatur, et ad quam
etiam verba, *sicut praeceperat ipsi Deus*, pertinent, vt hemist. alterum v. 16. sit Apodosis, et
parenthesis in media Protasi veniat. IVNIVS
quidem *in mutata Tremellii versione* parenthesin
alia ratione definiuit, atque etiam verba, *sicut
praeceperat ipsi Deus*, ad eam retulit, vt il a sit
intra Protasin et Apodosin. Sed vtraque parenthesis huic Canoni auuersa est.

Gen.

Gen. XXI, 12. *in omni (quod dicet tibi Sara) ob-temperabis voci eius:* A N D R. R E I N B E C K I V S p. 503. feq. Quam parenthefin etiam c. W O L-L I V S p. 125. et I O. F R A N K I V S p. 120. me-rito reiiciunt.

Gen. XXI. 20. 21. *(habitabat autem in deferto — in deferto Paranis)* I R E M.

Gen XXIII. 17. *((qui erat in Machpelah — in toto termino eius circumquaque)* R E I N B E C K I V S p. 213. *Conf.* §. 22.

Gen XXI^, 16. 17. 18. *Erant autem Labani — amabat Iacob Rachelem)* T R E M. In V E R S. *quidem* I T A L I C A v. 16. 17. notis parentheseos includuntur, quod non erat neceffarium.

Gen. XLV. 10. 11. (*Habitabis enim in — quinque annos futura eft fames*) T R E M. qui alterum hemifticbium, quod cum proxime priori propof. non cohaerere videretur, cum vltimis verbis v. 9. coniunxit. Attamen cohaeret illud omnino cum prima propofitione, et fuftentabo te ibi, ideoque, fi placet ꞓ reddere *nam,* haec potius parenthefis valet, (*nam adhuc quinque annis erit fames*)quae etiam in V E R S. P A G N. C A-S T E L L. et A N G L I C A fuis notis indicatur.

Gen XLIX, 4. (*ne te quafi praecellentiorem ge-ras, quandoquidem cubile patris tui confcendifti*) Haec I O. C L E R I C I parenthefis *in eius Arte Critica,* et *Commentario* ad h. l. commendata, ex hoc Canone vno ictu profligatur, quam etiam F R A N K I V S *in Diacrit. S.* in *Praef.* p. 27-30. pluribus verbis reiecit.

C 3

Exod.

Exod. V, 20. (*qui ſtabant e regione ipſorum, cum exirent a Parrbone*) T R E M ꞓ Notetur Atnachus in media parenthefi, qui indicat, propoſ. vltimam non ad ל כצבים, ſed ad propoſ. primam eſſe referendam.

Exod. XXII, 2. 3. (*ſi fur deprebenſus fuerit in perfoſſione,— caedis reus erit:*) in V E R S. G A L L I C A. Quamuis autem omnino v. 3. alterum hemiſt. cum v. 1. ſenſu coniunctum ſit: tamen quia in media parenthefi Sillucus venit, ea non poteſt admitti, ſicut etiam a S T A R K I O in *Notis Sel.* improbatur. Neque etiam cum R I C H. S I M O N I O in *Hiſtoire Critique du V. T. L I. C. V.* extr. ſtatuendum eſt, transpoſitionem a librariis hic eſſe factam. Quaerenda eſt potius commoda explicatio, ex qua intelligatur, hemiſt. alterum v. 3. ſenſu coniunctum eſſe cum priori, atque hoc a v. 2. Silluco diſiungi debuiſſe. S T A R K I I explicatio 1. c. mihi non probatur, ſed malim verba ita accipere, vt v. 3. non de caede peracta ſicut v. 2. ſed de caede futura agatur, hoc ſenſu *ſi vero ſol exortus fuerit ſuper eo, reus ſanguinis erit,* (*ſi voluerit occidere furem:*) *reſtituat illi omnino*; *ſi non habet,* (*unde reſtituat,*) *vendatur pretio furti ſui.*

Exod XXiV, 15. 16. (*operiebat autem nubes — in monte Sinai*) T R E M. et I V N I V S, falſo Sed I O. P I S C A T O R, qui hanc parenthefin ponit (*habitabat enim gloria Iehouae in monte Sinai* non minus errat, quia haec Canoni I. aduerſatur.

Num. V, 21. (*Adiurabit inquam mulierem il lam ſacerdos adiuratione maledictionis, et dice mulie*

mulieri) in VERS. PAGN. CASTELL. TI-
GVR. ITAL. GALL. BELGICA, SCHMI-
DII.   Eandem parenthesin statuunt 10. CLERI-
CVS in *Arte critica et in Commentar. ad h l.*
c. WOLLIVS p. 80. 81. et ALPHENIVS l. c.
p. 18.   Nam v. 20. occurrit Protasis, quae non
cum principio v. 21. sed cum verbis, quae post
hanc parenthesin extant, nexu coniuncta est.
Cum autem haec parenthesis Segoltam in media
parte habeat, maiorem Sakepho in parte extrema, atque alii, qui non designant parenthesin, vt
TREM. IVN. PISC. HISP. ANGLICA, orationem hiulcam relinquant.   Apodosis ad v. 20.
ex v. 19. supplenda esse videtur, לֹא תֶחְקָה, vt
v. 21. diuersa periodus incipiat.

Num. XI, 26. *(erant vero inter scriptos, sed
non egressi fuerant ad tabernaculum)* in Vers.
PAGN. TIGVR. GALL. ANGL. BELGICA.
In media parenthesi est Sakephus maior Rbhia,
neque etiam ex §. 4. comprobatur. Conf. §. 24.

Num. XIV. 24. *(eo quod fuit spiritus alter
cùm eo, et adimpleuit ire post me)* PAGNI-
NVS.

Num. XVII, 5. in Vers. TREMELLII et ITA-
LICA propositio vltima, *sicut locutus est Iehova
per Mosen ad eum,* quae secundum accentus cum
proxime priori coniungenda erat; ad v. 4. refertur, et reliqua omnia v. 5. notis parentheseos
disiunguntur, quae parenthesis huic Canoni maxime aduersa est.

Num. XXI. 3 - 15. Vid. in §. 19.

C 4   *Num.*

Num. XXI. 17. 18. (*Tunc cecinit -- cum legis-latore ſcipionibus ſuis*) *in* VERS. TREMELLII et BELGICA, vt verba, *a deſerto ad Mattan*, cum v. 16 arctiori nexu coniungantur.   Excuſari quidem poteſt haec parentheſis, quamuis intra eam Silluus et in fine Atnachus appareat, quia verba illa, *a deſerto ad Mattan*, quae periodum exhibent, diftinctione ordinaria omnino Silluco a prioribus disiungenda erant.   Hic autem breuior illa periodus euphoniae cauſa Paſuco 18. adiungitur, vt membrorum nimia inaequalitas euitetur, ſicut alibi v. g. *Leu*. XIII, 13. 25. 49. *Num*. XVII, 10, -- factum eſſe obſeruatur.   Sed prorſus ex hoc Canone improbandum eſt, quod in VERS. ITALICA a v. 16 altero hemiſt. parentheſeos initium ſtatuitur.   Hic vero non cogitandum eſt de parentheſi, quia membra ſingula v. 16. 17. 18, inter ſe, et coniuncta cum altero hemiſtichio v. 18. apte cohaerent.

Num. XXIII, 6. (10.) (*cum ecce conſiſteret --- Moabitarum*) in VERS. TREMELLII.   Debebat quidem diftinctione ordinaria Atnachus eſſe ad אליו in confinio propoſitionum, ſed ipſa parentheſis non eſt neceſſaria, ſi v. 7. initium periodi ſtatuitur.   Ita v. 17. (21.) vbi eadem monenda ſunt.

Num. XXIV. 14. (*Attamen nunc --- age conſulam tibi*) TREMELLIVS, quod putaret verba vltima, *quid faciurus ſit*, quia cum איצענך non apte cohaerere viderentur, potius ad v. 13. eſſe referenda.   Sed accentus hoc non permittunt, et ipſa parentheſis huic Canoni II. aduerſa eſt.   Nonnulli

nulli interpretatione nexum declarant, et mihi iam *verfio* GALLICA, *ie te dirai en confeil,* omnium optima videtur.

Deut. II. 28. alterum hemift. cum priori hemift. v. 29. falfo vt parenthefis in VERS. CLERICI notatur.

Deut. XIII. 6. (*quia locutus eft auerfionem — vt ambulares per eam*) in VERS. PAGN. et ANGLICA.

Deut. XIV. 21. (*peregrino — aut vendes alieno*) in *Verf.* TREMELL. IVNII et PISCATORIS.

Deut. XXI, 5. (*eos enim elegit — et omnis pinga*) in VERS. TREMELL. PAGN. TIGVR. SCHMIDII, ITAL. GALL. ANGLICA, vbi prima propofitio, *tum accedent facerdotes Leuitae,* cum v. 6. coniungitur, Recte IVNIVS illam cum vltima propofitione v. 5. connectit, quam ita exponit: *et ex eorum praefcripto agetur —* quod etiam VERS. PISC. HISP. BELG. et CLERICI factum eft. Iam fi כי reddatur *nam,* pars altera prioris hemiftichii poft Segoltam parenthefis haberi poteft.

Deut. XXIX, 22. cum altero hemift. v. 21. TREM. notis parenthefeos includit, quia in principio v. 21. et 23. eadem dicendi forma repetitur. Sed haec ratio non fufficit, (§. 6.) neque haec parenthefis, quae illuco diuellitur, admitti poteft.

Iof. III, 4. (*Veruntamen longinquum fpatium efto — ne propius accedite ad eam:*) TREM. et PISC.

Iof. III, 14. 15. verba poft ויהי vsque ad finem v. 15. BOSTON p. 195. dicit parenthefin, quia

illud

illud verbum cum v. 16. coniungendum effe putauit.   Quin potias v. 16. non ad folum יהי,
fed ad Protafin vtramque v. 14. 15. vt Apodofis
fpeȼtat.

Iof. IV, 2. 3. vna cum altero hemift. v. 1. parenthefin faciunt P A G N. T I G V. R. T R E M. P I S C.
D I O D A T I et G E N. E V E N S E S, refpicientes for-
tafle ad Piska , quo nexus hemiftichiorum v. 1.
dirimi videbatur.   Igitur pofterius cum v. 4. ar-
ȼius coniunȼlum effe putantes, ויאמר in Plus-
quamperfeȼto reddiderunt.   Si vero, quod ve-
rifimile mihi videtur, Piska monet in aliis codicibus antiquiffimis pro Atnacho Sillucum exti-
tiffe, hac quidem hypothefi parenthefis, fi modo
talis effet, Canoni huic non aduerfa foret.   Non
autem habet locum cum Atnacho, qui in codicibus hodiernis omnibus apparet.   At non video,
quid obftet, quo minus prius hemilt v. 1. cum
ויאמר coniungi, et hoc in Praeterito reddi
poffit, quod in Verf. G R A E C A, V V L G. H I S P.
A N G L. B E L G I C A faȼum eft.   Nam cogitari
poteft, Deum tum demum, cum Ifraëlitae Ior-
danem transiiffent, hoc mandatum dediffe, et
Iofuam ftatim illud executum fuiffe.

Iof. VIII, 6. in Verf. C A S T E L L. Vid. §. 21.

Iof. XIII, 9-12. vsque ad ויכם, in Verf. T R E-
M E L L I I.

Iof. XVII, 3. 4. vna cum altero hemift. v. 2.
T R E M.

Iud. III, 1. alterum hemiftichium vna cum v. 2.
in Verf. A N G L I C A. Conf. §. 22.

                                        Iud.

Iud. VII, 5. כל et תצ׳נ coniunxit, et verba intermedia parenthefin fecit huic Canoni aduerfam REINBECKIVS p. 191. ficut fupra *Gen.* XXI, 2. cum potius כל cum אשר vnum conceptum, *quicunque,* exhibeat. Quam parenthefin etiam c. WOLLIVS p. 97. et BOSTON p. 194. reiiciunt.

Iud. VIII, 7 ideo (*quando dederit --- in manum meam*) ideo, inquam, triturabo --- REINBECKIVS p. 215. et WOLLIVS p. 71. Parenthefis illa, quam hic et Rbhia pro Sakepho probabilem reddere fatagit, mihi ex eadem ratione refellitur, quia huic Canoni II. repugnat.. Rbhia autem potius indicat, לבן non ad alterum hemiftichium, quod etiam ו in ודשתי non permittit, fed ad propofitionem proximam f. Protafin hoc fenfu, *Cum igitur dederit ---* effe referendum.

Iudic. XIV, 15-17. (*dixerant enim vxori --- feptem illis diebus, quibus fuit illis conuiuium*) in *Verf.* TREMELLII: item *in* ITALICA omiffis quidem notis parenthefeos, vt fic prima verba v. 15. cum altero hemiftichio v. 17. coniungantur, ac fi hic per Epanalepfin eadem verba repetantur. Haec parenthefis, quam etiam DRVSIVS *in Comment ad Librum Iud.* agnofcit, fpecie fua f. commendare videtur, quia alioquin nexus difficil. verborum et inprimis hemiftichii prioris v. 17. apparet, fi, quae v. 15. 16. narrantur, feptima die contigiffe fupponuntur, verbis v. 17. vt vulgo fit, in hanc fententiam translatis: *itaque fleuit coram illo feptem diebus.* Sed illa parenthefis ex hoc Canone non admitti poteft, ideoque commoda

moda interpretatio quaerenda eſt, vt nexus obti-
neatur.   Non autem fuſpicandum eſt, quia *Verſ.*
ALEX. v. 15. habet τετάϱτη, in textu Hebr.
הרבע׳־׳בּ legendum eſſe; neque VATABLI et PIS-
CATORIS expoſitio rationi conſentanea eſt, qui
volunt, *ſeptem diebus* v. 17. idem eſſe ac, *vsque
ad ſeptimum diem*, quod quarto die flere inceperit;
ſecuti in eo R. SALOMONEM et KIMCHIVM,
qui etiam v. 15. intelligunt ſeptimum diem --
ſeptimanae, qui quartus conuiuii fuerit.   Sed
ותבב v. 15 in Plusquamperfecto, quod iam fecerunt IVNIVS et CLERICVS, cum particula
commodiori reddendum, et periodi rite definiendae ſunt, vbi hic nexus ſatis aptus exiſtit: *Die
autem ſeptimo dixerunt vxori Simſonis --- 16.
Ideo fleuit --- nec mihi indicaſti. Sed dixit illi : -- 17.
Flcuerat autem coram illo ſeptem diebus, quibus
habebant conuiuium.   Quare ſeptimo illo die in-
dicauit illi ---*

     Iud. XIX, 16. (*Erat autem vir ille --- Biniami-
niːe*) in *Verſ.* TREM. IVN et PISCATORIS.
Neque etiam alterum hemiſtichium recte in *Verſ.*
GALLICA vt parentheſis notatur.

     Iud. XX, 27. 28. (*ibi enim erat arca --- in
dicous illis*) PAGNINVS.   Eadem parentheſis
i. *Verſ* TIGVR. PISC. ITAL. HISP. GALL.
ANGLICA deſignatur, quia וישאלו לאמר ad
referendum eſſe credebatur.   Cumque haec parentheſis accentibus omnino repugnet,   TRE-
MELLIVS quidem et IVNIVS ſolum hemiſt.
alterum v. 27. parentheſin faciunt, membra ita
Conſtuendo: *Cumque conjuiuiſſent, --- (nam ibi
                                                erat*

erat — temporibus illis) *ipsi et Pinchas — qui stabat — dicendo.* Non autem licet הֵמָּה ab initio
v. 28. ex ingenio addere, neque עָמַד, quia ה
abest, *qui stabat*, transferri potest. Igitur רֹאשׁ.
ad עָמַד secundum *Verf.* BELGICAM, SCHMI-
DII et CLERICI referendum est, vt cogitetur, Pinechatum coram arca stetisse, et Israelitarum nomine in prima persona interrogationem
protulisse. Ita vero parenthesis cessat, si v. 27.
membra hoc modo construantur: *Deinde inter-
rogant — quod ibi arca foederis Dei eo tempore
esset.*

Iud. XX, 32-34. *(cum tamen filii Israel dixe-
rint — et praelium graue factum sit*) SEB.
SCHMIDIVS *in Comment.* p 1493.

Iud. XX, 36-40. *Nam videntes Beniaminitae
se plaga affici: (cessarant enim Israelitae — ascen-
deret incendium ciuitatis in coelum) et Israelitas
se obuertere, turbati sunt Beniaminitae —* Ita
TREMELLIVS, ideo quod subiectum ad בְּגְפּוֹ
falso putauit esse *Biniaminitas*, immemor eius, --
quod v. 35. clades Biniaminitarum (coll. v. 46.)
per Prolepsin narratur, qui propterea parenthesis
esse merito putatur: sed TREMELLII parenthesis ex hoc Canone refellitur. Subiectum idem
faciunt *Biniaminitas* INTERPRES VVLGA-
TVS, IVNIVS et PISCATOR, sine parenthesi, item CLERICVS, qui ex hac falsa hypothesi, vt stilum auctorum sacrorum perpetuo su-
gillare solet, narrationis huius ordinem non esse
accuratum dicit. Subiectum non exprimitur in
VERS. PAGN. LVTH. ET SCHMIDII, etiam

iam in aliis, vbi tamen ex interpunctione suspicio
est, Israelitas intelligi, vt in ITAL. HISP.
ANGL. GALL. ET BELG. Ita SEB. SCHMI-
DIVS *in Commentario* subiectum ad כנמ esse
Israelitas recte statuit, qua hypothesi v 36. ita
transferendus est : *Viderunt autem ſ putarunt
Biniaminitae, illos esse caesos.   Nam dederant
Israelitae locum Biniaminitis (S. loco cesserant,
quod fine ratione taxat SCHMIDIVS,) quia
confidebant —*

      Iud. XXI, 5. 6. 7. *Et cum dicerent Israelitae
(nam iuramentum maximum intercesserat — vt
non daremus illis de filiabus nostris in vxores:)*
v. 8. *Cum autem dixissent* — Ita in VERS.
TREMELLII et in SEB. SCHMIDII *Commentario,* quia, quae in principio v. 5. dicta sunt,
illis v. 8. per Epanalepsin repeti videbantur, At haec
parenthesis euitabitur si hanc membrorum v. 5-8.
connexionem ponamus: *Dixerunt autem Israelitae
— ad Iehouam: quia iurisiurandi magna religione
erat sancitum— Nam Israelitae dolebant vicem Biniaminitarum --* v. 8. *Ideoque dixerunt* —

      1 Sam. I, 6. cum altero hemist. v. 5. in VERS.
ANGLICA.

      1 Sam. III, 2. 3. *Fuitque in die illo (et Eli iace-
bat --- vbi erat arca foederis) vt vocaret Iehoua
Samuelem—* BOSTON p. 195.   Ita etiam membra, non quidem designata parenthesi, in VERS.
TREMELL. IVN. PISC. ITAL. GALL.
BELG. SCHMIDII et CLERICI construun-
tur.   Haec autem constructio et parenthesis accentibus et huic Canoni II. aduersatur.   Nam
                                              quia

quia v. 4. alterum hemistichium periodus est,
prius etiam periodum completam exhibet, quae
cum altera per Tiphcham pro Atnacho arctiori
nexu coniuncta est, adeoque non potest vt Apodosis ad v. 2. et 3 referri. *Conf.* §. 22.

*1 Sam XIV, 30. Etiam quia (vtinam libere
comedisset — — quod suffecisset:) quia inquam iam
non multa est plaga in Pelischtaeos;* TREMELL.
et IVNIVS.

*1 Sam. XVI, 12. (erat autem rufus cum pulcri-
tudine oculorum et decoro adspectu)* in VERS.
TREMELLII, IVN. PISC. ITAL. et BEL-
GICA.

*1 Sam. XVII, 5. (cuius loricae pondus erat
-quinquies mille siclorum)* in VERS. TREMELL.
qui voc. נְחֹשֶׁת, quod apte cum prioribus verbis
cohaeret, inuitis accentibus ad posteriorem partem prioris hemistichii retulit.

*1. Sam. XVII, 12. 13. (huic nomen Iischai — — et
tertii Schamma)* in VERS. TREM. IVNIVS
et PISCATOR v. 14. ad hanc parenthesin ad-
dant: item DIODATI, qui vero post יִשַׁי v. 12.
initium parentheseos facit. Sed omnes illae parentheses cum Canone II. consistere nequeunt.
In VERS. quidem GALLICA v. 12. alterum
hemistichium parenthesis esse significatur, quae
quidem non est necessaria, quia v. 13. est diuersa
periodus.

*1 Sam. XX, 3. (cum dixisset, certo nouit pater
tuus — — vt non afficiatur dolore)* TREMLLIVS,
qui temere verba priora: *Sed iurauit iterum Dauid,* cum altero hemistichio coniunxit.

1 Sam.

1 Sam. XXX, 16. (*ecce autem dissiti erant ---
et e terra Iehudae.*) Ita TREMELLIVS וירדהו
cum v. 17. vna periodo copulauit.

1 Sam. XXX, 26. alterum hemistichium vna cum
לאמר vt parenthesis in VERS. ANGLICA
notatur.

2 Sam. II, 10. 11. (*tantum domus Iehudae erant --
et sex mensium*) in VERS. TREM. IVNII et
PISCATORIS.

2 Sam. IV, 3. cum posteriori hemist. v. 2. parenthesis est in VERS. ANGLICA.

2 Sam. IV, 4. TREMELLIVS et IVNIVS
vltima verba, *et nomen eius Mephiboscheth*, priori
hemistichio adiunxerunt, verborum interposito-
rum notata parenthesi.   DIODATI hunc Pa-
sucum integrum fecit parenthesin, cogitans aliena
hic immisceri, quibus historiae nexus diuellatur.
10. PISCATOR *in Commentario* parenthesin
eandem agnoscit, cum tamen ipse ostendat, im-
becillitatem Mephiboscheti, quae hic narratur,
pertinere ad occasionem triplicem, qua inducti
Israëlitae regnum ad Dauidem detulerint.

2 Sam. VII, 22. (*Propterea magnus es --- imo
non est Deus praeter te*) TREMELLIVS, qui
vltima Pasuci verba falso cum v. 21. connectit.

2 Sam. XIII, 10. cum altero hemistichio v. 9.
TREMELL. et IVNIVS.

2 Sam. XV, 19. (*et mane cum Rege: quia alie-
nigena es et etiam profugus*) Sic PAGNINVS
שוב cum למקומך vna propositione coniungit,
quod potius ad גלה hoc sensu referendum est:
et etiam remigraturus sis in locum tuum vt in VERS.
TREM.

TREM. PISC. BELG. et CLERICI. Sed
VVLGATVS ita transtulit: *et egressus es de loco
tuo;* secundum lectionem ממקומך, quam secuti
sunt INTERPRETES ALEX. SYRVS,
ARABS, LVTHERVS, CASTELLIO, TI-
GVRINI, VALERA et ANGLI, quaeque in
EDIT. GERSONIANA apparet, notante CL.
SCHVLZIO *in Biblioth. Hagana Class.* I. p. 216.

1 *Reg* I, 15. (*rex autem erat senex valde et
Abisag Sunammitis ministrabat regi*) in VERS.
PISCATORIS. Ita duae illae propositiones,
quae reuera sensu magis cohaerent, omissis quidem signis parentheseos, in VERS. PAGN.
ITAL. GALL. et ANGLICA coniunguntur,
bene, si Atnachus ad ההדרה scriptus esset.
Quia vero ad מאד apparet, hoc potius indicio
est, priorem illam propositionem, *rex autem erat
valde senex*, vt parenthesin esse accipiendam,
quam etiam TREM. notauit.

I *Reg.* VI, I. (*ipse est mensis secundus, quo re-
gnare coepit Salomon super Israelem*) PAGNI-
NVS: (*mense Sif, is est mensis secundus*) in VERS.
TIGVRINA. Parenthesis vtraque, huic Canoni secundum accentus, qui in codicibus nostris extant, repugnat. Deinde perenthesis haec, (*is mensis est secundus*) in VERS. IVN. TREM. PISC.
BELGICA, SCHMIDII et CLERICI nota-
tur, quae quidem accentibus respondet, sed per
§. 9. notis parentheseos non opus erat. Vt vero
obliuiscar, quae ab aliis de annis quadringentis
et octoginta disputantur, hic tamen tacere non
possum, vnum atque alterum vitium accentuum

Sp. Parenth. V. et N. T.   D   in

in codicibus Hebraicis verfari, quia in כצרים,
vhi fine dubio fectio maxima prioris hemiftichii
incidit, accentuum minimus Tlifcha paruum apparet, quo etiam fic accentus Pafer effe minor
putandus eft. Longe tamen abfit, vt corruptio-
nem textus dicam, quod accentus attinet, ac fi
vera lectio prorfus perierit: quin potius confido,
fore, vt vera lectio, quae alicubi in *Codicibus
MStis* extat, fedula eorum perueftigatione et collatione aliquando in apricum proferatur. Ceterum verborum fenfum atque ordinem optime fic
exprefferis: *Accidit autem — anno quarto, ex quo
Salomo rex Ifraelitarum creatus eft, menfe Siv,
qui eft menfis fecundus, vt aedificare inciperet ae-
dem Iehouae:* vt in V E R S. L V T H E R I. I T A L.
H I S P. G A L L. A N G L. et B E L G I C A factum eft.

I *Reg.* IX, 16. cum priori hemiftichio v. 17. in
V E R S. T R E M. I V N. I T A L, et S C H M I D I I,
vbi verba vltima, *et Beth-Choron inferiorem*, cum
לבנות v. 15. conftruuntur, quae tamen ad ויבן
referri poffunt, quamuis plures vrbes praeter Ge-
fer v. 17. 18. aedificatae commemorentur.

I *Reg.* XII, 2 (*qui adhuc erat in Aegypto,
quo fugerat a facie Regis Selomoh*) P A G N I N V S.
In V E R S. T I G V R I N A parenthefis continuatur vsque ad finem Patuci: imo in V E R S. S C H M I-
D I I et C L E R I C I verba v. 3. *fed miferant quidam
et vocarant eum*; praeter illa ad parenthefin referuntur. In V E R S. A N G L I C A et B E L G I C A
parenthefis a verbis אשר ברח inchoatur, et ad
finem Patuci producitur. Sed omnes illae pa-

reu-

renthefes ex hoc Canone refelluntur.   Neque
etiam TREMELLII parenthefis: (*habitabat enim
Ierobeam in Aegypto*) admittenda eft, quia v. 3.
integer nequaquam poteft vt Apodofis ad v. 2.
prius hemiftichium referri.   Eft potius alterum
hemiftichium v. 2 Apodofis, quod apparet, fi
eius fententia recte intelligatur.   Non quidem
opus eft, vt VERS. ALEXANDRINAM et
VVLGATAM temere fequamur, quae lectionem
ממצרים וישב ex 2. *Par.* X, 2. fupponunt; fed
verba cum PISCATORE ita transferenda funt:
*Cumque audiuiffet Ierobeam — remanfit nihilomi-
nus Ierobeam in Aegypto.   Sed miferunt* —

1 *Reg.* XVI, 31. conftructio difficilis per ה interrogandi occurrit, nec licet eo neglecto verba
fic exponere: *Nam leue ducebat incedere* — vt
eft in VERS. LVTH. TIGVR. CASTELL.
HISP. et CLERICI.   Alii ad verbum ita: *Accidit autem (nonne leue fuit —) vt acciperet vxorem* — vt PAGN. TREMELL. IVN. PISC.
SCHMID. et BELGAE.   At illa parenthefis
Canoni huic fecundo repugnat.   Cogitandum etiam eft, ויהי quod accentibus ad propofitionem
proximam, dimidiam, vt alibi faepius, refertur,
potius cum hac, quam cum altero hemiftichio effe
coniungendum.   Et fallor an ita nexus declarari
poteft: *Accidit enim, ac fi res leuis fuiffet infi-
ftere peccatis — vt duceret vxorem* — quo fenfu
VERS. ITAL. ANGL. GALLICA reddide-
runt.

1 *Reg.* XVIII, 3. 4. (*Obadia vero hic erat* —
pane et aqua) Haec parenthefis in verfionibus
pleris-

plerisque notata eſt. ſed in VERS, SCHMIDII, HISP. et BELGICA recte omittitur. Nec opus eſſe parenthefi apparebit, ſi fiant diuerſae periodi: *Aduocauerat enim Achabus Obadiam, qui domui praeerat. Obadia autem erat metuens Iehouam valde. Ideoque cum exſcinderet — Dixerat itaque Achabus —*

2 *Reg.* VI. 30. (*transibat autem ſuper muro vbi vidit populus corpus eius intus ſacco veſtitum*) in VERS. PAGN. TIGVR. et SCHMIDII. Sic etiam DIODATI Atnachum negligens, omiſſis quidem ſignis parenthefeos, haec coniunxit. *Cumque* בבמ *ſit intus ſub veſtimentis ordinariis*, vt alii omnes accipiunt, ſingularis eſt interpretatio TREM. et IVNII, quam PISCATOR merito repudiauit: *quod cum vidiſſet populus intra ciuitatem, ecce cilicium impoſuit carni ſuae, (ſcil. populus, vt ſe cum rege luctu communicare teſtaretur.*) Ita etiam CLERICI translatio: — *populus eum vidit. Ecce autem erat ſaccus* — non ſecundum accentus facta eſt.

2 *Reg.* IX, 14. 15. (*Ioram autem defendebat --: et reuerſus erat Iehouam rex — cum Chaſaele rege Syriae:*) Hanc parenthefin pleraeque verſiones oſtendunt, non autem habent VERS. LVTH. TREM. HISP. BELG. et CLERICI: et merito quidem exulat, ſi v. 14. et 15. binae periodi diſtinguuntur.

2 *Reg.* X, 2. (*vobiscum enim ſunt filii-- ciuitas quoque munita et arma*) in VERS. PAGN. et TIGVRINA.

Ieſ.

Ies. XLV, 18. Verba בורא השמים prioribus verbis vna propositione adiunguntur in VERS.
TREM. IVN. PISC. HISP. ITAL. ANGL.
BELGICA, quod accentus non permittunt.
Multo minus licet per hunc Canonem verba
הוא האלהים cum reliquis in priori hemistichio,
notis parenthesos includere, vt C. WOLLIO
p. 89. videtur, et in VERS. PAGN. et GAL-
LICA factum est. In VERS. quidem TIGVR.
verba, *creans coelos*, ad posteriora referuntur,
sed iterum male vna cum reliquis huius Pasuci
verbis vt parenthesis exhibentur, SEB. SCHMI-
NIVS eodem modo, sed recte sine parenth.si,
cum incommoda tamen versione. Mihi sic membra construenda esse videntur, vt in בורא ipsa
oratio diuina incipiat, hoc modo: *Sic enim dicit
Iehoua: creans coelos ille est Deus; qui formauit
terram et fecit eam, idem ille firmauit eam: non
vacuam creauit, sed ad habitandum formauit eam;
ego sum Iehoua, et non est alius.*

Ierem. XXV, 4. VERS. PAGN. et BELG.
Vid. §. 22.

Ierem. XXVI, 21-23. (*quod audiens Vria ti-
muit -- ad regem Iehoiakimum*) TREM et IV-
NIVS, qui verba v. 23. post יהויקים neglecto
Atnacho cum priori hemistichio v. 21 constructione iungunt, et v. 24. Apodosin ad v. 20 23.
faciunt.

Ier. XXXIII, 10. (*de quo dicitis* --- vsque ad
finem Pasuci, in VERS. ITAL. et ANGLICA.
Ita existimat C. WOLLIVS p. 63.

D 3

Ier.

Ier. XLVI, 18. Accentus non permittunt, vt verba ita transferantur: *inquit Rex, cuius nomen est Iehoua Zebaoth,* ficut in verfionibus plerisque factum eft. Multo minus parenthefis probanda eft, quae in VERS. PAGN. PISC. et EDI-TIONIBVS VVLGATAE apparet. Sunt po-tius membra fic difponenda: *Vt viuo, inquit Rex; Iehoua Zebaoth est nomen eius: ficut Thabor inter montes* --- Atque hic verba, *Iehouah Zebaoth est nomen eius,* pro parenthefi haberi poffunt.

Ier. XLIX, 3. (*conuersi funt, callidum confilium inierunt vt habitent*) in VERS. PAGNINI: vel vt eft in VERS. TREM. et IVNII: (*fiet vt auertentes fe petant habitationes profundas*) DIO-DATI loco parentheseos, vt alibi folet, membra A et B coniungit: *Fugite o habitatores Dedan.* Quae parenthefis Canoni II. aduerfa eft, fi-cut etiam CLERICO accentus repugnant, qui ad *fugite* punctum fcripfit, et reliqua omnia vs-que ad finem Pafuci vna periodo coniunxit. Igi-tur non licet per accentus Verba הָכֵן et הָעֹשְׂקִים in tertia Praeteriti accipere, quamuis forma hoc requirere videatur. Neque SEB. SCHMIDIVS, qui etiam נֹבַ loco Praeteriti efle putat, et DACHSELIVS, qui ipfum Praeteritum efle di-cit, fuam opinionem intelligentibus probabunt, licet Verfio prodeat, quae accentibus refpondeat. VERSIO GALLICA: *Fuyez, tournez le dos, vous habitans de Dedan, qui avez fait des creux pour y habiter,* Hebraifmo repugnat, quia pro-pofitio relatiua conceptui, ad quem pertinet, nunquam praemitti folet. Itaque exiftimarunt

alii

alii cum R. SALOMÓNE, repudiata illa parenthesi, vt C. WOLLIVS p. 124. seq. Verba omnia
in Imperatiuo esse accipienda, sicut in loco simili
v. 30. בֹּסֵר et בְּרֹחַ sine dubio sunt Imperatiui, et
הַעְמִיקוּ in imperatiuo etiam reddi nexus orationis et accentus postulant.   Sic est in VVLGA-
TA: *Fugite et terga vertite, descendite in vora-*
ginem, habitatores Dedan: et in eandem sententiam verba in VERS. TIGVR CASTELL. LV-
THERI, PISC. HISP. ANGL. et BELGICA
exponuntur.

Ier. XLIX. 30. Verba omnia prioris hemistichii
in Imperatiuo reddiderunt versiones modo ad
locum simitem v. 8. nominatae, etiam TREM.
et DIODATI.   Sed PAGNINVS הַעְמִיקוּ
Praeteritum esse voluit, et hanc parenthesin posuit: (*callidum consilium inierunt vt habitent,*)
quae quidem accentibus non repugnat, non tamen est probabilis.   Ita SEB. SCHMIDIVS,
omissis quidem notis parentheseos: *in profundum*
demiserunt se ad habitandum. IO. CLERICI
autem parenthesis per hunc Canonem non admitti potest: (*in humiliora loca, quae habitarent,*
se demiserunt incolae Chatsoris,)

Ezech. I, 26. 27. vna cum priori hemist. v. 28.
TREM. parenthesin fecit.   Ceterum v. 28. in
versionibus nonnullis ita distinguitur, ac si Atnachus ad סָבִיב scriptus sit.

Ezech. XX, 9. (*vt non prophanaretur — ante*
oculos illarum) TREM.

Ezech. XXXVIII, 18. 19. (*ascendit aestus meus*
— loquor) TREM.

Ezech.

Ezech. XL, 12-14. (*et quisque procoeton ſenum cubitorum hinc — ſexaginta cubitorum*) T R E M.

Zach. V, 3. P A G N. *Vid.* §. 35. *num.* IV.

Cohel. V, 5. 6. (*ecquid efferueſceret Deus — Nam vt multitudini — ita verbis multis inerunt*) Ita T R E M. alterum hemiſt. v. 6. כִּי exponens ſonbern, vt Apodoſin cum priori hemiſtichio v. 5. coniungit, et duas periodos periodi membris vt parenthefin interponit.   Reliqui omnes verba vltima v. 6. diuerſam periodum recte faciunt quorum plerique כִּי *ſed, vero*; alii, vt C A S T E L L I O, S C H M I D I V S, G E I E R V S et C L E R I C V S rectius Coniunctione concluſiua exponunt.

Cohel. IX, 1. (3.) (*quanquam declarat totum hoc iuſtos et ſapientes — vsque ad* finem Paſuci, T R E M.

Cohel. XII, 9 - 11. T R E M. quia credidit falſo, וְיֹתֵר v. 9. deinde v. 12. per Epanalepſin repeti, membra interiecta omnia parenthefin fecit.

Eſth. I, 13. 14. (*nam ſic negotia Regis — Erantque tum proximi apud eum — ſedentes primo loco in regno:*) Haec parenthefis in verſionibus plerisque falſo notatur, atque etiam *in* H I S P A N I C A ſupponitur, vt propoſitio prooemialis v. 13. cum dictis a Rege v. 15. coniungatur. C L E R I C V S quidem alterum hemiſt. v. 13. ad propoſ. prooemialem refert, quod ita vertit: *mandata regis firma eſſe apud omnes, qui leges et iura noſſent:* et deinde ad v. 15. verba, *inquit iis rex,* repetit.   Sed haec eius hypotheſis non eſt prohabilis. T R E M E L L I V S, I V N I V S et

P I S C A-

PISCATOR solum alterum hemistichium v. 13.
parenthesin esse voluerunt, et v. 14. cum priori
ita coniunxerunt: *Et s. nempe propinquo sibi ---*
Reddendum potius erat, propinquis. Nam errat
PISCATOR, et accentus spernit, quando dicit
והקרוב non nisi ad vnum ex illis septem referri
posse. Ceterum hanc TREM. parenthesin bo-
nam esse puto, cui nihil obiici possit, nisi quod
ל ad והקרוב abest, quod quidem etiam alibi in
constructione simili supplendum est, v. g. *Gen.* I,
14. ad ושכים *Ies.* XLIV, 28. ad והיכל, *Ier.*
XXIII, 17. ad וזכריהו, *1 Pár.* XXVI, 14. ad וכל
2 Par. XXXI, 3. ad והעולות.

Esth. II, 12. Verba a שמק vsque ad finem Pasuci signis parentheseos in VERS. TIGVRINA
notantur. TREM. a כי־כן parentheseos initium
facit, eamque in fine Pasuci claudit, quod etiam
in VERS. LVTHERI, PISC. ANGL. et CLE-
RICI factum est. Sed PAGN. parenthesin a
כי־כן vsque ad אל־המלך v. 13. producit, i em
DIODATI, GENEVENSES et SEB. SCHMI-
DIVS. Quae parentheses omnes hoc Canone refelluntur. Rectius sola verba: *nam sic perage-*
bantur dies lustrationis earum, secundum I. IAC.
RAMBACHIVM in MICHAELIS *Notis Vbe-*
rioribus, vt parenthesis considerantur.

Dan. IV, 5. (*cuius nomen est Beltschazzar ---*
spiritus deorum sanctorum) in VERS. ANGL.

Dan. V, 19-21. vna cum v. 18. posteriori hemist. TREM. et IVNIVS, qui verba, *Tu o Rex*,
cum v. 22. iunxerunt.

Esra

Eſra VII, 13. REINBECKIVS p. 504. וי et
וְהֵן connectit, et verba interpoſita notis parentheſeos disiungit, cui recte contradicunt FRAN-
KIVS *in Diacr. S.* p. 126. et c. WOLLIVS
p. 97. ſeq.   Neque etiam probandum eſt, quod
idem WOLLIVS notat, quando REINBECKIVS
p. 238. verba, ad eundum Hieroſolymam tecum,
parentheſin eſſe exiſtimat.

Nehem. III, 1. (*quam ipſi ſanctificauerunt ---
inde vsque ad turrim centenariam ſanctificauerunt eam*) TREM. qui verba vltima, *vsque
ad turrim Chananeelis*, ex falſa hypotheſi, qua
אתשער reddit, *a porta*, ad verbum ויבנו retulit.   Ita eſt in VÈRS. GALLICÀ.

Nehem. VIII, 5. (*nam totum populum ſuperemi-
nebat, et eo librum aperiente adſtabat totus populus*) CASTELLIO.

. i *Par.* IV. 11-20. TREM. et IVNIVS, qui-
buscum PISCATOR facit, ובני in principio
v. 13. 15. 16 17. 20. in Accuſatiuo cum הוליד
v. 11. conſtruunt, cuius rei non aliam rationem
eamque non ſane indoneam, inuenio, quam quod
virorum in principio Paluci cuiusque commemo-
ratorum in ſuperioribus non facta ſit mentio.
Quam ob cauſam tres parentheſes fingunt huic
Canoni aduerſas: primam v. 12. cum altero hemiſt. v. 11. ſecundam v. 14. cum altero hemiſt.
v. 13. tertiam v. 18. 19. cum altero hemiſt.
v. 17.

i *Par.* V, 1. 2. (*erat enim primogenitis — re-
liqua vero primogenita fuerunt Ioſephi:*) in VERS.
TREM. item PAGN. PISC. TIGVR. ITAL.
HISP.

HISP. GALL. ANGL. BELG. et CLERICI.
Quamuis autem verba priora v. 1. per Epanalepfin in v. 3. repetantur, attamen parenthefis per
hunc Canonem non admitti poteft, vnde etiam
IVNIVS et SEB. SCHMIDIVS eam agno-
fcere dubitarunt.   Igitur ad וּבְנֵי v. 1. fupplendum אֵלֶּה, ficut Gen. XXIII, 1. ad שְׁנֵי, Ier. I, 1.
ad דִּבְרֵי, et membrorum nexus ita declarandus
eft: *Illi autem funt pofteri Ruben primogeniti Ifrae-*
lis, quandoquidem erat primogenitus.   Sed cum
contaminaffet -- Nam Iehuda praeualuit -- Pofteri,
inquam, Ruben --   Ita quae intercedunt, pro με-
ταξυλογια haberi poffunt.

  1 *Par.* VII, 14. a פִּילַגְשׁוֹ vsque ad מַעֲכָה v.
15. parenthefis notatur in VERS. TREM. IVNII,
ITALICA et ANGLICA, quae accentibus et
Canoni huic fecundo repugnat, neque ad intelligendum membrorum nexum eft neceffaria.

  1 *Par.* VIII, 13. (*ipfi principes familiarum --*
babitatores Gath) PAGNINVS.

  1. *Par.* IX, 17. 18. (*Schallum autem caput --*
verfus orientem) in VERS. GALLICA.

  1 *Par.* XI, 4. in VERS. PAGN. et PISC.
Vid. §. 22.

  1 *Par.* XVII, 9. 10. (*ficut in principio -- fuper*
populum meum Ifrael) in VERS. ANGLICA.

  1 *Par.* XVII, 26. (*tu ipfe Deus -- bonum hoc*)
in VERS. PAGNINI et ANGLICA.

  1 *Par.* XXIV, 2. vna cum altero hemift. v. 1.
parenthefin fecit TREM. dum v. 3. cum principio v. 1. ita coniunxit: *Quibus diftribuit eos Da-*
vid. -- Sed haec parenthefis IVNIO et PISCA-
TORI

T'O R I merito difplicuit, qui v. 3. his verbis: *Di-*
ftribuit. igitur eos Dauid --- periodi initium fecerunt.

1 *Par.* XXVI, 10. (*quamuis autem non effet*
primogenitus, tamen conftituit eum pater eius pri-
mum) in V E RS. T I G V R. P I S C. 1 T A L. G A L L.
A N G L. et B E L G.

1 *Par.* XXVII, I. (*quarum quaeque procedebat*
et redibat de menfe in menfem omnibus menfibus
anni) Haec T R E M. parenthefis non folum huic
Canoni aduerfa, fed etiam non neceffaria eft, etiamfi translationem huius Pafuci, quam fecit, bo-
nam effe credamus, quoniam illa cum המחלקות
omnino cohaeret. Sed quod membra A et B
hac conftructione coniunxit : *Filiorum autem*
Ifraëlis -- in primores paternarum familiarum --
diftributio vnaquaeque erat vicenum quaternum
millium, hoc, inquam Hebraifmo oppido repugnat,
quia conceptus, qui pro Genitiuo eft, nunquam
primo loco poni folet.

2 *Par.* V, 11-13. parenthefis ab interpretibus
modis variis definitur. Sic notis parenthefeos
diftinguntur v. 12. et alterum hemift. v. 11. in
V E RS. I V N. I T A L. A N G L. G A L L. et B E L-
G I C A, vt v. 13. veluti per Epanalepfin Protafis
ex v. 11. principio repetatur. In V E RS. T I G V-
R I N A prius hemift. v. 11. et alterum hemift. v.
13. vt Protafis et Apodofis, coll. 1 Reg. VIII, 10.
et reliqua omnia more parenthefeos inferta exhibentur. T R E M. autem *in fua verfione* parenthefin vsque ad Segoltam produxit, vt illa inter duo
membra Protafeos veniat: *Fuit autem cum exi-*
rent

rent sacerdotes e sancto ipso, ( ) *et cum efferrent concentum --- vt domum illam --- impleret nubes.* Sed omnes illae parentheses hoc Canone refelluntur. VERSIO HISPANICA solam ditionem Sakephi in v. 11. parenthesin fecit, vt verba vltima sint Apodosis ad prius hemistichium, quae tamen magis cum hac parenthesi coniuncta sunt. Itaque rectius meo iudicio ad alterum hemistichium integrum in VERS. PISC. CLERICI et in EDIT. VVLGATAE parenthesis designatur, vt v. 12. sit Apodosis ad verba priora v. 11. et alia Protasis v. 13 incipiat, quae ad Apodosin in altero hemistichio respiciat.

2 *Par.* XXIV. 13. *At baiulis (nom praeerant Leuitae omnibus opificibus vtrique ministerio) ex Leuitis quoque iisque ianitoribus praeerant scribae et moderatores.* Haec parenthesis TREM. et IVNII, quam etiam PISC. retinuit, non solum huic Canoni, sed etiam verborum constructioni repugnat. Nam manifestum est, ו in ומחלוים propositionis initium designare, nec posse negligi aut per quaeque transferri, cum haec copulae vis iam voc. ועל insit.

Psalm. LI. 5. vna cum priori hemist. v. 6. parenthesin esse voluit PAGNINVS, quod videret, nexum vtriusque hemistichii esse difficilem, quod quidem non inficior, valde tamen dubito, an meliorem alterius hemist. connexionem cum v. 4. inuenerit, vbi Dauid non ad iustitiam Dei respicit, sed misericordiam eius implorat, quod etiam ad similem VATABLI opinionem monendum est, qui alterum illud hemist. vel ad initium

Psal-

Pfalmi vel ad v. 3. pertinere putat. Nonnulli,
vt nexus hemiftichiorum v. 6. appareat, ad alterum ex v. 5. ירעתי repetunt, vt TREM. IVN.
et PISC. vel fupplent, *quod confiteor*, vt DIO-
DATI in VERS. ITALICA. Alii nihil fupplent, et reddunt למען, propterea, ideoque, vt
TIGVRINI INTERPRETES et GEIERVS
in Commentario, vt non finis fed euentus denotetur: vel propriam fignificationem, *vt*, retinent,
v. g. VERS. GRAECA, NVLG. LVTH.
HISP. GALL. ANGL. BELG. et SCHMI-
DII etc. vbi nexus intelligi poteft, fi potius ad
prius he nift. v. 6. quod cum v. 5. fenfu cohaeret,
ירעתא repetatur.

Pfalm. LI, 19. *Sacrificia Dei (fpiritu confra-*
fto; corde frafto contufoque) o Deus non defpicies.
Hanc parenthefin fingit GE. LVD. OEDERVS
in *Animaduerfi S.* p. 675. feq. eamque pulcher-
rimam dicit, et longa differtatione commendat.
Verba לב־נשבר ונדכה ad fuperiora referr, et
ex hac hypothefi ad illa הם loco Verbi, et ad
verba vltima, *quid non fpernendum effet a Deo*,
addendum fuiffe exiftimat, inductus in eam opinionem, quod Mercam Mapachatum Atnacho
effe minorem falfo putaret. At etiam fic parenthefis illa per hanc Canonem non poteft habere
locum, quia Sarka ante parenthefin minor eft
Merca Mapachato in media parenthefi, ideoque
vulgo recepta explicatio retinenda eft.

Pfalm. LIX, 12. 13. *(exagita eos potentia tua,*
et deiice eos, o fcutum noftrum, Domine) Ita PISC.
in fua verfione, quia verba v. 13. in ditione Mer-

cae

cae Mapachati cum יִמְכָּחוֹ conftruenda effe putauit: ficut eadem in VERS. PAG. HISP.
ITAL. BELG. et CLERICI ad v. 12. integrum hoc modo referuntur: *propter peccatum oris
eorum, propter verbum labiorum ipforum*, quod
accentus etiam non permittunt. Ita fere CA-
STELLIO: *Ob fui fcelus oris, ob fuorum dicta
labiorum*, cum VERS. TIGVRINA et ANG-
GLICA, ita, vt haec cum וִילְכְּדוֹ coniungantur,
quod vero per copulam ו additam fieri non poteft. TREM. videtur haec referre ad יִסְפְּרוֹ. vt
verba, comprehenfi fuperbia fua, velut parenthefis accipiantur, ficut fere COCCEIVS *in
Commentario* exiftimat, haec cum וְהוֹרִידֵמוֹ effe
conftruenda, fed vterque fenfu et nexu difficili.
Igitur alii, vt GEIERVS *in Commentario* optima
fortaffe ratione verba ita exponunt: *Peccatum
oris ipforum eft verbum labiorum eorum*, h. e. *quo-
ties labia fua ad loquendum aperiunt, ore fuo delin-
quunt.* Atque eadem fententia in VERS. LV-
THERI, SCHMIDII, BEZAE et GALLICA
exprimitur.

Pfalm. XCVII, 8. Hic Pafucus excepto Verbo
שָׁעְתָה, quod cum v. 9. conftruitur, a 10. COC-
CEIO *in Commentario* contra omnem diftinctionis
analogiam parenthefis effe perhibetur.

Pfalm. CXXXIX, 14. *mirabilia funt opera tua
(idque anima mea agnofcit) valde.* Hanc parenthefin, quae AB ABEN ESRA *aliisque interpretibus Iudaeis* ftatuitur, c. WOLLIVS p. 122. vt
accentibus aduerfam merito reiicit, ficut etiam
ex hoc Canone refellitur, quia maior accentus,

Rbiah

Rbhia Gereschatus in media parenthesi, et Merca
seruus ad eius extremum apparet. *Conf.* §. 31.

Iob. VII, 7. 8. (*quandoquidem ventus est vita*
mea — oculus perspicacissimus) T R E M.

Iob. IX, 5. ex hoc Canone repudianda est V E R S.
H I S P A N I C A, vbi verba in hanc sententiam exponuntur: *Euellit montes in suo furore, et non co-*
gnoscunt, quis ipsos subuerterit.

Iob. XXXII, 16. *Cum expectassem, (nam non*
loquebantur, sed cessabant, et non respondebant
amplius) cogitaui me etiam responsurum esse pro
mea parte — Ita membra in V E R S. A N G L I C A
construuntur cum parenthesi, quae huic Canoni
repugnat. Neque etiam licet per accentus cum
P A G N I N O, V A T A B L O, P I S C A T O R E et
M E R C E R O membra hoc nexu coniungere: *Ex-*
pectaui itaque: at quia non loquuntur, sed --- re-
spondebo etiam ego -- S E B. S C H M I D I V S V. 16.
distincta quidem periodo ita transtulit: *Et expe-*
ctaui, sed non loquuntur; sed substiterunt, et non re-
spondent amplius. Cui versioni, quam etiam
B E L G A E et C L E R I C V S habent, hoc obstat,
quod non extet locus alius, vbi כִּי Coniunctione
aduersatiua, sed, aber, sine controuersia exponi
debeat. Taceo alios, qui sententiam huius loci
non adsecuti sunt, et, quid mihi probabile videatur, paucis addo: verba priora sic reddenda esse:
Expectaui itaque, quia loqui nolunt; Und ich habe
immer gewartet, weil sie nicht reden wollen: qua
hypothesi כִּי alterum valet *sed*, sondern, vel
nam, vt alia periodus hic incipiat. Atque sic
poteft

poteſt alterum hemiſtichium eſſe parentheſis, vt
prius cum v. 17. vna periodo cohaereat, quam
ſententiam VERSIO LVTHERI expreſſit.

SCHOLION I.

S ngularis eſt, diſtinctio propoſitionum prooe-
rrialium, quae in fine לאמר habent.   Nam
ſicut לאמר non ſemper ad propoſitionem integram, vt *Gen.* I, 22. V, 29. XV, 4. XVII, 3 XVIII,
13. 15. — ſed etiam ſaepius ad ſolum illius conceptum penultimum refertur, cum eoque vno conceptu comprehenditur, vt maxima poſt verbum diſtinctio veniat ante conceptum penultimum, v. g.
Gen. XV, 18. XVIII, 12. XIX, 15. XXI, 22. — Ita contingit, vt pro conceptu penultimo ſit propoſitio,
quae vt parentheſis conſideratur, adeoque extra
ordinem accentu maiori in principio, quam in
fine diſtinguitur, quod deinde in §. 30. vberius
declarabitur.   Hic vero obſeruandum eſt, לאמר
nonnunquam non ad integrum, ſed ad dimidium
conceptum penultimum accentibus referri, vt ſic
accentus maior in medio illo conceptu, quam
לאמר, v. g. *Gen.* XXXII, 20. *Exod.* V, 6. ideoque etiam, ſi conceptus penultimus eſt propoſitio
parenthetica, maior accentus in media parentheſi,
quam ad eius extremum ſ. ante לאמר appareat.
Quibus exemplis ſingularibus Canon ille ſecun-
dus nullo modo infirmatur.   Huiusmodi ſunt:

Exod. V, 14. *Et caeſi ſunt praefecti Iſraëlitarum*
(quos conſtituerant ſuper eos exactores Pharaonis,)
dicendo: Ier. XXXII, 16. *Et precatus ſum Ieho-*

vam (poftquam tradidi fchedam emtionis Barucho filio Nerijah) dicendo:

Conf. loca fimilia: *Ierem*. XXVIII, 12. XXIX, 3. XXXIII, 1. XXXIV, 13. XXXIX, 15. XLIV, 1. 2 *Paral*. XXXII, 11.

Notentur loca *Deut*. V, 5. et *Ier*. XXXVI, 27. vbi accentus maior eft in confinio propofitionum parentheticarum: item *Ier*. XLV, 1. vbi duo accentus maiores in media parenthefi quam ante לאמר apparent. Hic autem obferuandum eft, *Deut*. V, 5. לאמר non ad דבר referendum effe, vt v. 5. integer fiat parenthefis, quae in VERS. PAGNINI, TREM. ITAL. GALL. ANGL. et BELGICA fignis notatur, fed ad להגיד pertinere, adeoque fola verba pofterioris hemiftichii vsque ad ראמר effe parenthefin, ficut in VERS. IVNII et PISCATORIS recte defignatur. *Conf*. §. 30.

SCHOLION II.

Canon hic fecundus etiam ad parenthefes in Nouo Teftamento Graeco et in Auctoribus Graecis et Latinis applicari poteft, ne diftinctio maior in media parenthefi, quam ad eius extremum et principium veniat. Ideoque fi parenthefis admittenda eft, eius limites vel interpunctionum figna huic Canoni accommodari debent, aut fi hoc fieri non poffit, alia explicatione commoda et probabili parenthefis euitanda eft. Sic etiam in locis ex V. T. allegatis non eft ftatuenda parenthefis, quae in textu Hebraico huic Canoni repugnet. Videndum denique eft ex eadem

ratio-

ratione, ne duae pluresue periodi intra duo membra vnius periodi; vel duae pluresue propositiones non constructae in media propositione; vel propositio in medio conceptu composito, pro vera parenthesi habeantur.

Matth. XII, 19. 20. (Οὐκ ἐρίσει — ὐ σβέσει) Haec parenthesis placet N. KNATCHBVLLO *in Animaduers. in libros N. T.* vt propositio vltima v. 18 et vltima v. 20. vna periodo coniungantur. Sed ex *Ies.* XLII, 1-3. refellitur, vbi accentus maiores in media parenthesi, quam ad illius finem et principium reperiuntur: sicut etiam a C. WOLLIO p. 126. seq. ex eadem ratione reiicitur.

Rom. VII, 24. 25. *Vid* §. 17. Schol.

1 *Cor.* VIII, 1, parenthesin verborum post οἴδαμεν vsque ad extremum v. 3. statuunt ER. SCHMIDIVS *ad h. l.* BAMB. BOS in *Exercitat.* p. 135. C. WOLLIVS p. 69. I. C. WOLFIVS *in Curis ad h. l.* D. CHRIST. MVNDENIVS in *Miscellaneis* GRONING. *Vol.* II. p. 177. sequ. aliique, propterea quod v. 4. eadem verba repetuntur, et vt ταυτολογία in principio v. 1. euitetur. Sed, ni fallor, haec parenthesis cum Canone II. consistere non potest, quia haec pluribus constat periodis, verba autem priora v. 1. periodum completam non exhibent. Facilius ex hoc Canone admitti possit ELSNERI parenthesis *in Obseruatt. S.* p. 96. sq. cuius initium est a verbis, ἡ γνῶσις φυσιοῖ, vt in ἔχομεν periodus desinat, si modo ex charactere generali §. 4. sit necessaria. *Ephes.* III. parenthesis v. 2-13. ex eadem ratione,

tione, quod complures periodos comprehendit, in dubium vocatur Conf. §. 6. Coloff. III, 15. 16. fi bona eft parenthefis ER. SCHMIDII. v. 16. in duos difpefcendus erat, ne maior diftinctio in media parenthefi, quam in eius fine veniat. Conf. §. 19. Schol. Hebr. III, 7. Διό cum v. 2 conne-ctunt ESTIVS in Commentario, STARKIVS in Notis Sel. et C. WOLLIVS p. 96. vt verba, quae interiacent, fint parenthefis, quae, quia plures in ea periodi occurrunt, ex hoc Canone refellitur. quam etiam I. C. WOLFIVS in Cu-ris Philol. ad v. 12. repudiauit.

§. 16.

Canon III. Quodfi parenthefes, quas interpre-tes defignant, ad characterem vniuerfalem in §. 4. expofitum exiguntur, faepius non neceſ-fariae, aut dubiae, aut falfae et reiiciendae reperiuntur. Nam

I. Quando membrorum A et B nexus eft la-xior, quamuis membrum P. nexu minori, quam ille eft, cum alterutro coniunctum fit, parenthe-fis non eft neceffaria.

II. Quando nexus membri P, qui deficere vi-detur, ex idiotifmo linguae, aut orationis indole aliquo fupplemento reftitui poteft, merito de pa-renthefi dubitatur.

III. Quando membrorum B P A nexus eft con-tinuus, vt P. aeque cum A, ac cum B cohaereat, di-verfo refpectu eft conftructionis modo, parenthe-fis falfo ftatuitur. At fi eodem refpectu P ad B et A refpicit, et ad initium aut ad extremum ho-rum

rum transponi poteſt, tum P eſt parentheſis.
Conf. §. 3.

IV. Quando P eodem vel maiori nexu cum
membro A aut B, quam illa membra inter ſe, coniunctum eſt, vt reuera P † A ad B, vel B † P ad
A reſpiciat, parentheſis non eſt admittenda.

Condiiones illae, quibus parentheſis non neceſſaria, vel dubia, vel falſa eſſe cognoſcitur,
demonſtratione non indigent, ſed ſtatim ex natura parentheſeos ſupra explicata, et inprimis ex
§. 4. intelliguntur, ſi contrarium eius ponas, quod
in charactere parenthefium vniuerſali continetur.
Huius autem Canonis tum demum vſus eſt, quando membrum aliquod ſpeciem parentheſeos prae
ſe ferens, examen ad Canones duos priores ſu-
ſtinuit: vel ſi parentheſin initio ad hunc Canonem tertium examinare placuerit, eaque probabilis eſſe reperiatur, videndum etiam eſt, an Canoni primo et ſecundo congruat vel potius repugnet. Igitur nunc ad Canonem tertium examen inſtituam parenthefium, quae mihi occurrunt, easque per claſſes in §. 7. conſtitutas re-
cenſebo. Liberum de ſingulis iudicium mihi ſu-
mo, ideoque etiam liberum eſto illis, quibus alicubi in locis dubiis aliter viſum fuerit, ſi rationibus vtantur idoneis, a me diſſentire.

§. 17.

Igitur primo de parentheſi periodi vnius vel
plurium intra duas periodos dicendum eſt. Membrum enim, quod duabus periodis vt parentheſis
interponitur, non poteſt non eſſe periodus, vt

mem-

membra fint homogenea. (§. 6.) Eandem ob
caufam, fi membra A et P vel P et B periodi effe
intelliguntur, etiam membrum tertium pro completa periodo habendum eft: item fi membrum
A aut B periodus effe cognofcitur, membra reliqua, cum P. eft reuera parenthefis, duas periodos exhibent.   Nunc exemplorum tria genera
conftituenda mihi effe videntur.   Nam *primo* parenthefis vera eft, et nota peculiari merito indicatur, quando membra A et B verborum fententia cohaerent, membrorum autem A et P, vel
P et B nullus plane nexus eft, praefertim quando
P fiftit verba ab hiftorico Sacro explicationis caufa interpofita.

   Gen. XIII, 10. parenthefis falfa deinde in § 31.
notabitur.   Verfatur autem in hoc Pafuco vera parenthefis hemiftichii pofterioris integri, quia particula connectens deficit, et verba illa ad hanc hi-
ftoriam non pertinent, fed a Mofe explicationis
gratia inferuntur: ideoque notae parenthefeos in
VERS. ITAL. et BELGICA addi poterunt et
debebant, quas adpofuit FRANKIVS in loco
mox citando.   Sed vbi particula connectendi,
enim, additur, ficut in VERS. PAGN. TI-
GVR. et SCHMIDII, parenthefi fecundum
§. 18. non opus eft, quia A et B ob fubiectum לוט repetitum funt duae periodi.   Ceterum hic de verbis באכה צער , quo pertineant,
ambigitur, et mirum eft, quod SEB. SCHMI-
DIVS *in Annotationibus in Genefin*, *Zoar Aegypti* h. l. intelligit, quae a Zoar *Gen.* XIX. memorata diuerfa fit. IO. CLERICVS in *Commen-*
tario

tario ad h. l. et *in Diſſ de Sodomae ſubuerſione
Sect.* II. exiſtim>t, vel haec verba, quae cum
מצרים non couiungi poſſint, transpon-nda eſſe,
et ad planiciem Iordanis referenda, (vbi quidem
iuitis accentibus verborum ordinem valde per-
turbat) vel pro צער eſſe legendum צען quod
INTERPRES SYRVS habeat. Sed CLERI VM
IO. FRANKIVS *in Diacrit. S. Praefat.* p. 23-
26. et I. C. KLEMMIVS *in locorum Penta-
teuchi vindiciis* p 8-12. refutarunt. LVTHE-
RVS, TREMELLIVS et VERS, GALLCA
verba iila ad משקה tiansferunt, ſed potius ad
Verbum in altero hemiſtichio omiſſum pertinent,
hoc ſenſu: *erat ſimilis horto Iehouae, et terrae
Aegypti, vsque ad Zoar*; vt fere in VERS. TI-
GVR. ITAL. et BELGICA exponuntur.

Gen. XXIII, 10. (*Ephron autem habitabat inter
Chittaeos.*) in VERS. PAGNINI, TREM.
et ITALICA. Hic vero accentus maior eſt
ante parenthesin, quia ad explicationem membri
B ſ. poſterioris hemiſtichii pertinet.

Gen. XXIV, 16. prius hemiſtichium in VERS.
TREM. IVN. et SCHMIDII.

Gen. XXV. 30. (*Propterea vocatum eſt nomen
eius Edom.*) Eſt parentheſis hiſtorici ſacri, quam
interpoſuit recenſioni verborum *Eſaui et Iacobi:*
et mirum eſt, quod a nullo interpretum, quod
ſciam, notata ſit.

Gen. XXVII, 5. duo hemiſtichia non apte cohaerent, ſed potius prius cum v. 6. et alterum
cum v. 4. ſenſu coniunctum eſt, ideoque non
male TREMELLIVS et IVNIVS v. 5. prius

E 4   hemi-

hemiftichium parenthesin effe putarunt; nifi malis
alterum hemift. esse potius parenthesin, vt accentus maior post illam veniat.

Gen. XLI, 46. prius hemiftichium in v e r s.
P A G N. I T A L. A N G L. S C H M I D I I et C L E-
R I C I.

Exod IX, 31. 32. in V E R S. I T A L I C A et
S C H M I D I I.

Exod. XI, 1. 2. 3. quae verba Mofes explicationis gratia interpofuit, ita vt, quae v. 4. feqq.
leguntur, cum *Cap.* X. cohaereant, quia in eodem congressu ad Pharaonem dicta sunt. Igitur
non male V E R S. T I G V R. T R E M. et I T A-
L I C A parentheseos notis distinguntur.

Exod. XXXIII 6. (*Nam exuerant fe Ifraeliae
ornatu fuo ad montem Horeb.*) Haec sunt verba
hiftorici facri, *coll.* v. 4. Sed v. 7 - 11. continuatur oratio diuina v. 5. inchoata, ibidemque
Verba Futuri temporis et ויהי non de re praeterita, vt vulgo faciunt, sed de re futura, et in
modo, quem dicunt, potentiali sunt accipienda,
quoniam mandati huius executio demum *Exod.*
XL, 16. fqq. defcribitur: ficut *Cap.* 35-39. do-
cetur, quomodo tabernaculum cum omnibus suis
partibus et vafis fit confectum. Ita euanefcit
Enallage temporis vigefies ftatuenda, quae, quod
miror, neminem offendit. Corruit etiam hypo-
thefis precaria V I T R I N G A E *in Libr. de Syna-
goge Vetere* p. 298. fqq. aliorumque, qui v. 7-11.
agi volunt de tentorio Mofis, quod fibi tetende-
rit interea, donec facrum tabernaculum abfolutum effet. Verba autem v. 7. addita, *extra ca-*
fira

ſtra procul a caſtris, quae ſacro tabernaculo non congruere putant, ad v. 5. reſpiciunt vbi Deus ſe vereri dixerat in medio populo aſcendere, ne illum in itinere conſumeret.   Nam cogitari poteſt, Deum primo hanc ob cauſam reuera Moſi praecepiſſe, vt ſacrum tabernaculum extra caſtra erigeret, poſtea vero Moſis deprecatione v. 12-16, permotum, conſilium mutaſſe.

Leu. XXIV. 11. alterum hemiſt. in VERS. TIGVR. TREM. IVN PISC. et GALLICA, quod ad initium v. 10. ſpectat, non autem cum priori hemiſtichio aut v. 2. cohaeret.

Num. XI, 7. 8. 9. parentheſis hiſtorici ſacri, cum v. 6. et 10. cohaereant, vt antecedens et conſequens, quae in VERS. TREM. et ITALICA notata eſt.

Num. XII, 3. in VERS. TIGVR. PAGN. TREM. ITAL. ANGL.

Num. XXXI, 53. in VERS. PAGN. et ANGLICA.

Deut. I, 2. Difficile dictu eſt, quo haec pertineant, ſi ad verbum ita exponantur: *Vndecim dies ſunt a Chorebo verſus montem Seir vsque ad Kades Barnea.* Ideoque in VERS. ITAL. et ANGL. parentheſeos ſignis incluſa ſunt. Falſo autem *in Scholiis ad verſionem* TREMELLII et IVNII notatur, haec ideo dici, quod tam breve iter propter grauitatem peccati non potuerint ante trigeſimum octauum annum abſoluere. Nam *Deut.* II, 14. non *vsque ad Kadeſch Barnea*, ſed *ab hoc loco vsque ad vallem ſ. torrentem Sered tanto temporis ſpatio Iſraelitae iter feciſſe* dicuntur.

E 5   tur.

tur. IO. CLERICVS nexum v. 1. et 2. hac
verſione obtinere voluit. *Vndecimo die a Chore-*
bo venienti per viam montis Sehiris ad Kadesbar-
neam vsque. Quae verſio et conſtructioni et accentibus aduerſatur.

Deut. II, 10 - 12. in VERS. TREM. IVN.
PISC. ITAL. GALL. SCHMIDII et CLE-
RICI. Parentheſis, ſimilis verborum hiſtorici ſa-
cri v. 20-23. in VERS. TREM. IVN. PISC.
HISP. ITAL. ANG. SCHMIDII et CLE-
RICI deſignatur.

Deut. III, 9. vt parentheſis ab interpretibus
plerisque notatur, quae in media propoſitione eſſe
videtur, vt conceptus v. 10. coniuncti ad Vérbum
v. 8 referantur. Sed praeſtat Verbum קרא ad
v. 10. repeti et diuerſam conſtrui periodum, vbi
omnino explicatio, quae non ad hiſtoriam pertinet, duabus periodis ſententia coniunctis vt parentheſis interponitur. Nonnulli omiſſa parentheſi v. 10. alio ſenſu acceperunt, vt CASTEL-
LIO: *Atque omnia quidem campeſtria oppida —*
oppida erant in Baſana regnantis Ogi. Ita ſere
IO. CLERICVS.

Deut. XXXII, 31. Interpretum plerique hunc
Paſſucum ad verbum transtulerunt, de connexio-
ne cum ſuperioribus nihil ſolliciti. HENR.
BEN. STARKIVS *in Notis ſec. poſt Calouium*
ſupponens, non interrupta ſerie a v. 20. vsque ad
extremum v. 43. loqui Deum, ideoque etiam
v. 31. contineri verba Dei Patris de Filio. de hoc
dici putat, *rupes noſtra* i. e. totius S. S. Trinitatis conſilio conſtituta eccleſiae, ſicut *hoſtes noſtri*
ſint

sint totius S. S. Trinitatis hostes.   Eandem interpretationem repetiit THEOPH. ALETHAEVS
s. IER. FRIDERICI in der Erläuterung dunkler
Schriftstellen *Vol.* V. p. 431. seq. at quam dura et
violenta sit, quis non intelligit? 10. CLERI-
CVS *in Commentario ad* v. 20 et 30. notat, a v.
20. ad 29. loqui Deum, a v. 30-33. Mosen, a v.
34-42. iterum Deum, et denique v. 43. Mosen.
Ita sentit MICHALIS *ad Cod. Hebr.* qui quidem v. 29. facit verborum Mosis initium.   At
enim vero solum v. 31. continere verba Mosis, ex
eo satis patere existimo, quod v. 32. cum v. 30.
nexu arctiori coniunctus est, et צורם v. 30. et
31 non idem subiectum denotare potest, si perpendas, quae de vtroque dicuntur, quam diuersa sint.   Non enim probabilis est opinio ALE-
THAEI, qui l. c. p. 430. צורם v. 30 rupem
eorum inanem, non a Deo constitutam, sed ab
ipsis falso sibi electum, exponit, vt τῷ צורם v.
31. respondeat: quandoquidem potius propositiones duae in altero hemist. v 30. sensu coniunctae
sunt.   Iam quia alia persona v. 31. nempe Moses
loquitur, hic recte a TREMELLIO signis parenthesos distinguitur, diciturque a IVNIO in
Scholiis Apostrophe Mosis, qua causam deditionis
in seruitutem exponat.

  Ios. II, 4. (*Acceperat autem mulier duos viros
et vtrumque absconderat,*) in VERS. PAGN.
TIGVR. et TREMELLII. Sectio maior ante
parenthesin, quia illa magis ad inferiora spectat,
et cum v. 6. cohaeret.

  Iud. IV. 11. in VERS. TREM. PISC. ITAL.
et CLERICI.   *Iud.*

Iud. VIII, 24. alterum hemist. in VERS. TI-
GVR. TREM. ITAL HISP. et SCHMIDII.

Iud. XVI, 12. (*Manebant autem insidiae in
quodam conclaui.*) PAGN. TIGVR. TREM.
ITAL. ANGL. BELG.

Iud. XX, 35. quia clades Biniaminitarum hic
per Prolepsin narratur. *Conf.* §. 15. ad *Iud.* XX,
36-40.

Iud. XXI, 18. alterum hemist. in VERS.
TREMELL.

1 *Sam.* IX, 9. verba historici sacri in plerisque
versionibus vt parenthesis notantur c. WOLLIVS
p. 31. solum hemistichium alterum parenthesin dici, existimans, prius ad orationem famuli Saulis
spectare.

1 *Sam.* XIV, 18. alterum hemist. in VERS.
PAGN. TIGVR. TREMELL. PISC. ITAL.
GALL. ANGL. BELGICA.

1 *Sam.* XVIII, 17. alterum hemist. in VERS.
TREM. ITAL. BELG.

1 *Sam.* XXI, 8. in VERS. TREM. IVN. et
PISC.

2 *Sam.* I, 8. posterioris hemistichii, si Chethibh
valet, וַיֹּאמֶר, omnino cum OEDERO *in Obseruatt.* S. Obs. VII. § 9. parenthesis statuenda
est. Ad Keri cum plerisque omnibus puto esse
eligendum, vbi parenthesi non est locus.

2 *Sam.* IX, 10. alterum hemist. in VERS. TRE-
MELL. et ITAL.

2 *Sam.* XIII, 18. prius hemist. in VERS. TRE-
MELLII.

2 *Sam.*

2 *Sam.* XXI, 2. alterum hemiſt. in VERS. TIGVR. TREMELL. PISC. ITAL. GALL. ANGL. BELG. et SCHM DII.

1 *Reg.* XIII, 18. (*Mentiebatur autem ei.*) in VERS. TREM. IVN. et PISCATORIS: recte, vt videtur, quia particula connectens in textu Hebr. abeſt, quae etiam in verſionibus omittenda erat.

Ieſ. XXII, 16. (*Exciderat nempe ſibi excel-ſum ſepulchrum et conſtituerat ſibi in petra cu-bile.*) in VERS. TIGVRINA. Ita in teitia perſona in VERS. ITALICA, item in GAL-LICA, non autem notata parentheſi. PAGNINI interpretatio haec eſt: *ſicut, qui exidit in excelſo ſepulchrum ſuum* — qualis etiam extat in VERS. LVTH. PISC. HISP. ANGL. Sed praeſtare mihi illa propherae parentheſis videtur. Falſo autem alii Participia in ſecunda perſona expo-nunt, vt ALEXANDRINI, VVLGATVS, TREM. IVNIVS et SEB. SCHMIDIVS, quia ſic etiam Pronomina ſuffixa ſecundae perſonae re-quirebantur. Neque etiam placet *Verſio* CLE-RICI: *imitatus eſt* excidentem in loco edito—

Ier. X, 11. in VERS. PAGN. TIGVR. TRE-MELL. IVN. PISC. et BELG. Nam haec verba ſunt aliena, et v. 12. conſtructio cum נֹא in v 10. continuatur.

Cant. VII, 5. prius hemiſt. in VERS. PAGN. TIGVR. et ANGLICA, ac ſi haec ſint verba puellarum Heroſolymae, quibus ſponſae oratio dirimatur, quod quidem eſt veriſimile.

Ruth. IV, 7. in TERS. TREM. IVN. PISC. et ITALICA.

Eſth.

Eſtb. VI, 4 alterum hemiſt. in V E R S. P A G N. TREM. ITAL. GALL. ANGL. RELG. et SCHMIDIL.

1 *Par.* XXI, 20. (*Ornan autem triturabat triti-ϛum*) T R E M. intra membra periodi : ſed prae- ſtat v. 21. facere diuerſam periodum. DIODATI hanc parenthefin ad initium v. 20. transpoſuit.

1 *Par.* XXVI, 9. T R E M. non male parenthe- ſin fecit, quia, quod I V N I V S *in Scholiis obſeruat,* familia Obed Edomi v, 4 - 8. et Choſae v. 10. 11. quorum vterque ex Meraritis fuit, arctiori nexu cohaeret, et v. 9. reuera ad v. 2. 3. pertinet.

1 *Par.* XVI, 31. alterum hemiſt. in V E R S. T R E M. I V N. et I T A L. Sicut enim in ויפקדם, ita multo magis in ואהין periodi initium ſtatuen- dum eſt.

2 *Par.* VI, alterum hemiſt. in V E R S. P A G N. T I G V R. A N G L.

Iob XVIII, 8 9. in V E R S. T R E M. et I T A- L I C A, vbi quidem כי v. 10. falſo redditur *quum,* ſicut in V E R S. P A G N. CASTELL. et GAL- L I C A, quae ſignificatio cum Praeterito vix vno in loco occurrit, ſed vbiuis cum Futuro. Dein- de coniunctione aduerſatiua redditur in V E R S. VVLG. LVTH. HISP. et A N G L I C A, quae ſignificatio huic particulae non competit. Quodſi vero illud כי Coniunctione Cauſali, *nam l. quia* exponitur, vt in V E R S. GRAECA, T I G V R. PISC. SCHMIDII et C L E R I C I, quod factu opus eſſe videtur, tum connexio v. 10. non cum v. 9. ſed potius cum v. 7. intelligitur, ideoque v. 8. et 9. quorum etiam connexio cum v. 7. deficit, merito parentheſis eſſe iudicantur.

SCHO-

·SCHOLION. ·

Nunc etiam exemplis oftendendum eft, quomodo, quae in Nouo Teft mento Graeco
occurrunt, parenthefes intra duas periodos, ex
iisdem rationibus verae effe comprobentur, v. g.

Iob. XI, 2. 18. 30. XII, 33. XVIII, 24. *Actor.*
XVII, 21.

Rom. III, 5. (κατὰ ἄνθρωπον λέγω) quae verba interrogationi et refponfioni interpofita funt.
Non autem, credo, quisquam probabit, quod
N. KNATCHBVLL in *Animaduerf.* ad hunc locum parenthefin maiorem fecit: (*fecundum hominem loquor, abfit; tum enim quomodo Deus iudi-
cabit mundum?*)

Rom VII, 24. vna cum membro priori v. 25.
eft vera parenthefis inter duas periodos, quae
arctius cohaerent, vt tamen ex *Can.* II. §. 15. poft
eam fit verficuli initium.

Rom. VIII, 36. *vbi* v. 37. cum 35. fenrentia
coniunctus eft.

Philipp. III, 18. 19. parenthefis effe videtur,
quia γὰρ v. 20. nulla ratione ad hos verficulos,
fed omnino ad v. 17. fpectat, atque etiam γὰρ
v. 18. cum v 17. non apto nexu cohaeret. Hanç
parenthefin ftatuit c. WOLLIVS *in Nota ad
Blackwalli Criticam S. N. T.* p. 243. eaque in
VERS. ANGLICA notatur.

2 *Tim.* I, 18. verb: Δίη αυτῷ — τῇ ἡμέρᾳ,
BLACKWALLVS l. c. p. 76. parenthefin effe
recte dicit.

2 *Tim.* IV, 16. (μὴ αυτοῖς λογισθείη)

Hebr.

Hebr. IV, 3. *Ingredimur enim in requiem nos credentes.* Haec P I S C. non male parenthesin fecit, quia, quae subiiciuntur, ad dicta v. 2. probanda pertinent.

§. 18.

Deinde si membri A vel B connexio aliqua cum P apparet, quamuis ipsa membra A et B nexu arctiori, quam ille est, inter se coniuncta sint, non opus esse existimo, quia laxior nexus est periodorum, parenthesin statui, vel eam suis signis indicari, sed ad sensum orationis percipiendum sufficit, vt membra B P A periodis tribus diuersis contineantur. *Conf.* §. 16.n. I. Ita parenthesin non esse necessariam iudico in locis iam *recensendis* :

Genes. II, 19. 20. T R E M. VII, 6. T R E M. et P I S C.

Gen. XII, 4. (I.) alterum hemist. T R E M.

Gen. XIII, 2. in V E R S. T R E M. I V N. P I S C. et I T A L.

Gen. XIV, 18. alterum hemist. in V E R S. T R E M E L. I T A L. et G A L L I C A. T H E O D. H A C K S P A N I V S in *Notis Philol. et Miscell. Sacris* p. 225. seq. vt argumentum infirmaret, quod Pontificii ad probandum Missae sacrificium ex hoc loco petunt: verba illa, neglecto Silluco, cum v. 19. hoc modo coniunxit : et quia erat sacerdos Dei altissimi, benedixit illi — Ita alii sentiunt, quos nominat D A C H S E L I V S *in Biblioth. Accent.* quibus P A G N I N V S *in versione* addendus est. Sed IO. F R A N K I V S *in Diacrit.*

crit. S. §. 267. Sillucum ibi non amiſiſſe vim di-
ſtinguendi recte exiſtimat, et verba illa conſtituere
parentheſin exegeticam, inſertam nec propter
actum ſequentem, ſed ad meliorem cognitionem
ſubiecti illius ſ. perſonae, quae typus Meſſiae eſſe
debebat. Ego vero idem obtineri exiſtimo, ſi
modo verba illa diuerſa periodo ita exponantur:
Ille autem erat ſacerdos Dei altiſſimi.

Gen. XVIII, 11. in V E R S. T R E M E L L. et
S C H M I D I I.

Gen. XXI, 25. 26. (*poſtquam reprehendenti Abra-
hamo — dixiſſet Abimelech — praeterquam hodie,*)
Ita T R E M. qui temere hic hyſterologiam ſtatuit:
ſed I V N I V S haec mutauit.

Gen. XXV, 17. T R E M. qui v. 18. transferen-
do, *qui habitarunt,* cum v. 16. vna periodo coniunxit. Alii vero rectius diuerſas periodos efficiunt, vbi parentheſis non eſt neceſſaria.

Gen. XXIX, 16. 17. in V E R S. I T A L I C A.
Conf. §. 15.

Gen. XXXI, 19. 20. item 24. T R E M. v. 32.
alterum hemiſt. in V E R S. A N G L I C A: v. 34.
prius hemiſt. T R E M. et I T A L.

Gen. XXXIV, 19. alterum hemiſt. T R E M.

Gen. XLII, 4. T R E M. et I V N I V S.

Gen. XLVIII, 10. prius hemiſt. P A G N. T R E M.
I T A L. A N G L.

Exod. XIII, 17, hemiſt. alterum T R E M. XIV. 8.
T R E M.

Num. XIII, 16. et 22. alterum hemiſt. in V E R S.
I T A L I C A.

Num. XIII, 20. alterum hemiſt. in VERS. ANGLICA.

Num. XXXII, 4. in VERS. PAGNINI et ANGLICA. At haec ad v. 3. verba vltima, *in conſpectu omnium Aegyptiorum,* reſpiciunt, ſicut etiam in VERS. TIGR. TREM. HISP. et BELGICA ita conſtruuntur: *cum ſepelirent Aegyptii.* Praeſtat autem diuerſam fieri periodum: *Nam Aegyptii ſepeliebant* — Cumque duo hemiſtichia, ſi idola intelligas, inter ſe non cohaereant, potius alterum parentheſis haberi poteſt, quae etiam in EDIT. VERS. VVLG. notatur.

Deut. I, 11. in VERS. ANGL. X, 6. alterum hemiſt. in VERS. ITAL.

Deut. XXX, 9. 10. in VERS. PAGN. et GALLICA. Quamuis autem v. 9. non cum v. 8. vt in VERS. TREM. IVN. et ITALICA, ſed omnino cum v. 10. coniungendus eſſe videatur, non tamen opus eſt parentheſi, quae recte in VERS. TIGVR. ANGL. et BELGICA omittitur, quia v. 11. ad מִצְוֹת non quidem in v. 8. ſed in v. 10. reſpicit.

Deut. XXXIV, 7. TREM.

Ioſ. II, 6. in VERS. TREM. IVN. et PISC. v. 15. 16. TREM.

Ioſ. II, 5. alterum hemiſt. in VERS. CASTELL. IVN. PISC. ITAL.

Ioſ. IV, 12. 13. 14. TREM. V. 6. (5) TREM.

Ioſ. VI, 1. in VERS. TIGVR. TREM. IVN. et PISC.

Ioſ. XXII, 7. prius hemiſt. in VERS. TREM. PISC. et ITAL. TREM. quidem alterum hemiſt. ad v. 6. retulit, et ad euitandam Tautologiam

giam alterum וַיְבָרֲכֵם reddidit, muneratus eſt eos.
At potius v. 7. et 8. inter ſe cohaerent, et v. 9.
ad v. 6. reſpicit: ceſſat etiam Tautologia, ſi co-
gitemus, quae in altero hemiſt. v. 7 dicuntur, ad
ſolam tribum Manaſſis pertinere. Ceterum alterum illud hemiſtichium vt Protaſis cum v. 8. coniungitur in VERS. VVLCATA, PAGN. PISC.
ITAL. GALL. et CLERICI, quod accentus
non permittunt. Rectius vero ſit diuerſa periodus: Quin etiam cum dimitteret eos Ioſua ad ſua
tentoria, illis bene precatus eſt: quod in VERS.
TREM. IVN. HISP. ANG. factum eſſe obſeruatur.

Iud. III, 16. TREM. v. 17. alterum hemiſt.
IVN. PISC. SCHMID.

Iud. XI, 1-3. in VERS. TREM. IVN. PISC.
v. 30. 31. TREM.

Iud. XIV, 4. XVI, 27. XVII, 6. XVIII, 12. alterum hemiſt. TREM.

Iud. XX, 3. prius hemiſt. in VERS. PAGN.
TIGVR. PISC. ITAL. ANGL. et BELG.

1 *Sam.* I, 9. alterum hemiſt. in VERS. ITAL.
ANGL. et SCHMIDII.

1 *Sam.* IV, 15. in VERS. TRRM. IVN.
PISC. et BLGICA.

1 *Sam.* IX, 15. 16. in VERS. TIGVR. TREM.
IVNII.

1 *Sam.* XXV, 21. 22. in VERS. TREM. ITAL.
ANGLICA.

2 *Sam.* XIX, 25. alterum hemiſt. TREM. et
SCHMIDIVS.

F 2

2 *Sam.*

2 *Sam.* XXIII, 14. coll. I. Par. X, 16. in VERS. TREM. IVN. et PISCATORIS.

I *Reg.* X, 11. 12. in VERS. TIGVR. TREM. IVN. ITAL.

I *Reg.* XX, 22. in VERS. PAGN. et TIGVR.

I *Reg.* XXI, 25. 26. in VERS. ITAL.

I *Reg.* XXII, 3. in VERS. PAGN. ANGL. et EDIT. VVLG.

2 *Reg.* VI, 32. prius hemistichium in VERS. PAGN. TIGVR. TREM. et BELG. ac si verba priora in altero hemist. cum v. 31. nexu arctiori coniuncta sint. Omnes enim, quos vidi, interpretes subiectum ad וישלח Achabum regem faciunt, et propositiones ita construunt, vt est in VVLGATA: *Praemisit itaque virum, et antequam veniret nuntius ille, dixit ad senes:* — vel vt habent IVNIVS et alii: *et mittente rege quendam ante se, quum nuntius ad eum nondum peruenisset, ipse iam dixerat* — Ita vero maxima sectio posterioris hemistichii in מלפכו Sakepho notanda erat. Nec ipse video, qua interpretatione accentibus, qui in codicibus Hebr. vulgo leguntur, consulendum sit. At salua res est. · Notauit enim MICHAELIS *ex Cod.* 3. et 5. *Erfurt.* variam lectionem, quae in אליו Sakephum, et in tribus prioribus vocabulis Paschtam, Mapachum et Imam ostendit. Atque haec lectio mihi q maxime probabilis videtur, quia perfacilem h . membrorum et propositionum nexum designat: *Cumque misisset (Elisçba) quendam a suo latere, (scil. circumspiciendi causa,) antequam*

veni-

veniret nuntius ad ipsum: tum ipse dixit ad se-
niores —

2 *Reg.* IX, 29. I. H. MICHAELIS *in Instit.*
Accent. p. 14. quae parenthesis non est necessaria, si
מלך in Praeterito Plusquamperfecto exponitur.

2 *Reg.* X, 19. alterum hemist. in VERS. TI-
GVRINA.

Ierem. XIII, 21. *Nam instituisti eos, (sc. ve-*
nientes a septentrione s. Chaldaeos) contra te tan-
quam duces (s. doctrinis vt Graeci habent μαθη-
ματα,) *vt futuri sint te superiores.* Haec verba
non sunt parenthesis, vt existimarunt VERS AN-
GLICAE editores, quia efficiunt diuersam periodum post interrogationem, quae in עליך de-
sinit.

Ezech. XL, 21. 25. 29 et 33. prius hemistichium vt parenthesin TREM. distinxit. Quamvis autem certum sit, alterum hemist. v. 21. non
cum priori, sed cum v. 20. coniungendum esse,
eoque dimensionem portae describi, *coll.* v. 13.
et 15. tamen illa parenthesi non opus est, si periodo diuersa verba ita exponantur: *Quinquaginta*
cubitorum fuit longitudo eius, et latitudo vigiti
quinque cubitorum. Idem ad v. 25. 29. et 33.
monendum est.

Ion. III, alterum hemist. PAGN. et TIGVR.

Cohel. I, 13. alterum hemist. TIGVR. TREM.
IVN. HISP.

Cohel. II, 12. alterum hemist. in VERS. PAGN.
CASTELL. TREM. PISC. GALL. et CLE-
RICI.

Dan. I, 9. in VERS. PAGN. et TIGVR.

Esra

Eſra VI, 20. prius hemiſt. P A G N.

Nehem. VI, 2. alterum hemiſt. S C H M I D I V S
v. 18. T R E M.

Nehem. VIII, 9. hemiſt. alterum T I G V R. T R E M.
S C H M I D I V S.

1 *Par.* XXV, 5. alterum hemiſt. T R E M.

2 *Par.* I, 4. in V E R S. T R E M. I V N. et I T A-
L I C A.

2 *Par.* XXIV, 22. prius hemiſt. T R E M. et
I V N I V S.

. *Pſalm.* LXIII, 3. in V E R S I O N E B E L G I C A.
Quamuis enim v. 4. vbi cauſa allegatur, ad v. 2.
reſpiciat, attamen aliquis nexus apparet v. 3. ſi
ita ad verbum exponitur: Ita te contemplatus
ſum in ſacrario tuo, videndo potentiam tuam et
gloriam tuam, vt fere habent V E R S. I T A L.
H I S P. et C L E R I C I. Sic non opus eſt artifi-
ciis, quibus interpretes nexum euidentiorem reddere voluerunt, dum כֵּן pro כַּאֲשֶׁר, vt P A G N.
et P I S C. accipiunt, vel חֲזִיתִיךָ in Futuro exponunt, v. g. T I G V R I N A, B E Z A et S E B.
S C H M I D I V S vel hemiſtichia permutant, vt
T R E M. et V E R S. G A L L. et A N G I C A, vel denique prius parentheſin faciunt, vt C O C C E I V S
in Commentario.

Iob. VIII, 9. in V E R S. V V L G. P A G N
L V T H. T I G V R. C A S T E L L. T R E M. P I S C.
et A N G L I C A. Parentheſis non eſt neceſſaria,
quia אֶתְמוֹל, in quo tonus ſtatuendus eſt; gene-
rationi priori et maioribus opponitur, quamuis
v. 10. cum v. 8. nexu arctiori cohaerere videatur.

S C H O-

SCHOLION.

Matth. I, 22-23. in editionibus nonnullis.

Matth. IX, 20-22. Marc. V, 25-34. et Luc. VIII, 42-48. quae loca sunt parallela, in quibusdam editionibus et versionibus parenthe eos notis distinguuntur. In loco quidem Matthaei v. 23. ad v. 19. respicit, et alia historia interposita est, attamen non minus v. 20. sic apte cum v. 19. cohaeret: *Et ecce, videl, cum Iesus eum sequeretur, mulier* — adeoque hic et in locis parallelis parenthesis non statuenda est.

Matth. XXV, 29. XXVII, 9. 10.

Marc. VI, 50. (*Omnes enim eum viderant et consternati erant.*) Non est parenthesis, quia verbis καὶ εὐθέως periodus incipit, et verba illa priora etiam periodum exhibent. —

Marc. VII, 3. 4. XV, 10.

Marc. XVI, 4. prius hemistichium notis parentheseos in quibusdam editionibus includitur. Licet autem verba, erat enim permagnus, ad v. 3. spectare dicas, tamen quia γὰρ initium periodi designa, notis parentheseos non opus est, sed sufficit v. 3 4. tres periodos distingui, quarum vltima reuera ad vtramque priorem referri potest.

Luc. II, 2. Iob. IV, 8 VI, 6. VII, 39.

Act. I, 19. c. WOLLIVS p. 40. contendit esse parenthesin, quia haec ipsi non videntur ad Petri Apostoli orationem pertinere, sed a Luca esse addita. Sed aliis secus videtur.

Act. V, 26. TIMEBANT ENIM POPV-LVM, NE LAPIDARENTVR.

Act.

Act. VIII, 16. in quibusdam editionibus.

Act. IX, 12. parentheſis eſſe putatur, ac ſi verba Lucae comprehendat. Sed nihil obſtat, quod
etiam BEZA notauit, quin oratio *Ieſu* hic continuari exiſtimetur.

Act. XVII, 11. 12. XVIII, 3. membrum alterum.

Act. XXI, 29. XXII, 2.

Rom. I, 25. *Conf.* §. 6.

I *Cor.* III, 8. membrum alterum.

I *Cor.* X, 4. XI, 10. XVI, 5. membrum alterum.

2 *Cor.* VIII, 18. pro parentheſi haberi poteſt,
vt videtur IO. CONR. SCHWARZIO *in Mo-
numentis ingeniorum* Tom. I, p. 89-92. quoniam
omnino B cum A, nullo modo autem cum P cö-
haeret, ſi eius hypotheſis vera eſt, quam I. C.
WOLFIVS *in Curis ad h. l.* recitat, ſed ipſe nihil definit. Quamuis autem ei concedatur, χει-
ϱοτονηθεισ συνέκδημος ad ἐξῆλϑε v. 17. referendum, et illud verbum hic mente repetendum eſſe,
ſunt tamen alia, quae fingit, vt hypotheſi ſuae ſer-
viant, vt quando poſt συνεκδημ ϛ vult ὑμῶν legi
contra omnium codicum fidem, (quod etiam
WOLFIVS notat,) et eodem modo v. 22. ex ingenio transfert, fratrem veſtrum: et quando iterum v. 23. poſt Τίτȣ ſupplet, αὐϑαίϱετος ἐξῆλϑε,
Nominatiuum *is* inuito textu addens, vt dicere
poſſit, v. 23. diſerte a Tito hominem diſcerni αὐ-
ϑαίϱετον, qui vel ipſo Tito poſſet plus confidere
gratia Corinthiorum, et pro illo conſilia Pauli
perſequi et acrius adiuuare. Ideoque ſatis cau-
ſae eſt, vt hanc parentheſin auctoris ingenio re-
linqua-

inquamus. Nec magis admittenda videtur parenthesis v. 19. quam commendat B E Z A quaeque in multis editionibus notatur. Quamuis enim
ϛελλόμενοι ad συνεπέμψαμεν constructione respiciat, pari tamen nexu v. 19. cum v. 18. cohaeret, et sufficit tres diuersas periodos fieri.   Sed
parum abest, quin N. K N A T C H B V L L O calculum adiiciam, qui σὺν τῇ χάριτι, et quae v. 19.
sequuntur, cum συνεπέμψαμεν vna propositione,
coniungit, et parenthesin ita instruit: Vna vero
misimus cum eo fratrem, (cuius laus est in Euan-
gelio per omnes ecclesias, nec id solum, sed etiam qui constitutus est ab ecclesiis socius peregri-
nationis nostrae,) cum hoc dono, quod admini-
stratur a nobis ad ipsius Domini gloriam, et ad
vestram animationem s. ad studium vestrum exci-
tandum.   Nam haec parenthesis facilitatem orationi conciliat, et omnino locum habet, si v. 18.
et 19. vno versiculo comprehendantur.

    Eph. IV, 9. 10. 2 *Thess.* II, 7. *Hebr.* IX. 26.
2 Petr. II, 8.

§. 19.

Tertio membrum aliquod P non est pro parenthesi habendum, si non est nexus arctior membrorum A et B, sed potius P magis cum A aut B cohaeret, et coniunctum cum alterutro plerumque
vna periodo ad membrum tertium respicit. *Conf.*
Can. II. §. 16 *num.* IV.   Ideo repudiandae sunt
multae, quas interpretes fingunt, parentheses, v. g.
Gen. X, 11. 12. D I O D A T I in V E R S. I T A L.
qui? Assur, cuius demum v. 22. prima mentio est,
            F 5   hic

hic alieno loco commemorari, et eius rebus gestis ordo narrationis de Chami familia diuelli videtur. Nam אַשּׁוּר in Nominatiuo exponitur, et intelligitur ille Semi filius in VERS. GRAECA VVLG. LVTH. PAGN. TIGVR. HISP. GALL. ANG. et BELGICA. Sed quidquid v. g. PERIZONIVS in ORIG. *Babyl. et Aegypt.* Tom. I. p. 51-64. ad illam priorem probandam afferat, verisimilior est altera expositio, quod Nimrod egressus sit in Assyriam, quae legitur in VERS. TREM. IVN. PISC. et SCHMIDII, quamque post BOCHARTVM CLERICVS et STARKIVS *in Notis sel.* defendunt, vbi parenthesis etiam illa prorsus euanescit. Tertia expositio, qua אשור pro Nino, Nimrodi filio aut nepote sumitur, et quam PFEIFFERVS *in Dub. Vex.* suam fecit, paucos fautores inuenit.

Gen. XI, 4. TREM. vertens ויאמרו, nam dixerant.

Gen. XIV, 3. alterum hemist. in VERS. SCHMIDII, quae parenthesis cessat, si הוא Pronomine Relatiuo exponitur.

Gen XV, 7-12. TREM. qui ויאמר v. 7. reddit, Dixerat enim, ac si ante promissionem haec gesta sint, et v. 6. cum v. 13. coniungi debeat.

Gen. XX, 4. prius hemist. in VERS. ITAL. XXIII,1. hemist. alterum in VERS. TIGVR. XXIV. 63. prius hemist. et XXVI. 18. TREM. XXVIII. 19. alterum hemist. in VERS. TIGVR. XXXII, 33. in VERS. ITAL.

Gen. XXXVIII, 11. (*Dicebat enim, videndum, ne moriatur ipse quoque sicut fratres eius.*) in VERS.

VERS. PAGN. TREM. et ANGLICA, falſo,
quia haec cum priori in hoc Paſuco periodo cohaerent.

Gen. XXXVIII, 16. *(Non enim nouerat nu-
rum ſuam eſſe.)* in VERS. PAGN. TIGVR.
TREM. ITAL. et ANGL. falſo, ex eadem ratione.

Gen. XLVII, 22. in VERS. TREMELL. et
ITALICA.

Exod. IV, 24-26. in VERS. TREM. et IVN.
Hic v. 23. et 27. neque inter ſe, neque cum Pa-
ſucis, qui intercedunt, vllo nexu coniunčti ſunt.
Nam quod SEB. SCHMIDIVS in ſua verſione
v. 23. ad circumciſionem filii Moſis trahit, hoc
quidem eſt a ratione alienum.

Exod. IX, 24. et XIII, 19. TREM.

Exod. XIV, 19. alterum hemiſt. TREM. cui
durum videbatur, duas propoſitiones ſententia
easdem nuda copula coniungi. Sed magis in-
congruum eſt, quod ſic, quae v. 20. dicuntur,
non ad columnam nubis, quo proprie ſpečtant,
ſed ad angelum Dei referenda ſint.

Exod. XVI, 11. 12. TREM.

Exod. XVI 24. TREM. qui falſo ſupponit
v. 22. et 24. contineri orationem Moſis eodem
tempore prolatam, et ex hypotheſi הֵיּוֹם v. 25.
non *hodie*, ſed *eo die* vertit.

Exod. XVII, TREM. et IVN. in ſcholiis, qui
hic prolepſin ſibi imaginati ſunt, cum, interue-
nientibus Amalekitis, non omnia ſtatim facta ſint,
quae Moſes v. 6. feciſſe dicitur. Sed hanc hiſtoriam cum illa Num. XX, 1-13. confudiſſe videntur.

Exod.

Exod. XIX, 9. alterum hemistichium T I G V R. et V A T A B L V S, vt Tautologiam mitigarent, quod propositio vltima v. 8. fere iisdem verbis hic repetitur. Nam cum his etiam alii vtramque renunciationem faciunt vnam, vt P A G N I-N V S: *Renunciauerat enim* — diuersa periodo et omissa parenthesi. Ita est in V E R S. G A L L. et B E L G I C A. T R E M. I V N I V S et P I S C. faciunt haec alterum membrum periodi: *cum s. postquam renunciasset* — ' Sed copulae 7 ad alterum periodi membrum haec significatio non competit. Ita V E R S. I T A L. vbi haec vt prius membrum periodi ad v. 10. referuntur, accentibus aduersa est. Rectius alii duplicem renunciationem facere videntur, vt V E R S. V V L G. H I S P. et A N G L. et clarius R. S A L O M O *in Commentario*, qui alteram die tertio, alteram die quarto, ex quo venerant in desertum Sinai, factam esse dicit. Ita S E B, S C H M I D I V S: *Retulitque Moses verba populi (etiam ad istud responsa) ad Iehouam*; et C L E-R I C V S: *Moses vero rursus renunciauit* —

Exod. XXXIII, 20. T R E M.

Leuit. VI, 2. (9) alterum hemist. P A G N. G A L L. A N G L. XI. 36. prius hemist. C A S T E L. XVI. 17. T R E M. et I V N.

Num. XIV, 25. prius hemist. in V E R S. A N-G L I C A et S E B. S C H M I D I I, ac si verba haec sint historici. At pertinent illa potius ad orationem diuinam, quae v. 20-25. continuatur, eaque cum altero hemist. ita cohaerent: *Cum vero Amalekitae et Cananaei, consistant in valle, cras reuertimini* — Conf. ad huius rei illustratio-

nem

nem v. 40-45.   Ceterum ihdocte et contra hi-
ftoriam in TIGVRINA יורש ex v. 24. hic repetitur: *Quin et Amalek, qui habitat — (haere-
ditate capiet.)* Eadem eft fententia VERSIONIS
HISPANICAE.

Num. XX, 13. prius hemift. TREM.

Num. XXI. 14. 15. in VERS. ITAL. et BEL-
GICA.   In GALLICA alterum hemift. v. 13.
parenthefi additur, contra §. 15.

Num. XXV, 9. TREM. XXXIII. 2. prius hemift. in VERS. TREM. et ITAL. v. 38. 39.
TREM.

Deut. I, 37. 38. IVN. et PISC. *conf.* §. 32.

Deut. II, 31. (30.) IV, 22. prius hemift. VII. 4.
TREM.

Deut. IX, 19. prius hemift. in VERS. PAGN.
et ANGL. falfo.   Nam duae periodi ita cohaerent, vt Mofes dicat, fe etiam hac vice veniam
a Deo impetraffe, quamuis hoc propter immane
Ifraelitarum delictum futurum effe dubitauerit.

Deut. IX, 22-24. in VERS. ITAL. parenthefis defignatur, ex hac fortaffe hypothefi, quod
v. 25. arctiori nexu cum v. 21. cohaereat et eae-
dem preces ac in v. 18. denotentur. Sed manifeftum
eft, eas preces intelligendas effe, quarum fit mentio *Numer.* XIV. 13-19. vnde etiam in loco *Deu-
teronomii* v. 25. cum v. 23. 24. cohaeret, et parenthefis nulla eft.

Deut. X, 1-9. in VERS. IVN. *ex Edit. Pifcatoris.*

Deut. XIX, 4, 5. XXIII, 6. (5.) TREM.

Deut. XXIX, 23. in VERS. PAGN. HISP. et
CLERICI, vbi oratione directa haec prolata effe
                                              intel-

intelliguntur.   At conſtructio huius Paſuci de-
pendet potius a Verbo וראו v. 22. hunc in modum: *cum viderint — ſulphure et ſale combuſtum
eſſe omne ſolum eius —*

Deut. XXXII, 51. in V E R S. I T A L.

Ioſ. III, 11. 12. VIII, 25. T R E M E L L. X. 8.
T R E M. I V N. et P I S C. XIII. 13. in V E R S.
I T A L. et G A L L. XIV, 15. prius hemiſt. T R E-
M E L L. XVII. 8. et 13. XX. 5. XXII. 14. (17.)
T R E M.

Ioſ. XXI, 10. alterum hemiſt. in V E R S. S C H M I-
D I I, G A L L, A N G L. quod rectius priori ita adiungitur: quod eorum eſſet ſors prima.

Iudic. I, 3. T R E M. v. 11. alterum hemiſt.
P A G N. T R E M. A N G L. v. 14. 15. in V E R S.
T R E M. et I T A L. v. 23. alterum hemiſt. in
V E R S. T I G V R. T R E M. A N G L. S C H M I-
D I I, v. 36. T R E M.

Iud. II, 18. alterum hemiſt. in V E R S. P A G N.
et A N G L.

Iud. IV, 5. prius hemiſt. V. 16. prius hemiſt.
T R E M. VI. 24. hemiſt. alterum I V N. et P I S C.
VI. 25. 26. VIII. 30. 31. T R E M.

Iud. XVIII. 28. (*ea autem eſt in conualle illa,
quae adiacet regioni Rechobi*) T R E M.

Iud. XIX, 16. alterum hemiſt. in V E R S. G A L L.
conf. §. 15.

Iud. XX, 23. in V E R S. A N G L. v. 37. 38.
S E B. S C H M I D I V S *in Commentario.*

I Sam. VII, in V E R S. T I G V R. et ſolum
prius hemiſt. in V E R S. P A G N. v. 3-6. T R E-
M E L L.

I *Sam.*

1 *Sam.* VII, 17. prius hemist. TREM. et IV-
NIVS, qui supponunt, Samuelem in vrbe Iearim
hoc altare exstruxisse. Recte autem monet PISC.
in Commentario, hoc nimis coactum videri, et potius שם posterius sicut prius ad vrbem Rama referendum esse.

1 *Sam.* XIII, 1. alterum hemist. in VERS.
PAGN. TIGVR. TREM. IVN. et PISC.
vt prius cum v. 2. coniungatur. Hic locus difficilis interpretum variis expositionibus tentatus est,
ex quibus praecipuas, propositi memor, paucis
commemorabo. Nam qui בֶּן־שָׁנָה aetatis annum denotare putant, illi vel dicunt, adiectiuum
numeri e textu Hebr. excidisse, idque variis modis supplent, vt SCHOLIASTES *antiquus ad*
Vers. Graecam, MELCH. CANVS, IOS. SCA-
LIGER, SPINOZA, WILL. WALL *in Cri-*
tical Notes on the Old Testament, VIGNOLIVS
in Chronologia, FRANC. FABRICIVS *in Chri-*
stologia Noachica et Abrahamica in Apendice, et
Critici recentiores alii, quod etiam in VERS. CA-
STELLIONIS insinuatur: vel dicunt, *Saulum*
filium anni vocari ratione simplicitatis et in-
tegritatis vitae et morum. Ita exponunt VERS.
CHALDAICA, R. SALOMO, GLOSSA ad
VERS. HISP. et VERS. TIGVR. *Saul fuit in*
regno suo (quemadmodum) puer vnius anni (sicque
regnauit duobus annis super Israelem.) An sic intelligi debeat VERS. VVLG. et PAGN. dicere
non audeo. Deinde alii epocham regni designari
volunt, vt haec sit verborum sententia: *Annum*
exegerat Saul in regno suo. Ita habent VERS.
LVTH.

LVTH. GALL. ANGL. BELG. et CLERICI.
Sed connexionem cum inferioribus membris variis modis efficiunt. TREM. IVN. et PISC.
verba illa cum v. 2. coniunxerunt in hunc modum: *Agens primum annum Schaul in regno ſuo,*
(duobus autem annis regnauit ſuper Iſraelem,) ele-
gerat ſibi Schaul — Hoc autem biennium non
omne regni eius tempus, quod alii nonnulli volunt, ſed illud ſpatium deſignare exiſtimant, quo
legitime regnauit, prius quam a Deo reiiceretur.
Rectius autem alii v. 2. cum altero illo hemiſtichio coniungunt, vt vertit SEB. SCHMIDIVS:—
cumque duobus annis regnaret ſuper Iſraelem:
elegit ſibi Schaul — ſicut etiam eſt in VERS.
LVTH. ITAL. et ANGL. Attamen cum haec
verſio accentibus non reſpondeat, et v. 2. ad v. 1.
integrum referendus ſit, mea ſententia verba ita
exponenda ſunt: *Annum exegerat Saul in regno*
ſuo, ſcil. cum geſta ſunt, quae Cap. XII. narrantur, et nunc duobus annis imperauerat Iſrae-
litis. *Tum elegit ſibi Saul. —*

I *Sam.* XIV, 4. 5. in VERS. TREM. IVN.
et PISC.

I *Sam.* XIV, (28. *populus autem labore delaſſa-*
tus erat.) in VERS. TIGVR. ac ſi ſit parentheſis hiſtorici ſacri. Sed potius haec ad ſermonem
in priori hemiſtichio relatum ſpectare aliis exiſti-
mantur.

I *Sam.* XVIII, 21. prius hemiſt. et v. 25. alterum hemiſt. TREM.

I *Sam.* XX, 39. in VERS TIGVR. et TRE-
MELLII.

I *Sam.*

1 *Sam*.XXVII,8. hemist. alterum C A S T E L L I O, *conf*. §. 24.

I *Sam*. XXVIII, 3. XXX, 12. T R E M. p. 10. alterum hemist. A N G L.

2 *Sam*. I, 18. in V E R S. A N G L I C A, II. 18. T R E M E L L. IV. 4. in V E R S. I T A L. *conf*. §. 15.

2 *Sam*. V, 8. XVII, 25. alterum hemist. T R E- M E L L I V S.

2 *Sam*. XIX, 12. (*Nam sermo totius Israel per- venerat ad regem in domum suam*.) in V E R S. V V L G. P A G N. T I G V R. P I S C. I T A L. G A L L. A N G L. B E L G I C A. Non autem est verisimile, orationi Dauidis, quae v. 13. 14. continuatur, verba aliena historici sacri esse interposita. Mihi videntur potius etiam illa verba esse Dauidis, cum hemistichio priori ita coniungenda: *cum sermo to- tius Israel peruenerit ad* — vt est in V E R S. T R E M. I V N. et H I S P. vbi quidem ad אל־ביתו repe- titur להביא, quod, an necessarium sit, aut con- structionis analogiae congruat, valde dubito.

2 *Sam*. XIX, 33. XX, 14. T R E M.

I *Reg*. IX, 2 9. T R E M. et I V N. faciunt pa- renthesin, existimantes, Protasin v. 1. per Epana- lepsin v. 10. repeti. At rectius aliis omnibus v. 2. est Apodosis.

I *Reg*. IX, 15-19. P A G N I N V S; v. 16-19. T I G V R I N I.

I *Reg*. XVI, 6. (8.) T R E M. XX. 28. T I G V R. XXII. 10-12. T R E M. v. 18. P A G N. et T I- G V R. v. 35. P A G N.

Sp. Parenth. V. et N. T.   G   2 *Reg.*

2 *Reg.* IV, 13. 14. T R E M. et I V N. vel potius v. 13. 15. in V E R S. P I S C. et B E L G. Sed
vtraque parenthefis ceffat, fi לסכיר non ad Eli-
faeum, fed ad Gehafi eius famulum refertur, quod
omnino melius videtur.

2 *Reg.* X, 6. alterum hemift. in V E R S. P A G N.
T I G V R. S C H M I D I I, I T A I. G A L L. A N G L.
et B E L G I C A.

2 *Reg.* XIII, 4 - 6. in V E R S. P I S C. V. 5. 6.
in V E R S. P A G N. T I G V R. A N G L. B E L G.
v. 6. in V E R S. I T A L I C A.

2 *Reg.* XV, 37. in V E R S. P A G N. T I G V R.
et A N G L I C A.

2 *Reg.* XV, 2 - 4. XVI, 6. XVII, 21. 22.
T R E M. et I V N.

Ief. VIII, 3. prius hemift. T R E M. XIII. 13.
T R E M. et I V N. XVII. 6 - 8. in V E R S. A N-
G L I C A.

Ief. LX, 8. T R E M. falfo, quia haec verba,
quibus diuina oratio continuatur, ad v. 9. fpectant.   Neque eft probabilis eorum expofitio, qui,
addito *inquies*, haec verba ad Hierofolymam referunt, vt eft in V E R S. I V N. P I S C A T O R I S
et S C H M I D I I.

Ierem. XXX, 26. a multis interpretibus verbi
Ieremiae contineri putantur, quibus laetitiam
fuam fuper tantorum bonorum promiffione figni-
ficet, v. g. a V A T A B L O, D I O D A T I, C L E-
R I C O, ideoque in V E R S. P I S C. et B E L G.
parenthefeos notis diftinguuntur. Sed quo pertineat haec laetitiae fignificatio, orationi diuinae
quae vsque ad finem Capitis continuatur, inter-
pofit

posita, difficile intellectu est, aut quomodo, postquam Ieremias ex somno prophetico excitatus
fuerat, Deus tamen v. 27. seq. continuo loqui
perrexerit. Quodsi vero cum aliis v. 26. verba
ita exposita: *Propterea* (non enim opus est, vt
cum Schmidio אֵת ad נְפֶשׁ referamus,) *euigilabo
et videbo, quamuis somnus meus dulcis mihi sit;*
Deo attribuamus, tantum abest, vt incongruos
sensus pariant, vt potius commodam explicationem admittant, cum etiam alibi, vt *Psalm.*XLIV.
24. LXXVIII. 65. *somnus Deo adscribatur, qui
auxilii et promissorum praestandorum dilationem
significet.*

Ier. XXXII, 2-5. VERS. BELGICA et AL-
PHENIVS §. 47.

*Ier.*XXXVII.4. 5. in VERS. TIGVR.HISP.
et BELGICA. Ita TREM. solum alterum hemist. v. 5. falso parenthesin esse iudicauit, dum
ו in וישמעו ex suo ingenio *nam* exposuit, et ad ו
in principio Pasuci לֹא ex v. 4. repetiit.

Ezech. VIII, 8. 9. TREM.

Ezech. X, 3 - 5. PAGN. et TIGVR. V. 4.
TREM. V. 16. 17. TREM.

*Ezech.*XLII, 11. 12. TREM. et IVNIVS;
XLVIII. 14. TREM.

Ion. I, 10. alterum hemist. in VERS. TI-
GVR. GALL. ANGLICA.

Mich. III, 11. PAGN. V. 10. II. TIGVR.

Ruth. I, 6. alterum hemist. TREM.

Cohel. II, 25. in VERS. TREM. IVN. PISC.
ITAL. et BELGICA.

Cohel. VII, 28. in VERS. TREM. et ITAL.

Cohel.

Cohel. IX, 4. alterum hemist. in VERS. PISC
et BELGICA.

Esth. I, 5. TREM. qui apparatum v.-6. 7. de
scriptum ad conuiuium prius refert, cum reuer
ad vtrumque pertineat.

Esth. VI, 6. alterum hemist. in VERS. PAGN
TREM. GALL. ANGL.

Esth. VIII, 11. 12. *Esra* IV, 15. TREM.

Nehem. II, 9. alterum hemist. in VERS. ITAL
et ANGL.

Nehem. IV, 3. 4. (9. 10.) XI, 2. XII, 32 - 36.
TREM.

Nehem. XII, 46. in VERS. ITAL.

I *Paral.* II, 22. 23. V. 14. TREM.

I *Par.* IX, 18. prius hemist. in VERS. TREM.
IVN. et ANGLICA, vbi haec verba ratione
haud verisimili ad solum Schallumum referuntur,
cum rectius cum altero hemistichio coniungi debere videantur.

I *Par.* IX, 30 et 38. prius hemist. XII, 19. alterum hemist. TREM. XV, 27. hemist. alterum TREM. et IVN.

I *Par.* XXI, 5. alterum hemist. TREM.

I *Par.* XXIII, 24 - 27. TREM. v. 25. 26. in
VERS. ITAL.

2 *Par.* VI, 13. in VERS. PAGN. et BELG.
at solum prius hemist. in VERS. TIGVR.
TREM. IVN. et ITAL. Parenthesis vtraque
in VERS. PISC. SCHMIDII, HISP. GALL.
recte omittitur.

2 *Par.* VII, 6. item v. 12-22. (VIII. 2 - 12.)
TREMELL.

2 *Par.* VIII. 9 (21.) in VERS. TREM. IVN.
PISC. ITAL. BELG.

2 *Par.* X, 17. TREM.

2 *Par.* XV, 9. alterum hemist. it. XVIII, 17. in
VERS. ANGL.

2 *Par.* XXIII, 19. XXXI, 3. PAGN. it. v. 17.
in VERS. ITAL.

Psalm. CXXXIX. 12. in VERS. ITALICA.
Iob. VI, 29. TREM.

SCHOLION.

Ex iisdem rationibus supra positis reiiciendas
esse censeo parentheses nonnullas, quae ab
editoribus et interpretibus Noui Testamenti Graeci admmittuntur, quod genus

Matth. IX, 6. vbi verba: ἵνα δὲ εἰδῆτε — ἁμαρ-
τίας) c. WOLLIVS p. 79. 80. pro parenthesi
vult haberi, quam dicit Ellipticam. *Conf.* §. 25.

Marc. III, 21. (ἔλεγεν γάρ· ὅτι ἐξέςη.) Hanc
parenthesin c. WOLLIVS p. 32.-35. statuit. At
quia haec verba periodum completam efficiunt,
et cum prioribus apte cohaerent, parenthesis nulla
est. Ceterum solidis ibi rationibus euincit, non
de Iesu, sed de populi turba dici, quod furore
correpta sit, quod etiam HOMBERGIVS *in
Parergis* S. aduersus BEZAM, et alii demon-
strarunt.

Marc. V, 8. parenthesis habetur, falso, quia v. 8.
arctiori nexu quam v. 9. cum v. 7. coniunctus est.

Marc. XI, 13. (ὐ γὰρ ἦν καιρὸς σύκων. Hanc
parenthesin commendat c. WOLLIVS p. 35·37.

frustra,

fruſtra, quod verba illa periodum exhibent, quae ad priorem ſpectat, et periodus diuerſa v. 14. ad v. 13. integrum referenda eſt.

Actor. V. III, 39. Significatio particulae γὰρ propria non congrua huic loco interpretibus viſa eſt: ideoque ea exponitur *autem* in VERS. SYR. VVLG. et LVTHERI; *ſed* in VERS. CA-STELLIONIS; *igitur* ab ER. SCHMIDIO. Negligitur, et in eius locum *et* ſubſtituitur in VERS. ITAL. HISP. ANGLICA, quod etiam placet ANT. BLACKWALLO in *Critica S. N. T.* Sed C. WOLLIVS in *Notis ad Blackwallum* p. 115. nativam particulae γὰρ poteſtatem contuendam eſſe, (quae etiam in VERS. ERASMI ROTEROD. PISC. et BELGICA expreſſa eſt,) et parentheſin exegeticam recipiendam arbitratur.

Rom. V, 12. nonnulli ἀναντα πόδοτον ſtatuunt et cogitantes, Protaſin v. 19. reſumi, verba inter media v. 13-18. parentheſin eſſe volunt, vt BEZA *in Annotatt. maioribus,* IO. PRIDEAVX *in Opp Theol.* p. 288. Sed N. KNATCHBVLL, HOM BERGIVS, C. WOLLIVS p. 135. ſeq. et alii quibus haec parentheſis nimis dura viſa eſt, omni no in v. 12. verbis: *ita etiam in omnes —* Apodoſi deſignari contendunt. Neque etiam v. 13. noti parentheſeos includi debet, quod factum eſt i quibusdam editionibus, quamuis obiectionem e contineri ſupponamus.

2 *Cor.* V, 3. (*Vtinam etiam induti, no nudi reperiamur.*) Ita N. KNATCHBVL verba cum parentheſi expoſuit. Sed WOLFIV

i

in *Curis Philol.* et H O M B E R G I V S hanc particulae ἔιγε significationem merito reiiciunt.

2 *Cor.* V, 7. in plerisque editionibus et versionibus, et simul etiam cum v. 8. in E D I T. B E-
Z A E et E R. S C H M I D I I, notis parentheseos
includitur, rectissime quidem, vt W O L F I O *in
Curis ad h. l.* videtur.   Mea vero qualicunque
sententia haec parenthesis reiicienda est, propterea
quod Διὸ v. 9. non ad v. 6. sed potius ad v. 6-8. referri debet. Repprobanda etiam est parenthesis v. 7.
quia haec periodus maiori nexu quam v. 8. cum
v. 6. cohaeret, et ad illius verba vltima spectat.

Gal. II, 6. verba, ὁποῖοι — ὰ λαμβάνει, vt
parenthesin accipiunt G R O T I V S, H O M B E R-
G I V S et alii, quae etiam in plerisque editionibus notata est.   Ita vero particulae γὰρ vis infer-
tur, quae sententiam inchoare solet, quocunque
modo verba priora v. 6. ante parenthesin intelligenda sint.   Nam quando multi ἔλαβον aut simile Verbum ad illa supplent, otiosam tautologiam inducunt, cum sic eadem in fine versiculi repetantur.   Alii, vt post C A L O V I V M O E D E R V S
in *Animaduerf.* p. 29. illa verba priora cum proximis construunt: De illorum vero numero qui
videntur esse aliquid, quales fuerint; vbi, N.
K N A T C H B V L L verba ita accipit, ac si οἱ δὲ
ἀπὸ τῶν δοκιέτων — scriptum sit.   Atque sic
non opus est parenthesi, quam etiam euitant, qui
verba ἰδέν μοι διαφέρει, cum ἀπὸ construenda
esse volunt, vt H O M B E R G I V S: Ab illis vero,
qui videntur aliquid, non differo; vel vt c. W O L-
L I V S p. 99. ab iis vero, qui censentur esse ali-

G 4   quid,

quid, nihil mihi diſcriminis intercedit; ita vt ἀπο, quod alioquin ad Genitiuum in hac phraſi omitti ſolet, hic exprimatur.

Philipp. I, 27. vsque ad II, 17. iudicio c. WOL-
LII, p. 68. inſignis reperitur parentheſis pathetica, cuius ſententiae rationem ſe non admodum
perſpicere WOLFIVS in *Curis ad* h. l. p. 191.
fatetur. Et profecto repetitio ſola eorundem verborum non efficit parentheſin, ſi verba interpoſita ad rem pertinent, et eorum vel cum priori
vel cum poſteriori membro connexio intelligitur.
Conf. §. 6.

Coloſſ. III, 15. 16. (Καὶ ἡ εἰρήνη — ἐν πάσῃ
σοφίᾳ) ER. SCHMIDIVS *in editione et verſione N. T.* ac ſi διδάσκοντες a verbo ἐνδύσασθε
v. 12. et Participio ἀνεχόμενοι pendeat: ſed absque ratione, cum P cum A et B optime cohaereat. Conf. §. 13. Schol. II. Deinde c. WOL-
LIVS p. 137. ſola verba v. 16. ὁ λόγος — σο-
φία, vult eſſe parentheſin, vt διδάσκοντες ad εὐ-
χάρισοι γίνεσθε v. 15. ſpectet. Sed ipſe dubius
animi, connecti etiam poſſe exiſtimat διδάσκοντες cum verbo ποιεῖτε, ex v. 17. ἀπὸ κοινῦ re-
petendo, et hac expoſitione faciliorem expedi-
tioremque non eſſe vllam pronunciat. Vtramque hanc opinionem deſerit *in nota ad* BLAK-
WALLVM p. 8. dicitque Participia v. 16. elegantiam conſtituere Atticam, vt Ellipſis Verbi
Subſtantiui ſuppleatur. Huius obſeruationis, quae
etiam ex Hebraiſmo illuſtrari poteſt, vſus eſt in
aliis locis, vbi ob ἀνακόλβθον apparens Participiorum parentheſes ſtatuuntur. Huc redit ſen-
ten-

tentia B E Z A E et W O L F I I *in|Curis ad h. l.* qui
ἀνακόλᾳϑον, ſed absque Soloeciſmo, in *tali* Participiorum vſu admittunt.

Hebr. XII, 20. 21. non valet parentheſis, ſi v.
22. quod optimum videtur, periodi initium ſtatuitur.

1 *Ioh.* V, 7. Sociniani *e*t Neo - Ariani nonnulli
parentheſi includunt, vt oſtendatur, haec verba
non eſſe aeque authentica ac reliquam Epiſtolae
partem.   Hanc parentheſin c. W O L L I V S p. 100-
113. reiicit, et ſpeciatim T H O M A E E M L Y N,
Angli, rationes ſolide refellit.

§. 20.

Nunc ad parentheſes, quae intra membra periodi occurrunt, enarrandas pergo, vbi iterum
valet character ille vniuerſalis §. 4. vt vbiuis A
et B inter ſe nexu arctiori quam cum P cohaereant.
Igitur quando P. vel nullo, vel minori nexu cum
A aut B coniunctum eſſe ſupponitur, membrum
illud P ſententiam abſolutam et ſatis completam
ſuppeditare, adeoque ſua natura periodum efficere
cogitari fas eſt, quae vero, vt membra fiant homogenea, in nexu orationis pro membro periodi
eſt habenda. (§. 7.)   Hoc etiam ex eo manife-
ſtum eſt, quando ab initio membri P, vt exempla
mox producenda docebunt, particula vel nulla, vel
talis, quae tantummodo in principio periodorum
locum ſibi vindicat, occurrit, cuiusmodi eſt ׀ *au-*
tem; ׳כ, quando non *quia*, ſed *nam*, vel neceſſario, vel commodius exponendum eſt, et particula interrogandi. Atque hoc in media periodo,

do, (non autem ad parenthefes intra duas periodos) chara&erem fpecialem parentheseos suppe-
ditat. Sic poteft eadem conditione admitti, quod
obferuat c. WOLLIVS p. 19. parenthefes N.T.
cognofci ex hisce fimilibusue dictionibus, κα-
θῶς, γὰρ ὅτος, ὅς, ἤ, ὅ, quod quidem Pronomen
Relatiuum huc non pertinere manifeftum eft, quoniam eo vbiuis membrum aliquod orationis priori
adiungitur, et huius sententiam determinat. Atque illa conditio fpecialis adeo certa eft, vt quando P intra duo membra periodi eft cum particula,
quae in media periodo adhiberi folet, parenthefis effe non poffit, quod probatur exemplis in
§. 22. et 24. producendis. Cum etiam in §. 18.
haec conditio fit pofita, vt, quando membri A vel
B aliqua connexio cum P. apparet, non opus fit
parenthefin admitti, fuisque fignis indicari, quamvis membra A et B arctiori, nexu cohaereant:
alia ratio eft parentheseos intra membra periodi,
vt illa non fit reiicienda, licet P nexu Logico cum
A cohaereat, fi character ille vniuerfalis et hic
fpecialis applicari poffit.

§. 21.

Parenthefis, quae intra membra periodi ex dictis in §. 20. bona effe cognofcitur, plerumque
ad membrum prius accentibus refertur, vt fectio
maior fit in fine parentheseos, cuius generis exempla primo, quae in promtu funt, recensebo.

Gen. VIII, 21. conf. §. 14. Scholion.

Gen. XIX, 9. (*dicebant autem inter fe, vnus
ille venit ad peregrinandum, et iudicium exercuit:*)

SEV.

SEB. SCHMIDIVS *in Commentario* recte parenthefin effe iudicat.   Nam in priori hemiftichio tria membra B P A Rbhia, Sakepho et Atnacho obfignantur, et membrorum A et B, non autem membri P cum alterutro connexio apparet,
quia in ויש׳כם perfona mutatur: nec licet hoc verbum in perfona fecunda exponere, vt in VERS.
GRAECA, VVLG. LVTH. et PAGN'INI factum eft.

Gen. XIX, 20. (*nonne exigua eft?*) in VERS.
TIGVR. TREM. PISC. SCHMIDII, CLERI-
CI, ITAL. ANGL. et BELGICA.

Gen. XXX, 27. alterum hemift. recte notis parentheseos includitur in VERS. CASTELL. et
IVNII, vt prius hemift. velut Protafis ad v. 28.
referatur, vbi nihil obftat ויאמר repetitum. Hanc
parenthefin probant etiam RIVETVS, PELAR-
GVS et PARENS *in Commentariis*, eaque in
VERS. TIGVR. ad finem v. 28. transponitur.
Sed *interpretes Graeci* abfurde בתשתן Apodofin
faciunt, et falfo VVLG. LVTH. et HISP. אם
negligunt, ficut alii ad prius hemiftichium temere
Apodofin fupplent, vt TREM. miffa faciamus
haec; PISCATOR, CLERICVS, ITAL.
GALL. audi me, *coll. Gen.* XXIII. 11. 13. 15.
et SEB. SCHMIDIVS, mane mecum.

Gen. XXXI, 50. *Si afflixeris filias meas, et fi
duxeris vxores praeter filias meas, (non eft homo
nobiscum:) ecce Deus eft teftis inter me et inter
te.* Ita verborum et membrorum nexus, qui im-
peditior paulo eft apud interpretes, facillimus
apparet. *Conf. Ierem.* XLII. 5.

Gen.

Gen. XXXV, 18. *Sed cum exiret anima eius,* (*mo-riebatur enim,*) *vocauit nomen eius Ben-Oni.* Nam in וידו praeſtat acc. Geraſchaim. *Vid. not. in Cod.* MICHAELIS. Haec parentheſis in VERS. PAGN. TIGVR. CASTELL. TREM. PISC. ITAL. GALL. ANGL. et BELG. notata eſt.

Gen. XLIV. 30. (*animus enim eius coniunctus eſt huius animo:*) Haec parentheſis notatur in EDIT. VERS. GRAECAE et VVLGATAE, item in VERS. PAGN. TIGVR. TREMELL. ANGL. et BELG. Nam plerique v. 31. Apodo-ſin faciunt, quae vero per integrum Paſucum continuanda eſt, vt Protaſi in v. 30. reſpondeat. In VERS. VVLGATA verba priora v. 31. ad Protaſin referuntur: ſi — videritque eum non eſſe nobiscum, — quod etiam in VERS. TI-GVR. et CLERICI factum eſt. Sed analo-gia diſtinctionis non permittit, vt membrum prius Protaſeos Silluco, et alterum Tiphcha deſinat.

Gen. XLV, 11. PAGN. CASTELL. ANGL. *Vid.* §. 15.

Gen. L. 3. (*ſic enim impleri ſolent dies eorum, qui aromatibus condiuntur.*) Haec parentheſis, quae in VERS. PAGN. TIGVR. TREMELL. ANGL. SCHMIDII et CLERICI deſigna-tur, non quidem eſt neceſſaria, ſi alterum hemi-ſtichium periodus diuerſa ſit. At praeſtat vnam periodum fieri: *Cum vero completi eſſent — fle-verunt eum Aegyptii —* ſicut etiam tempus con-diturae a tempore luctus diuerſum fuiſſe ſignifi-eatur.

Exod.

Exod. I, 1. (*cum Iacobo quisque et eius familia venerunt*) in VERS. TREM. IVN. et PISC.

Exod. VII, 15. (*nam exiuit ad aquas*) CASTELL. VIII, 16. (20) TREM.

Exod. XXII, 22. (*nam fi clamauerit ad me, audiam clamorem eius,*) Quia membrum A, S. v. 22. prius hemift. cum hoc membro P nullo modo, at cum v. 23. qui eft Apodofis, arctiori nexu cohaeret, admittendam effe cenfeo hanc parenthefin, quam TREM. notauit.

Exod. XXX, 2. (QVADRATVM efto) ita XXVII, 1. XXXVII, 25. XXXVIII, 1.

Exod. XXXII, 25. alterum hemift. in VERS. PAGN. CASTELL. PISC. ITAL. GALL. ANGL. et BELGICA.

Exod. XXXIV, 29. (*duae autem tabulae — cum defcenderet de monte*) vt Apodofis in altero hemiftichio veniat. Hac parenthefi in VERS. TREM. PISC. ANGL. et BELG. inanis Tautologia euitatur. Dubito vero, an melior fit parenthefis hemift. pofterioris in VERS. GALL.

Leu. XVIII, 11. (*foror tua eft*) quae parenthefis in VERS. ANGL. et BELGICA notatur, et in VERS. CASGELL. ITAL. CALL. et CLERICI ad finem Pafuci reiicitur.

Num. VII, 2. alterum hemift. in VERS. TREMELL. PISC. SCHMIDII, ANGLICA et BELGICA.

Num. XXIII, 13. (*tantummodo extremam eius partem videbis, fed totum eum non videbis,*) in VERS. PAGN. TREM. PISC. ITAL. et GALLICA.

Deut.

Deut. IV, 15. (*non enim vidiftis — e medio ignis,*) in VERS. TIGVR. PAGN. TREM. PISC. ANGL. GALL. BELG.

Deut. IX, 15. (*mons autem ardebat igne*) in VERS. PAGN. TREM. IVN. PISC. et GALLICA, quae parenthefis propterea quod הההר mox repetitum eft, vt in principio periodi fieri folet, admitti poteft.

Deut. XXI, 5. (*nam hos elegit — in nomine Iehouae*) conf. §. 15.

Iof. III, 15. alterum hemift. in verfionibus plerisque.

Iof. VIII, membrorum nexum non bene interpretes explicuerunt, qui fácilis eft, fi hunc Pafucum cum altero vna periodo coniungas, et pofterius hemiftichium parenthefin facias: *Cumque exiverint nos perfequentes, donec — (fugiemus enim ante eos,) tum vos furgatis —* In VERS. CASTELLIONIS parenthefis a verbis כי יאמרו inchoatur, et ad finem Pafuci producitur, quae per Canon. II. §. 15. non bona-eft; ficut etiam parenthefis propof. primae v. 6. in VERS. ANGL. Canoni I. §. 14. aduerfatur. TREM. hánc fecit parenthefin: (*dicent enim: fugiunt ante nos quemadmodum prius,*) quae, licet alterum hemiftichium fatis apte cum התיקכו conftruatur, non loco idoneo inferta videtur.

Iof. XV, 15. alterum hemift. in VERS. TREM. IVN. PISC. et BELG.

Iud. I, 10. (*nomen autem Chebronis erat olim Kiriath-Arba*) in VERS. PAGN. TIGVR. TREM. GALL. ANGL. BELG. SCHMIDII et CLERICI.

Iud.

Iud. IX, 17. 18. in verſionibus plerisque, quae parentheſis admitti poteſt, quia Protaſis v. 16. inchoata, v. 19. priori hemiſt. continuatur.

1 *Sam.* XXX, 6. *Cumque Dauid in magna' anguſtia verſaretur, quod — (nam dolebat ānimo omnis populus quisque ſuper liberis ſuis,) tamen confirmauit ſe Dauid, in Iehoua Deo ſuo.* Hanc parentheſm, etiam habent T R E M. I V N. et P I S C. ſed membra conſtructione dura ita' componunt: *Et quamuis duae vxores — et anguſtia eſſet — (erat enim —) tamen confirmauit ſe —* Si vero placuerit alterum hemiſt. periodum facere, quia ד ו י ד repetitur, tum per §. 19. parentheſis nulla eſt. Accentus autem non permittunt, כ י prius *nam* exponi, quod in V E R S. V V L G. P A G N. et A N G L. factum eſt.

2 *Sam.* VIII, 10. et 1' *Par.* XVIII, 10. (*nam Thoi bella cum Adarezero* interceſſerant) in plerisque verſionibus.

2 *Sam.* XIV, 26. (*ſolebat autem in fine anni cuiusuis — vt tonderet eum,)*

1 *Reg.* I, 15. (*rex autem erat valde ſenex) conf.* §. 15.

1 *Reg.* II, 17. (*neque enim te repudiabit,)*

1 *Reg.* II, 28. (*nam Ioabus ad Adoniam, non autem ad Abſalomum inclinauerat,)* ·

1 *Reg.* III, 26. (*nam commouebantur viſcera eius ſuper filio ſuo,)*

1 *Reg.* VIII, 39. (*tu enim noſti ſolus mentem omnium mortalium*) in V E R S. P A G N. C A S T. T I G V R. et A N G L.

1 *Reg.*

1 *Reg.* VIII, 46. (NON ENIM EST HO-
MO, QVI NON PECCET,)

2 *Reg.* I, 16. (*num quod non ſit Deus apud Iſraë-
litas, cuius oraculum conſuleres?*) in VERS.
PAGN. TREM. SCHMIDII, ANGLICA et
BELGICA: ſed in VERS. IVN. PISC. et
HISP. notae parentheſeos non expreſſae ſunt.
Alii omiſſa parentheſi in hanc ſententiam red-
dunt: *ac ſi non eſſet Deus* — vt eſt in VERS.
TIGVR. CASTELL. ITAL. GALL. et CLE-
RICI.

2 *Reg.* VII, 13. verborum inter Segoltam et
Atnachum parentheſis in Verſ. pleriſque et apud
c. WOLLIVM p. 71. deſignatur. De PAGN.
parentheſi conf. §. 14.

Ieſ. XLVHI, 11. (*quomodo enim profanari debeat, ſc. nomen meum,*) Haec parentheſis notatur
in ſola VERS. CASTELLIONIS: (alioqui
quanta eſſet indignitas,) idque merito, quia alterum hemiſt. cum propoſitione prima omnino
vna periodo coniungendum eſt.

Ier. VIII, 1. (*inquit Iehoua*) vt ante בעת, ſi
valet Chethibh, וְהָיָה ſuppleatur. Ita *Ezecb.*
XLIII. 19. (*inquit Adonai Elohim,*)

Ier. XX, 10. (*omnes homines mihi pacati obſer-
vant latus meum*) *Vid.* §. 14. Schol.

Ier. XXVI, 5. (*mature enim et crebro miſi, et
non auſcultaſtis*) recte in VERS. ITALICA.
Haec enim verba non apte cohaerent cum hemiſt.
priori, cuius autem et v. 4. connexio cum v. 6. ſ.
Apodoſi manifeſto apparet. Falſo autem verba,
והשכם ושלח, ac ſi in poſteriori Atnachus ſit,

ad

ad ſuperiorem propoſitionem referuntur in VERS.
VVLG. PAGN. TIGVR. HISP. GALL. BELG.
CLERICI: item in ANGLICA, vbi verba vltima, *at vos non auſcultaſtis*, parentheſeos rationem habere conſpiciuntur, ſicut eadem parentheſis alteri propoſitioni prioris hemiſtichii in
VERS. CASTELLIONIS inſerta eſt.

Ier. XXIX, 29. recte et neceſſario parentheſis
eſt in VERS. TREM. PISC. ITAL. et GAL-
LICA. Alii autem parentheſin omittentes non
animaduerterunt, vel non curarunt, quod ſic Apodoſis ad v. 25-28. deficiat. SEB. SCHMIDIVS
quidem *in Verſione et Commentario* v. 29. facit
alterum membrum Protaſeos: *Proptereaque quod
legit* — vt Apodoſis v. 30-32. veniat. Sed difficile intellectu eſt, אֲשֶׁר יַעַן ex v. 25. repetendum, nec potius denuo expreſſum eſſe; et hoc,
quod Zephania epiſtolam praelegerit Ieremiae, vt
cauſam allegari alteram, ob quam comminatio di-
vina aduerſus Schemaiam v. 30--32. pronunciata
ſit. Neque etiam probabilis videtur HERM.
VENEMA, *Viri Celeb.* opinio, qui in *Commentario in Ieremiam* v. 29-31. facit parentheſin, vt
v. 32. ſit Apodoſis ad v. 25-28. quia ſic iterum
Apodoſis ad יַעַן אשׁר v. 31. deficit. Mea ſententia connexio membrorum ita intelligi poteſt:
Continetur v. 30-32. vaticinium aduerſus Schemaiam, Ieremiae antea inſpiratum, quod Deus
hic repetit, et ſuis verbis ad Schemaiam referri
iubet, ita vt oratio eadem diuina a v. 24. vsque
ad finem Capitis continuetur, et v. 24. ad omnia
reliqua reſpiciat. Iam v. 25-28. eſt Protaſis, qua

Sp. Parenth. V. et N. T.   H   cauſa

causa minarum diuinarum allegatur, quas deinde
Deus ipse. v. 30-32. repetit, vt haec sit Apodosis: *Ideo habitus est sermo Iehouae, i. e. meus ante*
aliquod tempus ad Ieremiam — Atque ita manifestum est, v. 29. esse parenthesin.

Ier. XLVI. 18. (*Iehoua Zebaoth est nomen eius*)
conf. §. 15.

Ezech. II, 5. (*nam sunt genus hominum contu-*
max) in VERS. CASTELL. item in ANGL.
et BEGLICA. Alii minus commode כִּי quia
reddere, et parenthesin omittere videntur.

Ezech. XVI, 23. alterum hemist. in VERS.
PAGN. CASTELL. PISC. ITAL. HISP.
GALL. ANGL. BELG. SCHMIDII et CLE-
RICI, quia prius hemist. vt Protasis ad v. 24.
referendum est. DACHSELIO quidem placet
haec interpretatio sine parenthesi: *Sed accidit post-*
ea omnis malitia tua: igitur: vae vae tibi, dictum
Domini Dei. At אַחֲרֵי nullibi est postea, neque illud per accentus auellere a כָּל-מַעְתֵּךְ, et
vt conceptum diuersum ad Verbum referre licet.
Neque etiam hanc parenthesin facere integrum
est: (vae vae tibi) quae in VERS. TIGVR.
TREM. et IVNII apparet.

Ezech. XXXVIII, 11. alterum hemist. in VERS.
ITAL. non male sec. texrum Hebr. quia particula
nectens abest, et prioris hemist. est respectus arctior ad v. 12. Eos autem, qui omissa parenthesi כלם
Pronomine Relatiuo exponunt, non reprehendo.

Esth. I, 1. parenthesis hemistichii posterioris in
versionibus plerisque notatur, vbi prioris propositione altera in v. 2. 3. coniungenda est. Sed in
VERS.

VERS. VVLG. LVTH. CASTELL. HISP.
et GALL. parenthesis euitatur, et haec verba,
omisso nomine regis repetito, sic prioribus adne‑
Auntur: *qui erat rex* —

.*Esth.* II, 12. (*nam sic implebantur dies lustra‑
tionis earum*) Conf. §. 15.

Esth. III, 6. (*nam indicauerat illi populum Mor‑
lechai*) in VERS. TREM. IVN. PISC. et BELG.

Nehem. VIII, 17. (*non enim fecerant* — *vs‑
ue ad eum diem,*) Parenthesin hanc notarunt.
TREM. et PISC. qui quidem בִּי *etsi* reddunt.
Quae parenthesis bona est, si in hoc Pasuco est vna
eriodus, non autem est necessaria per §. 18. si
res periodi fiunt.

1 *Paral.* V, 36. (VI. 10.) alterum hemist. in
ERS. ANGL.

1 *Par.* XXVIII, 5. (*multos enim filios dedit mihi
ehoua*) in versionibus plerisque omnibus. Quia in
וַיָּבֶן initium est propositionis, conceptus etiam
bsolutus, וּמִכָּל־בָּנַי, propositionem exhibet.

2 *Par.* V, 11. alterum hemist. PISC. et CLE‑
ICVS, *conf.* §. 15.

2 *Par.* XXIV, 25. (*deseruerunt enim eum ob
orbi dolores multos*) recte in VERS. TREM.
NGL. BELGICA: sed in VERS. IVN. PISC.
CLERICI parentheseos notae non debebant
nitti. Neglecto כִּי haec propositio priori adiun‑
tur in VERS. VVLG. LVTH. TIGVR. et HISP. vel
) eodem sensu ac כ praefixum accipitur, vt ill
ERS. GRAECA.

2 *Par.* XXVIII, 29. — *cum occubuisset* — *et
eliuissent eum* — (*non enim intulerunt eum in*

H 2 *sepul‑*

fepulchra regum Ifraelis) *regnauit* ,— Haec
TREM. parenthefis illa conftructione bona est.
Non enim expedit, tres periodos fieri, neque etiam כִּי, quod multi fecerunt, hic *fed, vero,* exponi poteft.

Pfalm. XLIX, 9. (*nam pretiofa eft redemtio animae eorum, et ceffabit in perpetuum:*) Haec parenthefis recte, vt arbitor, in VERS. TREM. IVN.
PISC. ANGL. BELG. et in COCCEII *Commentario* defignatur.   Nam וִיחִי non poteft non
exponi, vt viuat, vbi nexus v. 10 et 8. manifefto apparet.

Pfalm. L, 3. (*veniat Deus nófter, et ne furdum agat*) Hanc TREM. et IVN. parenthefin non
dubito effe admittendam, fi propria particulae
אַל fignificatio valet, quam reliqui omnes *non*
reddunt.   Sed mirum, quod fic in textu non לֹא
fcriptum fit, quod etiam monendum ad aliquot
alia loca, vbi אַל *non* effe dicitur, quae tamen
propriam fignificationem, fi rem accurate perpendas, adhiberi permittunt, v. g.

Pfalm. XLI, 3. CXXI. 3. *coll.* 4. *Prou.* XXXI. 4
Iob. V. 22.

Pfalm. CXIX. 57. *Portio mea eft o Iehoua* (*dixi
vt diètis tuis pareum*. Hoc fenfu VERS. LVTH
TIGVR. PISC. HISP. GALL. et CLERICI
Malim in tertia perfona quam in fecunda, v
VERS. GRAECA, CASTELL. et TREM. ex
ponunt, quia fic אַתָּה exprimendum erat.   Non
nulli אָמַלְתִּי inuitis accentibus cum verbis pofte
rioribus coniunxerunt, vt CASTELLIO: T
*mihi conditio es, Ioua, cuius diëtis parere fta
tui*

tui. Idem in VERS. ITAL. ANGL. BELG. SCHMIDII, *paraphrafi* 10. CAMPENSIS et COCCEII *Commentario* factum eft.

Pfalm. CXXIV, 1. (*dicant nunc Ifraelitae,*) Haec parenthefis intra membra Protafeos recte in VERS. CASTELL. et PISC. notata eft. Eadem parenthefis *Pfalm.* CXXIX. 1. occurrit, vbi non obftat Canon 1. quod maior accentus in fine parenthefeos, quam ante membrum A apparet, quia fecundum Scholion §. 14. propofitio prooemialis diftinctione ordinaria Sillucum *requirebat.*

Prou. II. 18. 19. in VERS. TREM. IVN. et PISC. recte, vt arbitror, quia v. 16. quocum v. 17. Pronomine Relativo coniunctus eft, ad v. 20. refpicit, vt ad vltimum periodi membrum, quae v. 10-20. continuatur.

Prou. VII, 23. (*ficut feftinat auis ad laqueum*) Hanc parenthefin ex idonea ratione ftatuit D. I. F. HIRT, VIR S. R. *in Commentario in Proverbia Salomonis,* quod per accentus non licet alterum hemiftichium ad auem referre, et cum his verbis coniungere, quod quidem plerique omnes faciunt; fed haec ad iuuenem vt fubiectum v. 22. fpectant: neque etiam illa cum prima propofitione v. 23. fed cum altero hemiftichio v. 22. cohaerent.

Iob. XXXI. 18. *Vid.* 22.

Iob. XXXII, 16. LVTH. *Vid.* §. 15.

Iob. XXXIV, 18. connexio cum v. 19. eft intellectu difficilis, quia certum eft, ea que v. 19. dicuntur, de fummo Deo effe accipienda. Igitur

tur

tur SEB. SCHMIDIVS לִמְלֹךְ v. 18. interpre-
tatur Regem supremum f. ipsum Deum, quem
RENATVS KORTVM et alii sequuntur. Sed
cum alii viderent, מְלִךְ esse potius regem ex hominibus, nexus gratia ad initium v. 19. אַף כִּי
ita supplent: multo minus hoc dicere licet Deo:
vt est in VERS. HISP. ITAL. GALL. ANGL.
BELG. et *apud* MERCERVM *in Commentario.*
Quia vero haec Ellipsis nimis dura est, nec minus
illa Io. Clerici, qui verba, *Deus est,* ab initio
v. 19. addidit, sicut etiam non licet cum TREM.
et PISC. ad הָאֹמֵר subiectum facere Deum: videtur mihi et aliis, v. 19. non cum v. 18. sed potius cum v. 17. connectendum, adeoque v. 18.
parenthesin esse dicendum, qua hypothesi verborum sententia plana est.

§. 22.

In locis in paragrapho superiori tractatis merito parenthesis admittitur, quia membra A et B
sententia et constructione inter se cohaerere intelliguntur, et P nexu vel minori vel nullo cum alterutro coniunctum est, aut ad membrum vtrumque eadem respectu pertinet. (§. 4. 20.) Nunc
ad Canonem III. § 16. exigendae et reprobran-
dae sunt multae parentheses, quae intra periodi
membra, cum maiori quidem accentu in extremo,
falso et absque idonea ratione ab interpretibus
statuuntur; quando ex orationis indole et nexu
apparet, membrum A aeque ad P et ad B, vel
potius ad P. quam ad B. vel P † A ad B spectare.
Nam saepius character ille specialis §. 20. deficit,

cit, vt membrum P natura sua periodum completam non efficiat, quia Relatiuo אֲשֶׁר, copula וְ, particula כִּי, quae non per *nam* sed *quia* exponenda est, vel הוּא quae est pro אשׁר, aut aliis particulis construitur, quae tantummodo in media
periodo adhiberi solent: aut particula omissa
commode suppleri potest.   Denique exempla
nonnulla ad §. 18. et 19. remittuntur, vbi A et B ponuntur esse duo membra vnius periodi, cum tamen
B rectius diuersam periodum exhibere credatur, vt
hanc ob causam parenthesis non sit admittenda.

Gen. II, 19. alterum hemist. in VERS. TI-
GVR. IVN. PISC. Non suppetit ratio, cur וְ
in וְכֹל *etenim* reddendum sit. Rectius alii haec
priori hemistichio adiungunt, placetque versio
CASTELLIONIS: vt quo quamque animan-
tium nomine appellasset, id esset eius nomen:
Ita tamen, vt Apodosis v. 20. integro contineatur.

Gen. XIV, 7. (*haec est Kadesch*) in VERS.
IVN. PISC. et SCHMIDII, vbi הוּא est pro
Relatiuo. De v. 8. conf. §. 14.

Gen. XXIII, 17. alterum hemist. WASMVTHVS
p. 64. FRANKIVS *in Praefat. ad Diacrit. S.*
p. 37. et C. WOLLIVS p. 27. falso, licet ad v.
18. וַיָּקָם repetatur.   Nam illa verba non propositionem sed conceptum s. alterum Appositionis
terminum exhibent, qui conceptus in media propositione vel in eius fine per §. 38. parenthesis
esse non potest.

Gen. XXIV. 10. (*erat enim — in manu eius*)
in VERS. PAGN. TIGVR. TREM. ANGL.
et CLERICI. Haec potius prioribus copula *et*

H 4   adiun-

adiungenda, vel exponenda funt, vt habet CA-
STELLIO: *secum ferens de omnibus domini fui
bonis.*

Gen. XXVIII, 17. (*Territus enim dixerat —
porta coeli:*) TREM. qui v. 16 et 18. vna periodo coniunxit.

Gen. XXXIV, 13. alterum hemift. in VERS.
GALL. et BELG. V. 21. (nam terra fane lata
eft locis ante eos,) in VERS. PAGNINI et
ITALICA.

Gen. XXXV, 17. (SPERERAT AVTEM
ADHVC — *Ephratam*) TREM.

Gen. XXXVII, 21. alterum hemift. TREM.

Gen. XXXVIII, 5. alterum hemift. TREMEL-
LIVS, quia v. 1 - 5. fecit Protafin, et v. 6. ad
ויהי vt Apodofin retulit, id quod IVNIVS recte
mutauit.

Gen. XXXVIII, 27. (*ecce autem gemelli erant
in ventre eius*) TREM. IVN. et PISC. exifti-
mantes Protafin in v. 28. per Epanalepfin repeti.
Rectius alii verba illa faciunt Apodofin.

Gen. XXXIX. 11. (*quem adduxifti nobis*) Hanc
parenthefin DACHSELIVS cum HERM.
HARDTIO neceffariam iudicat ad tollendam
ambiguitatem, vt appareat, לצחק בי non ad
הבאת fed ad בא effe referendum, quod quidem
accentibus accurate definitur. Sed praeftat in
verfionibus ambiguitatem illam euitare ordine
verborum paululum mutato: *Seruus illeHebraeus,
quem adduxifti nobis, venit* — quod in VERS.
LVTH. CASTELL. ITAL. GALL. ANGL.
et BELGICA factum eft.

Gen.

Gen. XLI, 34. alter. hemiſt, TREM. quia putauit v. 35. cum priori ob Pluralem Numerum פְּקִידִים proxime eſſe coniungendum.

Gen. XLIII, 18. (*dicebant enim — et aſinos noſtros:*) Haec TREM. parentheſis nulla eſt, ſi v. 19. fiat initium periodi, licet Canoni II. non aduerſetur, quia Segolta in loco Atnachi ordinario euphoniae cauſa poſitus eſt.

Gen. XLIII, 30. (*quia incaleſcebant miſerationes eius ſuper fratrem ſuum,*) PAGN.

Gen. XLIV, 14. (*nam erat adhuc ibi*) in VERS. VVLG. PAGN. GALL. et SCHMIDII. Eſt וְהוּא ſec. alios pro Relatiuo.

Gen. XLV, 11. (*quoniam adhuc quinque anni famis*) in VERS. PAG. TIGVR. et ANGL.

Exod. I, 15. alterum hemiſt. in VERS. CASTELL. ITAL. ANGL. BELG.

Exod. II, 6. (*ecce autem puer flebat.*) TREM.

Exod. XIX, 2. alterum hemiſt. TREM. IVN. et PISC. qui prius hemiſt. v. 3. inuitis accentibus alterum periodi membrum fecerunt.

Exod XXVI, TREM.

Exod. XXXII, 29. (*nam conſecranda eſt cuique contra filium ſuum et fratrem ſuum*) TREM. qui Verbum alienum ſupplet, et וְ in וְלָתֵת negligit. Interpretum autem pauci ſententiam horum verborum adſecuti ſunt, quam bene expreſſit, CASTELLIO: *quas in veſtris filiis et conſanguineis promiſcue cruentaſtis.* Ceterum hic et in altero hemiſt. cauſa duplex ad propoſitionem, expiate hodie manus veſtras Iehouae, ſeparatim refertur. *Conf. Idea Analyt. S. §. 67. num. 3.*)

H 5

Exod.

Exod. XXXIII, 5. TREM. *Conf.* §. 17. ad v. 6.

Exod. XXXIV, 14. in VERS. BELG. quoniam omnino conſtructione cum v. 25. non cohaeret, vbi vero rectius alii ad ןכ, *caue tibi* ex v. 12. repetunt, vt hic periodus incipiat, vt TREM. IVN. PISC. DIODATI et CLERICVS,

Exod. XXXIV, 29. alterum hemiſt. in VERS. GALL. *Vid.* §. 21.

Leuit. XVI, 1. (*mortui autem ſunt, cum appro-pinquaſſent ante conſpectum Iebouae:*) TREM. Sunt potius haec ita prioribus adiungenda: *cum appropinquaſſent — et mortui eſſent.*

Leu. XVIII, 27. in VERS. PAGN. TREM. IVN. PISC. ITAL. et ANGLICA. Parenthesi non opus eſt, ſi v. 28. fiat initium periodi.

Num. XI, 26. *Vid.* in §. 24.

Num. XIII, 30. alterum hemiſt. TREM. IVN. et PISC. qui talem faciunt membrorum connexionem: *Et quamuis compeſceret — (dicebat enim —)* v. 31. *Tamen alii viri — Rectius ita: Compeſcuit autem — dixitque — Sed viri —*

Num. XIV, 14. Verba poſt Segoltam vsque ad finem Paſuci parenthesin faciunt TIGVR. TREM. IVN. *Conf.* §. 14. Schol.

Num. XIV, 22. (*Quia omnes iſti homines qui viderunt — tentarunt me — voci meae*) TREM. qui hic neglecto ו ad ובענ facit propositionem, cum reuera Paſucus hic integer vnicum conceptum exhibeat, et Verba poſterioris hemiſt. cum רשא conſtruantur.   Ceterum connexio membrorum difficilis variis modis ab interpretibus declaratur.   Nonnulli v. 21. aſſumunt Protaſin et Apo-

Apodosin: *Vt ego viuo, sic implebitur* — et v.
22. periodi initium faciunt. Ita VERS. TIGV-
RINA: *Etenim omnes viri, qui* — v. 23. *non
videbunt* — PISC. — *si videbunt* — (*non ero
Deus.*) VERS. ANGL. *Profecto non videbunt* —
Belgica:— so sie bas Land— sehen sollen! Sed quoniam cum אֲנִי חַי Apodosis non per ו, sed per כִּי
vel אִם construi solet, rectius alii v. 21. integrum
vt formulam iurandi accipiunt, quacum v. 23.
per אִם construatur, et v. 22. conceptum absolutum i. subiectum exhibeat. Neque dubitatio-
nem moueat כִּי, quod redundare videtur, vel
potius cum אִם sicut 2 *Reg.* III, 14. coniungendum est. Ita habent VERS. PAGN. HISP.
et CLERICI. Igitur non opus est formulam
iurandi ad v. 22. vel 23. repeti, quod DIO-
DATI et SCHMIDIVS fecerunt.

Num. XVII, 2. (*sancta enim sunt*) TREM.
(*ignem vero eorum disperge illuc*) PISC.

Num. XVII, 12. (*ecce autem inceperat plaga illa
in populo,*) TREM. qui alterum hemist. fecit
Apodosin. Sed quia וְהַדֶּבֶר in Apodosi collocari
solet, praestat in וַיְחִי periodi initium statui, quod
a IVNIO, PISC. et aliis factum est.

Num. XVIII, 2. alterum hemist. TREM. et
PISC.

Num. XXXI, 43-46. in VERS. PAGN. TREM.
IVN. PISC. SCHMIDII, ITAL. GALL.
ANGL. et BELGICA, quia supponitur, v. 47.
ad v. 42. per Epanalepsin spectare, et cum eo
ma periodo esse coniungendum. IO. CLERI-
CVS autem, vt parenthesin et Epanalepsin eui-
taret,

taret, v. 42. ita transtulit: *Dimidia vero parte.*
Ifraelitarum, quam (iis) diuiferat Mofes, (et) a
viris, qui bellum gefferant, (abftulerat, Leuitas
donauit.) Fingit complures Ellipfes duriores,
quas in Commentario excufat, et culpam in
feriptorem facrum transfert. Faciliori ratione
idem obtinetur, fi ad v. 42. ex v. 41.. בְּתַן מֶכֶם
repetatur.

Num. XXXIII, 53. alterum hemift. CASTELL.
TREM. IVN.

Num. XXXIV, 2. hemift. alterum in VERS.
PAGN. ANGL. Supponitur hic, ficut etiam
in HISP. quod prius hemiftichium ad v. 3. velut Apodofin fpectet, qua hypothefi parenthefis
non eft improbanda. Sed plerique alii ipfa
haec verba faciunt Apodofin: *tum haec erit terra,*
quae — id quod etiam melius videtur, cum
לגבלתיה aperte ad inferiora refpiciat, vbi termini
accurate definiuntur.

Deut. III, 19. TREM. Sed IVN. et PISC.
omiffa parenthefi, *Transite igitur* ex v. 18. ad
v. 20. repetunt, quem alii rectius cum v. 19. vna
periodo coniunxerunt.

Deut. VI, 18. alterum hemift. TREM. et IV-
NIVS, qui prius hemift. cum v. 19. cohaerere, et
fubiectum ad להרף, coll. *Num.* XXXIII, 52. (ficut etiam TIGVRINI) Ifraelitas effe putarunt.
Sed conferatur potius *Deut.* IX. 4. et Deus fubiectum habeatur cum aliis, vbi parenthefis ceffabit.

Deut. X, 13. (*quae ego praecipio tibi hodie*)
Hanc parenthefin ftatuit C. WOLLIVS p. 32.
for-

fortasse ad tollendam ambiguitatem, ne propositio vltima cum hac proxime priori connectatur,
quod v. g. in VERS. TIGVRINA et ANGL.
factum est. Bene, si modo propositio relatiua
parenthesi apta foret.

Deut. XV. 18. (*nam duplum est mercedis mer-
cenarii, quo seruiuit tibi sex annis,*) vt — TREM.
IVN. PISC.

Deut. XXIV, 1. (*quia inuenit in ea turpem rem
aliquam*) in VERS. TREM. IVN. et PISC.

Deut. XXIX, 15. 16. in VERS. IVN. et AN-
GLCA, vt פ v, 17. ad v. 13. 14. vno periodo
referatur. At praestare videtur, vt v. 17. quia
hic potius cum v. 15. 16. cohaeret, sententia incipiat: *Cauete s. videte, ne sit in vobis* — vt habent TREM. et PISC.

Deut. XXX, 15. TREM. qui v. 16. cum v.
14. coniungit, cum potius v. 16. 17. 18. ad explicationem v. 15. pertineant.

Deut. XXXII, 15. (*pinguefactus es, obesus es,
adipe obtectus es,*) in VERS. PISC. GALL. et
BELG. Haec ob solam personae verborum
mutationem (coll. תשמן in v. 14.) parenthesin
facere non conuenit, cum satis apte membra coniuncta sint.

Ios. II, 12. (*feci enim vobiscum misericordiam,*)
PAGN.

Ios. VIII, 6. TREM. Vid. §. 21.

Ios. VIII, 33. alterum hemist. TREM.

Ios. X, 1. parenthesis verborum a Segolta vsque ad Atnachum in VERS. VVLG. PAGN.
GALL. et ANGL. enotatur, quae venit inter
due

duo membra Protaſeos. Sed magis probabilis
eſt eorum expoſitio, qui עשה cum particula כי
conſtruunt: *quodque ſicut egerat — ita egiſſet —*
vt eſt in VERS. LVTH. CASTELL. TREM.
IVN. PISC. SCHMIDII, CLERIGI, ITAL.
et BELG. vbi non opus eſt parentheſi, eaque
fruſtra in VERS. TIGVR. notatur.

Ioſ. X, 2. item v. 11. alterum hemiſt. TREM.

Ioſ. XVII, 1. (*ipſe enim fuit primogenitus Ioſephi*)
PAGN. et TREM. falſo; quia hic eſt extre-
mum periodi. Non autem recte maxima Paſuci
diſtinctio ad מלחמה in VERS. VVLG. et CLE-
RICI, aut ad הגלער in VERS. LVTH. et ANGL.
ſtatuitur, vt verba; *Machiro primogenito Manaſ-*
ſis, patri Gileadis, veluti conceptus ad ויהי prius
referantur, vbi parentheſis illa falſa in media propoſitione venit. Ita etiam altera PAGNINI
parentheſis: (*ipſe enim fuit vir bellicoſus,*) non eſt
necceſſaria.

Ioſ. XXI, 20. alterum hemiſt. in VERS. PAGN.
et TIGVR. item *in notis* VATABLI, vbi conceptus abſolutus prioris hemiſtichii cum v. 21.
conſtruitur, qui potius ſecundum alios cum altero
illo hemiſtichio coniungi debebat. *Conf. 1 Par.*
VI. 51. (66.)

Ioſ. XXIII, 9. hemiſt. alterum TREM. qui
prioris hanc connexionem cum v. 10. fingit: *Vt*
expulit — ita vir ex vobis perſequetur —: item
IVN. qui v. 8. Protaſin facit: *Nam ſi adhaereſ-*
catis — vt expulit — ita — PISCATOR autem, qui etiam כי אם, *nam ſi* reddit, v. 9. integrum parentheſeos notis incluſit, vt v. 10. ſit

Apo-

Apodoſis.   Sed non opus eſt parenthuſi, quando
potius cum aliis אם כי *ſed*, ſonbern, poſt parti-
culas negandi in v. 7. exponitur, et v. 9. oratione directa, non autem de re futura ſed praeterita,
accipitur.

Iudic. II, 17. (*ſcortabantur enim --- et incurua-*
bant ſe illis,) T R E M.   Rectius alii omnes כי poſt
לא reddunt *ſed*, vbi parentheſis exulat.

Iud. III, 2. parentheſis eſt in V E R S. I T A L.
et S C H M I D I I, falſo, quia ſenſum non abſol-
vit, ſed eſt membrum periodi, quod cum v. 1.
apte cohaeret, et ad הבית referri debet, quamvis v. 3. etiam cum initio v. 1. conſtruatur.

Iud. III, 20. (*is autem ſedebat --- ſolus,*) in
V E R S. T R E M. I V N. P I S C. I T A L. et G A L-
L I C A.   At nexus huius et primae propoſitionis
eſt euidens, ſi ita exponas: *Cum ille ſederet ---*

Iud. III, 22. (*non enim extraxit gladium ſuum*
e ventre eius,) in V E R S. T R E M. I V N. P I S C.
et B E L G I C A.   Praeſtat כי reddere *quia*, vbi
parentheſis nulla eſt.   Diſplicet autem V E R S.
I T A L. G A L L. et A N G L. vbi כי לא שלף exponitur: *ita vt non poſſet extrahere ---*

Iud. IV, 17. alterum hemiſt. T R E M. qui exemplo ſingulari v. 18. cum אם conſtruit, cum reliqui
omnes alterum illud hemiſt. Apodoſin faciant.

Iud. VII, 19. (*tantummodo demum ſtatuebant*
cuſtodes) T R E M. I V N. et P I S C.   Si vero in hoc
Paſuco duae periodi fiant, illa verba Apodoſin prioris exhibent: *Cum itaque veniret Gideon --- modo*
ſ. vix (coll. Gen. XXVII. 30.*) conſtituerant cuſto-*
des.   Tum clanxerunt buccinis -- Nam ita הקים
omni-

omnino intelligendum effe videtur, ficut in VERS.
TREM. IVN. PISC. SCHMIDII, ITAL.
GALL. ANGL. et BELG. expofitum eft, quod
ex *Ier.* LI. 12. confirmatur.   Sed alli, excitare,
aufwecken, reddiderunt, vt GRAECI, VVLG.
LVTH. CASTELL. PAGN. TIGVR. VALE-
RA et CLERICVS.

Iud. XVII, 7. alterum hemift. TREM. ex falfa
hypothefi, qua ad prius hemift. הָלַךְ ex v. 8. fupplet. Parenthefes aliae falfae in VERS. ITAL.
et GALLICA occurrunt.

Iud. XX, 27. alterum hemift. TREM. et IVN.
conf. §. 15.

I *Sam.* III, 2. hemift. alterum notis parenthefeos, quae venit inter duo membra Protafeos
in VERS. TREMELL. IVN. PISC. ITAL.
GALL. et BELG. diftinguitur. Sed v. 2. et 3.
non funt membra Protafeos, quae Spectet ad v. 4.
vt in §. 15. oftendi, neque etiam v. 3. Apodofis
ad v. 2. prius hemiftichium haberi poteft, fed
praeftat hic diuerfam periodum fieri.   Igitur parenthefis exulat, fi v. 2. ita transferatur: *Et ac-*
cidit eo tempore, vt Eli cubaret in loco fuo, cuius
oculi incipiebant caligare, vt videre non poffet.

I *Sam.* XVIII, 10. alterum hemift. in VERS.
TREM. IVN. PISC. et BELG. ita vt prima
propofitio v. 11. fiat Apodofis ad prius hemiftichium v. 10. et in וַיֹּאמֶר periodus incipiat, id
quod per accentus fieri non poteft.

I *Sam.* XIX, 9. (*erat autem domi fuae defidens,*
tenens haftam fuam manu fua) TREM. IVN. et
PISC. qui quamuis v. 9. et propof. primam v. 10.

faci-

faciant Protasin et Apodosin, inuitis quidem accentibus, non tamen obtinebunt parenthesin, quia
וְהוּא sic reddi poteft et debet: *Cum ille Domi*
suae sederet —

1 *Sam.* XXV, 2. (*nam erant ei ouium tria mil-*
lia et mille caprae,) T R E M. fruftra י, *nam* exponit, vt parenthesin efficiat. Ceterum V E R S I O
T R E M E L L I A N A: *erat quoque, cum tonderen-*
tur oues suae, *Carmeli*, vt fere habent I V N.
PISC. ITAL. GALL. et BELG. melior eft
VERS. VVLG. LVTH. PAGN. TIGVR.
HISP. quae hanc fententiam exprimunt: *et acci-*
dit vt tonderetur — quae fententia Infinitiuo cum
praefixo ב poft וַיְהִי non congruit: aut V E R S.
SCHMIDII: *occupatus vero fuit in tondendo* —
aut A N G L. *et erat tondens* — aut C L E R. —
tondebat —

2 *Sam.* IV, 10. (*laetum se ferre nuntium ar-*
bitratus) in V E R S. C A S T E L L. P A G N. TI-
G V R. et A N G L.

2 *Sam.* X, 5. (*erant enim homines ifti magna*
ignominia affecti) in V E R S. P A G N. C A S T E L L.
T I G V R. T R E M. et I T A L. In וַיֹּאמֶר eft initium periodi, propterea quod fubiectum repetitur, ideoque parenthefis nulla eft, per §. 19.

2 *Sam.* XI, 3. T R E M. et I V N. parenthesin fingunt, qui membra male et repugnantibus accentibus ita conftruunt: v. 2. *Fuit tempore vefperti-*
no — v. 3. *Vt mitteret* — (*cum dixiffet quis-*
piam, annon eft — *Vriae Chittaei?*) v. 4. *Mitte-*
ret inquam Dauid nuntios, vt affumeret eam.
Non enim eft Epanalepfis, quia וישלח v. 3 et 4.

duos actus diuersos designat. Nihil autem pro-
hibet, quin ad ויאמר subiectum facias Dauidem,
vt est in VERS. GRAECA, LVTH. TIGVR,
et CLERICI, Igitur falso PAGN. *et dixit qui-*
dam, sicut etiam VERS. PISC. ITAL. ANGL.
et eodem sensu VVLG. HISP. GALL. et BEL-
GICA.

2 *Sam.* XIII, 8. (*ille autem decumbebat*) in
VERS. TIGVR. ANGL. et BELG.

2 *Sam.* XIII, 39. alterum hemist. TREM. IVN.
ut PISC. Rectius alii in וירד initium periodi
fecerunt.

1 *Reg.* II, 37. (*certo scito te omnino moriturum*)
TREM.

1 *Reg.* VIII, 27. TREM. et SCHMIDIVS,
qui v. 28. cum v. 26. ita coniungunt: *vt re-*
spicias ad preces — Alii vero v. 28. sententiam
ordiuntur: *Sed s. Igitur respicias* —

1 *Reg.* VIII, 31. et 2 *Par.* VI. 22. (*nam veniet* —
in domum hanc) TREM. et IVNIVS. Alii recte
haec ad Protasin retulerunt: *et venerit* —

1 *Reg.* XI, 16. in VERS. PAGN. CASTELL.
TREM. HISP. ITAL. GALL. ANGL. Suppo-
nunt v. 17. esse Apodosin ad וירך, quam alii rectius
in altero hemist. v. 15. contineri, et v. 17. periodum incipere existimant. Ita vero etiam in
VERS. TIGVR. et BELGICA per §. 19. frustra parenthesis notata est. 10. CLERICVS simul alterum hemist. v. 15. ad parenthesin retulit,
quae parenthesis Canoni II, §. 15. aduersatur.

1 *Reg.* XII, 2. alterum hemist. TREM. vid.
§. 15., 10. PISCATOR hanc parenthesin fecit:
(*quo*

(*quo fugerat metu regis Salomonis*) quae verba Relatiuo אשר prioribus optime adhaerent. Ita etiam ALPHEN II parenthesis p. 69. nulla est, si
verba ita exponuntur: *cum ille adhuc esset in Aegypto.*

I *Reg.* XII, 15. et 2 *Par.* X, 15. alterum hemist. TREM. et IVN. qui membra hoc modo
construunt: *Cum itaque non auscultasset — (erat
enim causa — filium Nebati,) videns totus Israel—
retulerunt —*. Rectius ita: *Sed non obtemperauit
Rex populo. Nam erat —* v. 16. *Cumque videret —*

I *Reg.* XV, 22. (27.) (*nemo erat immunis*) in
VERS. TREM. IVN. ANGL. et BELGICA.
Copula ad אין commode suppleri potest.

I *Reg.* XV, 12. (*bibebat enim ipse et reges in
tabernaculo*) in VERS. PAGN. SCHMIDII,
GALL. et ANGL. Reddo potius cum aliis: *cum
ille potaret —*

2 *Reg.* I, 9. (*ecce enim considebat in vertice cu-
iusdam montis*) in VERS. PAGN. TREM. IVN.
PISC. GALL. ANGL. BELG. falso, quia וְהִנֵּה
non solet in principio periodi collocari.

2 *Reg.* III, 26. alterum hemist. TREM.

2 *Reg.* VI, 32. (*et seniores sedebant apud eum*)
ANGL.

2 *Reg.* XVIII, 9. (*is est annus — Regis Israelis*)
in VERS. PAGN. TIGVR. PISC. SCHMI-
DII, ANGL. et BELG. Ita v. 10.

2 *Reg.* XVIII, 20. *Dixisti* (*sed verba sunt prae-
tereaque nihil*) *adesse consilium et fortitudinem ad
bellum.* Haec parenthesis in VERS. TREM.

I 2   IVN.

IVN. PISC. SCHMIDII, ANGL. et BELG. notatur, quae an bona sit, valde dubito. Nam si verba illa, *adesse consilium et* — Ezechiae regis esse ponas, Pronomen לי omitti non poterat, neque etiam connexio cum altero hemistichio potest intelligi, quae facilis et plana est, si verba illa facias regis Assyriae, vbi etiam parenthesi non opus est. Ita habet VERS. TIGVRINA: *Dicis certe verbis labiorum, at consilio et fortitudine opus erit gerendo bello.* Huic similis est VERS. GALL. et CLER. Qua hypothesi facilior est conciliatio cum loco *Ies.* XXXVI, 5. vbi אמרתי legitur.

2 *Reg.* XVIII, 26. (*si quidem intelligimus*) PAGN. CASTELL. ANGL.

2 *Reg.* XXII, 14. et 2 *Par.* XXXIV. 22. (*ipsa autem habitabat — in domo doctrinae*) in VERS. PAGN. PISC. et BELG.

2 *Reg.* XXIV, 4. (*nam repleuerat — sanguine innocenti*) in VERS. ANGL. non absurde quidem, ne repetitio verborum כקי דם inutilis videatur, si modo כי in textu foret.

2 *Reg.* XXIV, 8. (10.) alterum hemist. TREM. et IVN.

2 *Reg.* XXV, 4. (*Chaldaei autem obsidebant vrbem vndique*) in VERS. PAGN. ITAL. GALL. ANGL. et BELG. Ita *Ier.* LII. 7.

Ies. VII, 1. alterum hemist. TREM.

Ies. IX, 14. TREM. IVN. et PISC.

Ies. XX, 3. alterum hemist. DACHSELIVS in *Bibl. Accent. falso*, nam pertinet ad Protasin.

Ies.

Ief. XXX, 2. (*et sententiam meam non sciscitati sunt,*) ANGL.

Ief. LVIII, 4. (*prout sunt haec tempora*) TREM. et IVN.

Ierem. III, 1. (*annon praeuaricando praeuaricata est terra ipsa*) PAGNINVS.

Ier. V, 10. (*sed consummationem ne facite*) ALPHEN. p. 74.

Ier. XXV, 1. hemist. alterum. in VERS. PAGN. TIGVR. TREM. IVN. et BELG.

Ier. XXV, 4. alterum hemist. in VERS. TREM. et IVN. Alia parenthesis: (*et non audistis — vt audiretis*) in VERS. PAGN. et BELG. Canoni II. §. 15. repugnat.

Ier. XXXII, 19. hemist. alterum in VERS. ANGL. et BELG.

Ier. XXXVI, 20. (*volumen autem commendauerunt — scribae*) in VERS. PAGN. et TIGVR. Rectius alii: *cum deposuissent —*

Ier. XXXVIII, 7. (*ipse autem erat in domo regis*) PAGN.

Item alterum hemist. in VERS. ITAL. ANGL. BELG.

Ezech. IV, 6. hemist. alterum TREM.

Ezech. X, 10. (*similitudo vna quatuor ipsis*) PAGN. et TIGVR.

Ezech. XX, 5. alterum hemist. TREM. et IVN.

Ezech. XXIII, 47. TREM. qui v. 46. et 48. ita connectit: *faciendo vt ascendat — faciam vt cesset scelus —* Non quidem הֶעֱלָה pro Imperatiuo habendum est, vt in VERS. GRAECA, VVLG. LVTH. SCHMIDII et CLERICI,

quia

quia Imperatiuus vbique forma הַעַל occurrit, neque etiam Imperatiuus huic loco congruit. Hinc
alii הַעֲלֵה sicut וְכָתֹן vt Infinitiuum, absolutum,
ad quem Verbum idem Finitum supplendum sit,
in prima persona exponunt, adducendo *adducam*
super eos coetum, et v. 46 cum 47. coniungunt,
vt est in VERS. PAGN. TIGVR. PISC. ITAL.
HISP. ANGL. et BELG.

Ezech. XLII, 6. (*non erant autem eis columnae*
sicut columnae atriorum) PAGN.

Ezech. XLIII, 8. (*vnicus enim paries erat inter*
me et eos) PAGN.

Ioel. II, 20. (*facies eius erit ad mare Orienta-*
le, et finis eius ad mare nouissimum) PAGN.

Mich. VI, 9. (*nam quod res est videt nomen*
tuum) in VERS. TREM. IVN. PISC. ITAL.
GALL. BELG. CLERICI. De hac parenthesi,
quae quidem ob Apostrophen ad Deum notata
est, dubito, vsque dum de sensu et nexu difficili
membrorum huius Pasuci constet. INTER-
PRETES ALEXANDRINI longius a textu
Hebr. recedunt, quos VVLGATVS et LVTH.
sequuntur. Subiectum ad Masculinum יִרְאֶה
non est תּוּשִׁיָּה, vt in VERRS. CASTELL.
et BELG. exponitur, nisi אִישׁ ad illud suppleri
possit, vt notet virum sapientem, sicut habent
VERS. PAGN. TIGVR. ANGL. et CLERICI.
Sed videntur alii rectius שִׁמְךָ subiectum facere,
vt SEB. SCHMIDIVS; vtique integritatem
respicit nomen tuum: item TREM. IVN. PISC.
et VERS. ITAL. et GALL.

Zach.

Zach. XIV, 8. alterum hemift. TREM. et IV-
NIVS, qui temere putarunt propofitionem primam, Erit etiam die illo, per Epanalepfin v. 9.
continuari.

Cohel. IV, 1. (III. 23.) alterum hemift. TREM.

Efth. I, 20. (*nam magnum eft*) in VERS. AN-
GLICA et BELGICA. Parenthefis dubia, cum
in VERS. PAGN. TREM. IVN. PISC. ITAL.
HISP. GALL. כִּי exponatur, *quamuis vtut,*
quae fignificatio, rarior quidem, huic loco magis apta videtur. Non autem probare poffum
VERS. VVLG. quod magnum eft, vel huic fimi-
lem LVTH. TIGVR. et CLERICI, et multo minus, quod ad eam parentheseos figna adhi-
bentur.

Efth. II, 7. (*haec eft Efther, filia patrui eius,*) in
VERS. IVN. et BELG. Parenthefi non opus
eft, fi cum aliis הִיא Pronom. Relatiuo, vel potius cum CASTELL. ita reddas: *hoc eft Eftherae
patrui fui filiae.*

Efth. II, 15. (*quam acceperat fibi in filiam*)
PAGN. ANGL.

Efth. V, 2. (*obtinebat gratiam in oculis eius*) in
VERS. TREM. et IVN.

Dan. VI, 3. (*quorum Daniel erat primus*)
ANGL.

Dan. VIII, 2. (CVM AVTEM VIDEREM,
ERAM SVSIS IN ELAMO PROVINCIA)
in VERS. TREM. IVN. PISC. ITAL. ANGL. BELG.
Praeftat autem haec verba ad initium Pafuci referre, ficut habet SEB. SCHMIDIVS: *Vidi ni-
wirum in vifione, cumque viderem, eram in Schu-*

I 4 *fchan*

schau arce, quae in Elam prouincia : vidi inquam in visione, quasi ego essem iuxta flumen Vlai.

Dan. X, 1. *(cuius nomen vocabatur Beltschazzar)* A N G L.

Esra III, 3. *)nam timor erat super illis propter populum illarum regionum)* in V E R S. A N G L. et in E D I T. V E R S. L V T H. Haec verba vulgo ita exponuntur, ac si באימה praefixo ב ex Arabismo redundet.   At non redundat, si cum Belgis in hanc sententiam exponas: quamuis cum terrore, qui illis incumbebat a gentibus earum regionum : vel si malis esse pro בִּהְיוֹת אֵימָה, sicut alibi saepius hic Infinitius omittitur, v. g. *Ezech.* XXVIII. 23. ad בְּחֶרֶב, *Psalm.* XVIII. 7. et alibi, ad בְּצַר, CXXII. 1. ad בְּאָמְרָם, et *Iob.* XXIX. 4. ad בְּסֹד; vbi hic sensus est: *quamuis s. ita quidem vt terror illis incumberet a finitimis nationibus.*

Esra VII, 6. *(erat autem legisperitus — Deus Israelis)* in V E R S. T R E M. I V N. P I S C. I T A L. G A L L. et S C H M I D I I.   Quodsi וְהוּא exponas, *qui erat*, vt V E R S. H I S P. vel, *idemque erat,* vt V E R S. T I G V R. parenthesi non opus est, quamuis alterum hemist. ad eandem periodum referatur.

Esra IX, 13. alterum hemist. in V E R S. P A G N. T I G V R. S C H M I D I I, I T A L. et H I S P. Parenthesis non est necessaria, cum nexus membrorum ita facilis existat: *Et postquam omnia nobis acciderunt — quia tu, Deus noster --- num reuertemur ad ---*

Nehem.

Nehem. II, 6. (*Regina autem sedebat apud eum*) in VERS. PAGN. HISP. ANGL. Non opus est parenthesi, quandoquidem haec ita exponi possunt: *sedente penes eum vxore, vt est in* VERS. TIGVR. et BELG. vel vt habet CASTELLIO: *adsidente coniuge.* Falso autem in VERS. GRAEC. VVLG. LVTH. TREM. IVN. PISC. ITAL. GALL. et CLERICI, haec verba prioribus ita adiunguntur: *Et dixit mihi rex et regis vxor sedens apud eum, quia sic* וְהַשֵּׁגָל *scribendum erat, vt taceam, historiae et moribus Persarum hoc adversari.

Nehem. IV. 1. (7.) (*coeperant enim interrupta concludi*) in VERS. PAGNINI, non quidem necessario, cum possit כִּי *quia* exponi. Sed plerisque aliis, qui כִּי illud alterum eodem sensu ac prius ad שָׁמַע referunt illud obstat, quod ו copula non est addita, quam ex ingenio studio hypotheseos supplere non licet.

Nehem. VI, 1. alterum hemist. in VERS. PAGN. TIGVR. CASTELL. PISC. ITAL. GALL. ANGL. SCHMIDII et CLERICI. Exponitur גַּם *quamuis*, vbi tamen parenthesi non opus erat. At ego hanc significationem, quae alibi sine כִּי non occurrit, non concedendam, sed potius alio sensu, sicut ad ו repetendum esse כִּי existimo: quodque etiam vsque ad hoc tempus ---

Nehem. VII, 2. hemist. alterum in VERS. PAGN. ITAL. GALL. ANGL. et SCHMIDII.

Nehem. VIII, 5. (*nam superior toto populo erat*) in VERS. TIGVR. TREM. IVN. PISC. ANGLICA. Reddo: *quod superior esset* ---

I 5 *Nehem.*

Nehem. X, 2-28. parenthefin facit T R E M. dum periodum v. 1. inchoatum, v. 29-34. continuari ſupponit. Sed euitatur hoc durum et immane hyperbaton, ſi cum aliis v. 1. periodus concludatur.

1 *Paral.* IV, 40. (*terra autem lata ſpatiis et quieta ac tranquilla*) P A G N I N V S. Non video, cur non poſſint haec ad rationem in altero hemi-ſtichio referri. Sic alii plerique verba illa conceptum faciunt, qui ad יושבת pertineat. In V E R S. C A S T E L L. poſterioris hemiſt. parenthefis notatur, quae non eſt neceſſaria, quia v. 41. ob ſubiectum repetitum diuerſa periodus eſt conſtituenda.

1 *Par.* XI, 4. alterum hemiſt. T R E M. et I V- N I V S, qui v. 4. et 5. vna periodo coniunxerunt, quod accentus non permittunt. Cum enim poſt Atnachum, v. 5. periodi initium appareat, multo magis poſt Silucum in ויאמרו periodus inchoanda eſt. In V E R S. P A G N. et P I S C. verba, haec eſt Iebus, ad hanc parenthefin adiiciuntur, quae ſi etiam Canoni II. §. 15. repugnat.

1 *Par.* XI, 13. (*erat autem portio illa agri plena hordei,*) T R E M. Hemiſt. alterum eſt diuerſa periodus; quod vero non licet per accentus vt Protaſin ad v. 14. referre, ſicut in V E R S. T I- G V R. S C H M I D I I, I T A L. et H I S P. factum eſt.

1 *Par.* XIII, 2. (*cum illis autem ſunt ſacerdotes et Leuitae in vrbibus ſuburbanorum ſuorum*) P A G N I N V S. Quidni potius ita: *cum quibus ſ. apud quos ſunt ſacerdotes* --- vt eſt in V E R S. I T A L.

ITAL. GALL. et CLERICI. Alii haec verba minus recte cum כשלחה conftruunt: *et cum*
illis ad facerdotes--- vt VERS. TIGVR. TREM.
IVN. PISC. SCMIDII, HISP. et ANGL.

1 *Par* XXI, 13. et 2 *Sam.* XXIV, 14. (QVIA
S. NAM MISERATIONES *eius funt pluri-*
mae) in VERS. PAGN. TIGVR. et ANGL.

1 *Par.* XXI, 29. 30. (XXII. 2. 3.) TREM.
IVN. et PISC. qui v. 4. faciunt Apodofin ad
v. 1. cuius vltima verba ita exponunt, *cum facri-*
ficaffet ibi, intelligentes facrificia, v. 26. com-
memorata. Sed reliqui haec verba fic reddunt:
facrificauit ibi, *fc. adhuc alia facrificia*, vt fint
Apodofis ad prius hemift. vbi parenthefis ceffat.

1 *Par.* XXIX, 27, TREM. et IVN.

2 *Par.* IV, 3. TREM. et IVN.

2. *Par.* X, 2. (*quo fugerat a facie Selomoh re-*
gis) PAGN.

2 *Par.* XIII, 2. (*nomen autem* — *de Gibea*) in
VERS. PAGN. TIGVR et ANGL.

2 *Par.* XX, 31. hemift. alterum TREM. quae
quidem parenthefis bona eft, fi prius hemift. cum
eo Protafin ad v. 32. facias: fed praeftat fieri diuer-
fas periodos.

2 *Par.* XXII, 9. (*ipfe autem delitefcebat in Scho-*
meron) in VERS. PAGN. TREMELL. IVN.
PISC. ANGL. BELG. CLERICI. Reddan-
tur haec potius *cum ille latitaret* —

2 *Par.* XXVI, 1. (*is autem erat XVI. annorum*)
PAGN. BELG.

2 *Par.* XVI, 19. (*in manu autem sua habebat suffimentum, vt suffiret*) in VERS. PAGN. et TIGVR.

2 *Par.* XXVII, 2. (*tantummodo non est ingressus templum Iehouae*) TREM.

Psalm. VII, 5. (*quin eripui hostiliter insequentem me immerito*) TREM. quae parenthesis etiam in VERS. PISC. ANGL. et BELG. item à C. WOLLIO p. 86. seq. notata est.   Certum quidem est, hanc propositionem, posita illa Verbi significatione, non posse cum priori coniunctam ad Apodosin v. 6. referri, vnde nonnulli לא temere supplent, vt PAGN.: *et (si non) erui hostem meum sine causa, cui similis* est VERS. GALLICA.   Alii talem nexum efficiunt: *qui expedire s. liberare solitus sum* — vt est in VERS. IVN. et ITAL.   Sed mihi, vt versionem absurdam GRAECAM, VVLGATAM et APOLLINARII taceam, probabilis videtur eorum opinio, qui verba illa in hanc sententiam transtulerunt: *aut mihi immerito aduersantem spoliaui,* vt CASTELL. SCHMIDIVS et CLERICVS, quo etiam VERS. LVTH. et TIGVRINA spectat. *Conf.* GEIERI *Commentarius* et LVD. DE DIEV *Critica S.*   Ita etiam sine parenthesi connexio optima existit.

` *Psalm.* XXXII, 6. alterum hemist. TREM. qui voluit prius cum v. 7. interposito לאמר, quod omissum esse putauit, arctiori nexu cohaerere. Reliqui omnes recte crediderunt Dauidem ipsum v. 7. sicut v. 3-5. loqui, vbi omnino duo hemistichia v. 6. vna periodo coniungenda sunt.

Psalm.

Psalm. XLIX, 18. T R E M. vt constructio v. 17. ita in v. 19. continuetur: *Cum animae suae in vita sua benedicet* — Nexus facilior existit, si cum aliis v. 19. cum v. 18. coniungas: *Quamvis* — *benedicat* — vt est in V E R S. P I S C. I T A L. G A L L. A N G L. B E L G. vel potius cum L V T H. כִּי reddas *sed*, post particulam לֹא in v. 18.

Psalm. LXXVIII, 53. hemist. alternum C O C C E- I V S *in Comment.*

Psalm. CXXII, 4. (*quod est testimonium datum Israeli*) in V E R S. I T A L I C A et C O C C E I I *Commentario.* Supplendum est potius כְּ ad עֵדוּת, iuxta statutum Israelitis positum, vt G E I E R V S in *Commentario* censet, et fere habent C A S T E L L. et C L E R I C V S.

Prou. VI, 23. in V E R S. T I G V R. C A S T E L L. T R E M. et P I S C.

Prou. VII, 11. 12. in V E R S. T R E M. P I S C. et A N G L.

Iob. VI, 10. (*quamuis exaestuem dolore, nec parcat Deus:*) in V E R S. P A G N. T R E M E L L. I T A L. et G A L L. quam parenthesin etiam D R V- S I V S et B O S T O N p. 195. agnoscunt. Quodsi alterum hemist. hoc sensu iuxta plerosque accipias: *quod non celauerim verba sanctissimi, talis,* Verbi סָלַד significatio adsumenda est, vt illa propositio ad Protasin referri possit. Mihi iam, vt aliorum omnium opiniones omittam, eorum sententia placet, qui ex Lingua Arab. relaxandi s. exultandi significationem huic Verbo attribuunt. Ita C A S T E L L I O: *gauderemque in dolore* —

B E L-

BELG. unb würde mich erquicken in dem Schmerz—
PISC. *et corroborqrem me* — quod etiam MERCERO
placet. Qua hypothesi membra apte cohaerent:
Foretque adhuc mihi solatio, et gauderem in dolore
immiti, quod non celauerim verba sanctissimi.

Iob. XVII, 3. TREM.

Iob. XXX, 5. alterum hemist. in VERS. ANGL.
et BELG. vt prius cum v. 6. construatur: recte
quidem si לשכן foret ab initio propositionis,
quod etiam alii interpretes supponunt. At quia
in fine collocatur, ita optime reddenda esse verba videntur: *in scrobibus conuallium habitandum*
erat, vt היה suppleatur.

Iob. XXXI. parentheses aliquot ponuntur ab interpretibus ad declarandum membrorum nexum,
qui paulo difficilior intellectu est. Sic v. 14. 15.
velut parenthesis signantur in VERS. TREM.
IVN. ITAL. et BELG. et v. 18. in VERS.
PAGN. TREM. IVN. ITAL. HISP. GALL.
ANGL. et BELG. quia supponitur Protasis
vnius periodi v. 13-21. continuari, vt demum
v. 22. Apodosis illam excipiat. Sed verisimile
est v. 14. 15. esse Apodosin ad v. 13. vbi prior
illa parenthesis euanescit. Altera autem parenthesis
v. 18. necessaria esse videtur, vt quae membris
Protaseos v. 16-21. diuersa constructione interponitur. Deinde v. 28. in VERS. PAGN. ITAL.
et GALL. v. 30. in VERS. TREM. IVN.
ITAL. ANGL. et BELG. et v. 34. in VERS.
TREM. parentheseos notis mea quidem sententia frustra aut falso distinguuntur. Nam v. 28.
est Apodosis ad v. 24-27. Et quamuis אם
et

et אם לא ratione ordinaria non nisi hac conditione particula interrogante exponi possint, vt sit interrogatio indirecta, quae ad membrum prius respiciat (nam in directa הַ et הלא vsurpantur,) aut in membro priori veniat particula הַ: tamen etiam aliquoties in principio periodi haec significatio admittenda est, v. g. 1 *Reg.* 1. 27. coll. 24. Hof. XII. 12. *Thren.* II. 20. 1 *Par.* XXI. 12. *Ierem.* XLVIII. 27. *Iob.* XXII. 20. Ita in hoc *Iobi Cap.* XXXI. v. 29. 31. 33. אם non particula *si*, sed interrogatione exprimendum est, quia haec sensum commodiorem praestat, cum Apodosis apta reperiri non possit: ideoque parenthesis v. 30. et 24. nulla est.

Iob. XXXVII, 14. in VERS. TREM. vt construĉtio v. 13. hic interrupta deinde in v. 15. continuetur. Sed quid obstat, quia eadem constructione membra v. 14. vt in VERS. TIGVR. IVN. PIS|C. SCHMIDII, ITAL. GALL. et BELG. accipiantur, et ו in תתהפך omissum esse statuatur.

§. 23.

Hactenus de parenthesibus intra membra periodi, quae accentum maiorem in extremo habent, dictum est. Rursus etiam parentheses multae intra membra periodi ab interpretibus notantur, quae ad membrum posterius B accentibus referuntur, vt sectio maior ante parenthesin constituta sit. Sed per ea, quae in §. 11. dicta sunt, non facile hac conditione parenthesis admittenda est, nisi manifesto appareat, B esse membrum alterum periodi f. Apodosin ad A, et P cum A

aut

aut B constructionis nexu non cohaerere.   Quod autem nonnunquam sit maior sectio ante parenthesin, hoc propterea fieri existimo, quod A est cum emphasi coniunctum, vel P ad explicationem membri B, aut posterioris illo respicit.   Recensebo iam aliquot huiusmodi parentheses, quae mihi bonae esse videntur.

Genes. XII, 8. (*Bethel erat ab occidente, et Ai ab oriente*) Hanc parenthesin intelligit F R A N- K I V S §. 141. p. 89. quae admitti potest, quia membrum B indicio copula ו non ad P, sed ad A eadem constructione spectat, et praeterea P magis ad שם explicandum pertinet. D A C H S E L I V S ex hypothesi sua (conf. §. 10.) hanc parenthesin reprobauit, sed aliam prioris hemistichii posuit, non animaduertens, etiam hanc suae hypothesi aduersari.   Cum autem plerique haec verba cum superioribus coniungant, quod Atnachus non permittit, quamuis nexus sit facilis: I V N I V S accentuum rationem secutus, illa ad posteriorem Pasuci partem hac constructione, at incommode, retulit: *quum illic Iehouae aedificaret altare, et—*

Gen. XLV, 18. (*daturus vero sum vobis praestantissimum terrae Aegypti*) Hanc. T R E M. parenthesin admittendam esse censeo, quod Imperatiuus ואכלו non cum P, sed cum Imperatiuis in membro A cohaereat.   Parenthesis quidem euitatur, si libera versione vtaris: vt *comedatis —* vt V V L G. L V T H. vel, *et comedetis —* vt P A G N. I T A L. H I S P. G A L L. A N G L. B E L G. et C L E R I- C V S.

Exod.

Exod. XXXIV, 4. (*nam est durae ceruicis popu-lus*) in VERS. ANGL. et EDIT. VVLG. quia וסרחת cum ו conuertente in Futurum, non cum P, fed cum A conftructione cohaeret. Alii falfo illa verba cum fuperioribus coniungunt, ac fi in הוא Atnachus fit: aut incommode cum vltima propofitione conftruunt, hoc modo: *Quia popu-lus — tu condones —*

Deut. II, 29. Si prius hemiftichium cum accentu maiori in fine, ad fuperiora relatum effet, vt in בער Sillucus appareat, nexus huius et prioris hemift. foret manifeftus, et parenthefis TREM. bona effet. (*conf.* §. 14.) Ita etiam membrum hoc integrum cum Apodofi per עד אשר apte cohaeret. Sed quoniam verba: *ficut fecerunt mihi — et qui Ar inhabitant*, ad alterum hemift. in textu referuntur, quo cum nullo nexu coniun-cta funt, nexui membrorum parenthefi prioris illius hemift. v. 29. quamuis illa accentum mino-rem in fine habeat, confulendum effe mihi vi-detur.

Deut. VI, 15. prius hemift. in VERS. PAGN. TREM. IVN. PISC. et ANGL. ‹ Nam alterum hemift. cum v. 14. conftructione cohaeret, non autem cum illo priori, quod quidem ad pofte-rioris explicationem pertinet.

Deut. XVI, 3 (*cum feftinatione enim exiuifti e terra Aegypti*) in VERS. TREM. ANGL. et BELG. recte, vt opinor, quia haec verba ad ex-plicationem propofitionis vltimae fpectant, haec autem non cum his verbis, fed cum priori hemift. conftructione cohaeret.

Sp. Parenth. V. et N. T,　　　　K　　　　*Deut.*

Deut. XIX, 9. prius hemift. in VERS. CA-
STELL. TREM. GALL. ANGL. BELG. et in
EDIT. VVLG. et. LVTH.   Haec quidem verba
apte cohaerent cum v. 8. fed quoniam ab illo accentibus disiunguntur; nec tamen cum altero hemift. nexu aliquo coniuncta funt, hoc autem velut
Apodofis ad v. 8. refpicit, parenthefis bona eft.

2 *Sam.* XIV, 17. (*nam vt angelus Dei — bonum aut malam*) in VERS. TREM. Nam Verbum
ירי omnino conftructione fpectat ad prius hemiftichium, idque non *eft* vel *erit*, vt in VERS. VVLG.
LVTH. TIGVR. ANGL. et BELG. fed in
Coniunctiuo, *fit* reddendum eft, vt in VERS.
PAGN. ITAL. HISP. et CLERICI. Iam
fi Atnachus foret in והרע, non opus effet parenthefi: quoniam vero in למנחה, cum emphafi ad
membrum A, fcriptus eft, parenthefis illa admitti poteft.

1 *Reg.* VIII, 42. parenthefis prioris hemiftichii
in verfionibus plerisque, recte, vt fentio, intra
duo membra Protafeos notatur.   Nam hemift.
alterum fenfu faciliori et ad locum parallelum qui
extat 2 *Par.* VI. 32. accommodato, non cum
priori, vt hoc fit periodi initium, fed cum v. 41.
coniungendum eft, ita vt ו in ובא non ad ישמעון,
fed ad ובא prius refpiciat. c. WOLLIVS p. 116.
et DACHSELIVS hanc parenthefin abiiciunt,
non aliam ob caufam, quam quod fectio maior
eft ante parenthefin, hypothefi feruientes. Quando autem illi v. 42. integrum parenthefin effe
volunt, non animaduertunt, obftare fibi, quod
fic verba, quae ad formam Protafeos pertinent,
ab

b ea seiungant, et aliena esse atque secundaria
)erhibeant.

1 *Reg.* IX, 11. hemistichii prioris parenthesis,
|uae ad posterioris explicationem pertinet, non
ine ratione notatur in VERS. PAGN. CA-
TELL. TIGVR. ANGL. et BELG. quo-
iam sententia v. 10. imperfecta omnino ad he-
iist. alterum s. Apodosin vt Protasis respicit.

Ierem. XXIV, 8. *Vid.* §. 14. *Schol.*

Ezech. XXXIII, 33. (*ecce venit*) in VERS.
'AGN. TIGVR. TREM. IVN. PISC. ITAL.
INGL. GALL. BELG. et CLERICI.   Ma-
iifestum est, ובבאה esse Protasin, quae non ad
lla verba, sed ad proxime inferiora respiciat.

Iob. XXXIV, 29. prius hemist. in VERS.
rREM. IVN. et CLERICI.   Nam alterum
iemistichium cum priori construi nequit, sed
Verbum supplendum est, nec aliud commodius
|uam להביא, quod ex v. 28. repeti potest.

§. 24.

Contra ea saepenumero parentheses, quae mi-
iorem accentum in extremo quam ante princi-
)ium habent, ab interpretibus falso et temere statuuntur, vbi per Can. III. §. 16. membrum B
ieque ad P et ad A, vel magis ad P quam ad A,
rel B†P, ad A sensu et constructione referendum
:st.   Et quamuis ad P periodus incipiat, potest
amen B accuratius haberi pro altero huius pe-
iodi membro; vel ipsum esse completa perio-
ius, vt membra B P A sint tres periodi, vbi per
). 18. et 19. parenthesi non opus est.   Nonnun-
|uam etiam, vbi P cum membro, quod post B

K 2   venit,

venit, nexu coniunctum eſt, ipſum membrum B pro parentheſi haberi poteſt.

Gen. XXIV, 30. (*Fuit autem hoc, cum — ita allocutus eſt me vir ille*) T R E M. qui alterum he-miſt. cum v. 29. vna periodo coniungit, et pro-pterea a וַיְהִי ex ingenio אָז ſupplet. Manife-ſtum eſt autem, duo hemiſtichia v. 30. vt Prota-ſin et Apodoſin cohaerere.

Gen. XXIV, 43. prius hemiſt. T R E M. ſuppo-nens alterum hemiſt. eſſe Apodoſin ad propoſ. conditionalem v. 42. Sed וְהָיָה in ſenſu abſolu-to non ad Apodoſin ſed ad Protaſin collocari ſolet. Sic v. 43. ſunt duae periodi, nec opus eſt parentheſi per §. 18.

Gen. XXIV, 65. prius hemiſt. in V E R S. P A G N. T R E M. I T A L. et G A L L. Praeſtat in hoc Pa-ſuco duas aut tres periodos fieri.

Gen. XXXI, 19. prius hemiſt. in V E R S. I T A L.

Gen. XXXIV. 10. (*nam haec regio expoſita eſt vobis*) T R E M. falſo, quia B magis ad P quam ad A ſpectat, quod intelligitur ex Verborum ſuf-fixis, quae ad הָאָרֶץ referenda ſunt.

Gen. XXXV, 27. (*ea iam eſt Hebron*) P I S C. et A N G L.

Gen. XLVI, 12. (*mortuus autem fuerat Hher et Onan in regione Canaan*) T R E M. et P I S C. Fiant tres periodi, et non opus erit parentheſi.

Exod. IX, 28. (*nam ſatis eſt*) in V E R S. T R E M. I V N. P I S C. A N G L. et B E L G. ac ſi מֶהְיוֹת conſtructione Grammatica cum propoſitione pri-ma cohaereat, cum potius ad וְרַב ſpectet. *Conf.* conſtructio ſimilis *Ezech.* XLIV, 6.

Lev.

Leu. XI, 33. (*omne quod intra ipsum fuerit, im-
undum est*) T R E M.

Num. XI, 26. (*vni nomen erat Eldado, alteri
'edado*) in V E R S. C L E R I C I. Quod si Pafer
erque hic maior est Gerescho, quod fortasse
itauit, haec parenthesis ex Can. II. §. 15. reii-
enda est.   Sed ipsa membrorum relatio docet,
iod Pafer vterque hic sit minor Gerescho, et ad
is ditionem pertineat.   Atque ita hic locus ad
22. referendus est.

Num. XXVI, 65. prius hemist. in V E R S.
R E M. I V N. et P I S C. vt alterum hemist. cum
64. vna periodo iungatur.   At duo hemisti-
ia sic apte cohaerent: *Dixerat enim Iehoua de
is — adeo vt non relictus sit ex illis quisquam,
si* — Non autem placet, quod C A S T E L L I O,
iem sequitur C L E R I C V S, orationem diuinam
c continuari putauit: *neque eorum quemquam
perfuturum*, quod quidem historiae *Num.* XIV.
. congruit, sed ita וַיִּתַר scribendum fuisse mihi
detur.

Num. XXXIII, 9. (*erant autem Elimis — et
'tuaginta palmae*) T R E M.   Verum cum his
era propositio optime cohaeret: *ideoque ibi ca-
a posuerunt*, vt fere S C H M I D I V S habet.
on autem licet propos. priorem, quia Atnachus
tercedit, ad superiora ita referre: *vbi erant
'odecim fontes* — quod in V E R S. V V L G. C A-
:E L L. I T A L. H I S P. et G A L L., factum est.

Deut. VIII, 19. (*contestor contra vos diem hunc
'ud fore*) T R E M. et fere T I G V R I N A, vbi
rba vltima, *vt omnino pereatis*, ad וְהָיָה אִם

K 3   vt

vt Apodosis referuntur, quae vero non per נ construi solet. Rectius secundum alios Apodosis altero hemistichio incipit, cuius membra ita
cohaerent: *conteſtor vobis hodie*, *quod omnino fi-*
tis perituri.

Deut. XX, 19. — *propterea ipſas non ſuccide.*
(*eſt enim vita ſ. cibus hominis arbor agri*) *vt ve-*
niat a facie tua in obſidionem. Haec parentheſi
in VERS. PAGN. ANG. et BELG. notatur
vt vltima propoſitio Paſuci cum extrema priori
hemiſtichii copuletur, quae etiam opinio fuit
R. AB. ESRAE, R. SAL. BEN. MELECH
et SCHICKARDI *de Iure Regio Cap.* V. *Theor*
18. Alii cum diuerſa verborum ſententia ean
dem parentheſin ſtatuunt, v. g. (*quamuis cuiusqu*
hominis ſint arbores agri) TREM. et PISC
item: (*ſi inquam arbor agri eſt hominis*) VARE
NIVS *in Decad. in Deuteronomium*, Denique
(*quia et ipſe homo lignum agri eſt*) I. H. MAIV
Fil. in Obſeruatt. S. Lib. I. p.179. ſqq. Sed v
taceam: verborum ſententiam, quam hi poſue
runt, non eſſe probabilem, ipſa haec parentheſi
improbanda eſt, quia, quod REINBECKIV
p. 325. recte monuit, accentibus repugnat, et A
nachum in תאכל requirit. Alii non quidem ſta
tuentes parentheſin, haec verba, quae cum vltim
propoſitione bene coniungunt, diuerſo ſenſu ac
cipiunt. Multi האדם in *Vocatiuo* ponunt, v
REINBECKIVS l. c. *Nam, o homo, adeſt ma*
xima copia arborum ſilueſtrium et infrugiferarum
vt veniant ante te in propugnaculum. Ita ſer
M. IO. ERDM. BIECK *in Miſcellan. Lipſ*
Tom

Tom. X. p. 249. sqq. Paulo aliter LVD. DE DIEV
in Crit. Sacra, quia, o homo, arborem agri opor-
tet venire a conspectu tuo in obsidionem: MICHAE-
LIS *in Notis ad Cod. Hebr. Nam, o homo, ar-*
bor agri (vrbis et fructifera) erit tibi adiumento,
vt veniat (vrbs) coram te in obsidionem: BOSTON
in Tract. Stigmol. p. 50. *sed, o homo, arborem*
campi (succides) ad ingrediendum a facie tua in
propugnaculum. Sed MICHAELIS Ellipsin
duplicem fingit, quae durissima est: reliqui, et
cum his etiam IVNIVS, ita reddens: *nam agre-*
stes arbores cuiuis expositae sunt, vt — falso putant, arborem agri opponi τῷ פְּרִי עֵץ, seu
עֵץ מַאֲכָל, qui refelluntur ex *Leu.* XXVI. 4.
Ezech. XXXIV, 27. et ex eo, quod demum ibi
v. 20. de arboribus non frugiferis agatur. Suc-
cedit alia classis interpretum, qui הָאָדָם in *No-*
minatiuo accipiunt, sed pauci eorum vim phra-
seos בוֹא בְמָצוֹר, obsideri, obsidione cingi, *coll.*
2 *Reg.* XXIV. 10. XXV. 2. *Ier.* LII. 5. et voc.
מִפָּנֶיךָ, quae hic notat, a te s. aduentu tuo, recte
intellexerunt. Ita Castellio: *quasi homines sint*
ruris arbores, vt vos in obsidione deuitent; VERS.
ITAL. et GALL. in hanc sententiam: *sunt for-*
san arbores agri homines, vt ingrediantur propu-
gnaculum (fugiendo) a tui conspectu; SEB. SCHMI-
DIVS: *nam homini etiam arbor agri (similis est,*
qu. כָּאָדָם) *vt veniat coram te in obsidionem.* Sed
alii rectius cum interrogatione exponere videntur, vt VERS. TIGVR. *num enim arbor campi*
homo est, vt veniat coram te in obsidionem? Ita
fere IO. CLERICVS: — *agri vir est, qui in*

obsi-

obsidione obuiam tibi procedat: et L V D. C H R. B L O S S I V S *in Diss. super* h. l. *Lipsiae* 1703. habita: — *vt coram te oppugnetur?* Hic autem dubitatur, an כִּי per se interrogationem exprimat, vel sit pro הֲכִי, vel ה in הָאָדָם sit particula interrogans, quae alibi ante Gutturalem cum Kamez, per Segol praefigitur. Denique nonnulli לֹא inserunt, non quod *ἀπὸ κοινᾦ* ex priori hemist. repetendum sit, ut vult D R V S I V S, sed vt propositio negans vim interrogantis habeat. Ita excusari potest V E R. C H A L D A I C A: quoniam non sicut homo est arbor agri — cui similis est V E R S. G R A E C A, S Y R I A C A, et H I-S P A N I C A, nec non V V L G A T A et L V T H.

Deut. XXX, 20. (*nam ipse est vita tua et longitudo dierum tuorum*) in V E R S. T I G V R. C A-S T E L L. T R E M. et I T A L. Hanc parenthesin C. W O L L I V S p. 117. et D A C H S E L I V S merito repudiant, quia cum posteriori membro optime cohaeret.

Deut. XXXIII, 5. prius hemistichium T R E M. At quamuis Mosen intelligas, non opus est, vt alterum hemist. cum v. 4. arctiori nexu coniungatur.

Ios. VI, 9. (*extremum autem agmen ibat post arcam*) in V E R S. T I G V R. vbi absurde reliqua huius hemistichii cum priori hemist. copulantur. Ita etiam T R E M. parenthesis prioris hemistichii est temeraria, nec non altera verborum v. 13. (16.) (*expeditus autem quisque ibat ante eos.*)

Ios. XXIII, 16. prius hemistichium T R E M. qui alterum hemist. duriori constructione cum

v. 15.

v. 15. ita coniunxit: *cumque primum accenfa fue-*
rit ira Iehouae in vos, perituros vos effe — Idem
in VERS. CASTELL. ITAL. et HISP. non
autem notata parenthefi, factum eft. 10. CLE-
RICVS prius hemift. ad periodum v. 15. retulit,
et altero diuerfam periodum fecit, quod accentus non permittunt. Sed praeftat v. 16. periodum ita conftruere: *Quum violaueritis foedus* —
exardefcet ira Iehouae — vt eft in VERS. PAGN.
TIGVR. PISC. GALL. et BELG.

Iud. II, 5.' prius hemift. TREM. falfo, quia
שׁם non ad v. 4. fed ad המקום refpicit, et duo
hemiftichia apte cohaerent.

Iud. IV, 2. *(cuius militiae princeps erat Sifera)*
TREM. At etiamfi והוא non ad Siferam, vt in
VERS. TIGVR. IVN. PISC. GALL. ANGL.
et CLERICI, fed ad Iabinum referatur, non
opus eft parenthefi, quia duo membra pofter.
hemiftichii vna periodo coniungi poffunt. Non
autem licet per accentus maximam Pafuci diftinctionem ad *Sifera* ftatuere cum VERS. PAGN,
et ITALICA.

Iud. IV, 21. *(ille autem foporatus erat et laffus)*
in VERS. PAGN. IVN. PISC. GALL. et AN-
GLICA. Nihil obftat, quin וימת cum hac propofitione copulari poffit.

1 *Sam.* XXV, 31. prius hemiftichium TREM.
fupponens altero hemift. Protafin ex v. 30. refu-
mi. Sed rectius duo hemift. duo membra Apo-
dofeos effe putantur, quae vero non per *et*, vt
in Verf. plerisque, fed ita coniungenda funt, vt

K 5　　　　habet

habet SEB. SCHMIDIVS: *Non fit boc tibi —*
ſed quando benefecerit —

I *Sam.* XXVII. 8. (*illae enim ſunt gentes, quae*
olim habitauerant ipſam terram) in VERS. TREM.
et BELGICA.   Non video, quae cauſa ſit, cur
vltima Paſuci verba potius ad prius hemiſt. referri
debeant.   Parentheſis autem integri poſter. hemiſtichii in VERS. CASTELL. ad §. 19. pertinet.

2 *Sam.* III, 7. prius hemiſt. in VERS. TREM.
IVN. et PISC. qui alterum hemiſt. vt Apodoſin ad v. 6. retulerunt.   Parentheſi non opus eſt,
ſi v. 7. fiant duae periodi, ſicut etiam v. 6. Protaſis et Apodoſis apparet.

1 *Reg.* XII, 20. (*quem mittentes accerſiuerant*
ad coetum) TREM. IVN. et PISC. falſo, quod
fortaſſe exiſtimarent, miſſionem primam v. 3. hic
indicari.

Ieſ. LX, 2. prius hemiſt. item

Idem. XXVII, 15. prius hemiſt. TREM. et
IVNIVS.

Ezech. III, v. vlt. (*qui auditurus eſt, audiat, et*
qui deſtiturus, deſiſtat,) TREM. qui verba vltima ita transtulit: *ipſos domum rebellem eſſe,* eaque
cum hemiſt. priori coniunxit, cum potius cum
illo membro proximo ita ſint conſtruenda: *quia*
domus rebellis ſunt.

Ezech. IX, 7. prius hemiſt. TREM.   Falſo alterum hemiſt. ad v. 6. retulit conſtructione continuata, cum potius diuerſa periodo ad חבש reſpiciat.

Ezech.

Ezech. XVI, 7. verba vltima ita vertit TREM. *quamuis esses nudissima et retectissima,* eaque cum priori hemist. construit, verba intermedia parentheseos notis includens, quae cum vltimis coniungi possunt et debent.

Ioel. II, 11. *(magnus enim est futurus dies Iehouae et timendus valde)* TREM. et IVN. dum verba vltima, et quis sustinebit illum, quae revera ad יום respiciunt, ad יהוה in priori hemist. temere retulerunt.

Obad. v. 5 *(o quam depopulatus es!)* CASTELLIO. Haec parenthesis etiam in VERS. PISC. ANGL. et BELG. notata est, quam c. WOLLIVS p. 125. seq. et DACHSELIVS reiiciunt vt accentibus ex sua hypothesi contrariam, vel potius, quod ille addit, cum illa remota nulla obscuritas adsit, neque difficultas vlla. Igitur etiam non opus erat, vt TREM. illa verba ab initio Pasuci collocaret, quae omnino sunt prius membrum Apodoseos, quod cum altero apte cohaeret.

Mich. I, 13. *(origo peccati illa est puellae Sion)* in VERS. BELG. et CLERICI ob personae mutationem. Sic persona tertia omissa parenthesi retinetur in VERS. ALEX. VVLG. TREM. IVN. PISC. ITAL. ANGL. et SCHMIDII. At persona secunda ad היא expressa est in VERS. PAGN. LVTH. CASTELL. TIGVR. HISP. et GALL. vt membra aptius cohaereant. Non autem existimo statuendam esse Enallagen, sed verba ita exponi posse: initium peccati hoc est

puel-

puellae Sionis, quod apud te inuenta funt peccata Ifraelitarum.

Habac. II, 6. (*Quousque tandem?*) in VERS.
TREM. IVN. et PISC. Omnino enim עַד־מָתַי
membrorum nexum turbat, fi voc. וּמַכְבִּיד cum
הוּא conftruas, quod in VERS. ALEX. VVLG.
LVTH. TIGVR. CASTELL. SCHMIDII,
ANGL. BELG. factum eft. Nec licet neglecto
ו ita vertere: *quousque fe denfo luto onerat*, vt
eft in VERS. ITAL. HISP. et CLERICI.
Sed falua res eft, et oratio apte cohaerebit, fi ad
עַד־מָתַי Verbum fuppleas, vt habet VERS.
PAGN. et GALL. *quousque id faciet, et aggra-
vabit fuper fe* — vel potius מַרְבֶּה repetas: *quousque multiplicat et aggrauat* — cum I. G. ABICH-
TIO *in Annotatt.* ad *Habacuci Vaticinia.*

Malach. I, 9. (*de manu veftra fuit iftud*) in
VERS. PAGN. CLERICI et EDIT. VVLG.
quia videntur haec magis cum priori quam cum
pofteriori membro effe coniuncta, ficut etiam in
VERS. LVTH. et HISP. ad fuperiora referuntur. Sed alii commodam connexionem cum
membro pofteriori obtinent particulam fupplendo,
ficut etiam alibi כִּי ad Protafin abeft, v. g. *Ief.*
XLVI. 7. ad יֶעְצָק *Nehem.* I. 8. ad אֶתֶּם v. 9. ad
וְשַׁבְתֶּם. Ita TREM. et IVN. *dum e manu veftra eft hoc, an fufcepturus eft* — it. VERS.
PISC. et GALL. In eandem fententiam VERS.
CASTELL. intelligi poteft.

Efrae V, 7. (*verbum miferunt ad eum*) PAGN.
qui quidem vidit, בַּוֶּה non ad פִּתְגָּמָא referri
poffe, quod negotium f. caufam hic defignat,
quod-

quodque falso nonnulli epistolam reddiderunt:
sed potius ad פרשגן in v. 6. spectare, sicut in
exemplari ALEX. VERS. GRAECAE est *ἐν*
αὐτῇ scil. *ἐπιςϥλῇ.* Ita habet VERS. TIGVR.
et intra hoc (sc. *exemplar epistolae*) *scripta erat*
causa, quam miserunt, ad eum — item ITAL.
Per lequali gli mandarono l'affare: cosi dunque
era scritto in esse — Attamen parenthesi non
opus est, si membra hoc modo nectas: Negotium miserunt ad eum s. rem gestam cum eo com-
municarunt; siquidem sic scriptum erat in eo
(exemplo epistolae) —

Nehem. IX, 2. prius hemist. PAGN.

1 *Paral.* XVII, 20. prius hemist. TREM.

1 *Par.* XXVIII, 20. (*non deseret te, neque de-*
relinquet te) TREM.

2 *Par.* V, 11. (*quoniam omnes sacerdotes prae-*
sentes sanctificati erant,) VERS. HISP. Conf. §. 15.

2 *Par.* XX, 25. (*quae spoliauerunt sibi*) in
VERS. ANGL.

2 *Par.* XXIV, 11. (*nam cum viderent — sa-*
cerdotis primarii) TREM. Conf. §. 14.

Psalm. XXX, 8. (*Nam Iehoua, beneplacito tuo*
stare fecisti in monte meo fortitudinem) in VERS.
PAGN. item in TIGVR. et CASTELL. Sic
להררי־עז plerique interpretes falso vt conceptus
diuersos ad Verbum Finitum retulerunt, quae, quia
vno accentu notantur, et linea Makkeph cohaerent, vno conceptu constructa esse debent. Ita
CLERICVS: — *fecisti vt starem in munito meo*
monte. R. MOSCHEH referente AB. ESRA:
stare fecisti me super montes roboris. COCCEIVS

in Commentario: Iehoua, quem per beneuolentiam tuam constituisti in monte roboris. Hic quidem accuratius quam R. MOSCHEH, qui לְחַרְרֵי legisse videtur, aut CLERICVS, quia non est הַרְרִי sicut *Ier.* XVII, 3. לְהַרְרֵי Iod Paragogicum esse videtur.

Psalm. XXXII, 5. *(inquiebam)* TREM. et IVnius, ac si hoc Verbum in principio Pasuci poni debuisset. Sed PISC. ipse hanc epembolen vt contortam nimis reiecit.

Psalm. LIX, 13. *(et capiantur in fastu suo)* COCCEIVS in *Commentario.* *Vid.* §. 13.

Psalm. LXIII, 3. prius hemist. COCCEIVS l. c. *Vid.* §. 18.

Psalm. LXIII, 4. prius hemist. TREM. IVN. et PISC. qui particulam *vt* vel *sicut* ad alterum hemist. ex ingenio supplent.

Psalm. LXVIII, 17. *(Cur insolescitis montes tumidi?)* CASTELL. qui alterum hemist. cum v. 16. coniungit, supplendo אשר ante חמד, vt etiam habent VERS. GRAECA, VVLG. PAGN. PISC. et ANGL. Sed praestat ob ה Emphaticum ita transferri: *Montem hunc desiderauit* — vt est in Vers. reliquis, quod etiam GEIERVS probat *in Commentario.*

Psalm. LXXXI, 11. prius hemist. PAGN. Nam interpretes connexionem v. 9. cum inferioribus variis modis intellexerunt. Nonnulli, qui אם exponunt *si*, faciunt v. 10. Apodosin, vt VERS. GRAECA, VVLG. CASTELL. TIGVR. et HISP. quod accentus non permittunt: vel ponunt v. 10. alterum Protaseos membrum supplendo

plendo particulam, vt v. 11. fit Apodofis, vt
TREM. IVN. et PISC. Ita PAGN. qui, quod
videret, tantummodo alterum hemift. vim Apo-
dofeos habere, prius parenthefeos notis disiun-
xit. Sed alii ratione meliori, vt puto, v. 9.
verba vltima in hanc fententiam interpretati funt:
An aufcultare mihi vis; vel potius: *vtinam mihi
aufcultares*, vt hic fententia concludatur. Sic
habent VERS. ITAL. GALL. BELG. GEIE-
RVS in *Commentar.* et MICHAELIS *in Notis
Vber.* Atque huc etiam VERS. LVTH. referri
poteft. 10. CLERICVS autem ita: *vt videam,
an auditurus fis me.*

  Pfalm. XC, 10. (*vt fimus valentiffimi*) TREM.
et IVN.

  Pfalm. XCV, 7. Verba: *hodie fi vocem eius
audieritis*, non velut Protafin ad v. 8. fed potius
ad fuperiora fpectare, ex perfonae mutatione manifeftum eft. Nam cum Dauid v. 1-7. de Deo
locutus effet, his etiam verbis additis: *hodie fi
vocem eius audieritis:* deinde verba Dei (f. ipfa
vox quae audienda fit) v. 8-11. recitantur, et
Deus ipfe loquens in prima perfona inducitur.
Hoc etiam obferuauit COCCEIVS *in Commentario*, qui vero verba illa cum v. 6. coniungenda
effe putauit, et prius hemift. v. 7. notis parenthefeos inclufit, cum duo illa hemift. nexu meliori omnino cohaerere videantur.

  Iob. VI, 6. וְרִיעַ, (*quod animaduerte*) TREM.
qui verba reliqua ita translata: *fi exacturus effet
abs te Deus poenam iniquitatis tuae,* cum priori
hemift. conftruit. At hac parenthefi locus difficilis,

cilis, qui interpretes in partes varias traxit, magis obscuratur.

§. 25.

Nunc idem genus parenthesium, quae veniunt intra membra periodi, in Nouo Testamento Graeco perlustrabo, vbi quidem sectio maior vel minor ante parenthesin non inducit discrimen, quia interpunctionum hic non ea est auctoritas, quae est in textu Hebraico. Sed quando membra A et B rite definita sunt, character vniuersalis §. 4. vna cum illo speciali §. 20. sufficit, ad parentheses, quae ab editoribus et interpretibus horum librorum notantur, vel comprobandas vel reiiciendas. Igitur primo exempla parenthesium recensebo, quae merito tales esse existimantur.

Matth. IV, 18. *coll. Marc.* I. 16. (*erant enim piscatores*) Haec parenthesis omnino locum habet, si v. 18. et 19. sint, vt mihi videtur, duo membra vnius periodi. Quodsi vero malis v. 19. diuersam periodum exhiberi, erit etiam propos. illa vltima v. 18. ob particulam γάρ periodus, adeoque non opus est parenthesin notari, et locus ad §. 18. pertinet.

Matth. IX, 6. verba: τότε λέγει τῷ παραλυτικῷ, vulgo parentheseos signis discernuntur. Sed N. Knatchbull hanc parenthesin euitandam esse existimat, ideoque ad verba: *sed vt sciatis, — remittendi peccata*, quae ad v. 5. refert, Apodosin ita supplet: *ideo dixi paralytico, remittuntur tibi peccata.* Ita quidem parenthesis exulat, sed ipsum hoc supplementum duriusculum est, neque
cum

cum vtroque membro v. 5. componi poteft. c.
WOLLIVS p. 79. 80. cui etiam illa parenthefis difplicet, idem fupplementum adfumit, fed
aliam parenthefin prioris membri v. 6. ftatuit.
Haec quidem parenthefis nulla eft, cum fic fiant in
v. 6. duae periodi, quae inter fe et cum v. 5. optime cohaerent. Ego vero cum HOMBERGIO
in Parergis facris, fi aliquo fupplemento opus eft,
illud potius petendum effe ex locis parallelis exiftimo. Nam *Marc.* II, 11. et *Luc.* V, 24. adduntur haec: σοι λέγω, vbi in reliquis plenus con-
fenfus cum loco *Matthaei* obferuatur. Iam in locis illis, fi cogitetur, Chriftum, poftquam fcribis
Iudaeorum dixerat, *vt autem fciatis — mox con-
verfum ad paralyticum ita loqui perrexiffe: Tibi
dico, furge atque tolle lectum tuum, et abi in domum tuam:* in locis, inquam, illis periodi vnius
et orationis eiusdem continuatae duo membra apparent, quae nexu optimo coniuncta funt. His
pofitis manifeftum eft, verba, dixit paralytico,
ab Euangeliftis interpofita effe, ideoque merito,
ficut etiam illa *Matthaei*, notis parenthefeos includi.

Matth. XXIV, 15. (ὁ ἀναγινώσκων νοεῖτο) haec
parenthefis recte notatur, quia Τότε v. 16. re-
fpondet τῷ ὅταν v. 15. et P. caret particula, qua
membro priori adhaereat.

Marc. VI, 14. *(innotuerat enim nomen eius)*

Marc. VII, 11. (ὁ ἐςι, δῶρον) quae non funt
verba Iefu, fed a Marco explicationis caufa addita.

Marc. VII, 26. *(erat autem illa mulier Graeca,
Syrophoeniffa genere)* parenthefis bona, fi eft inter

Sp. Parenth. V. et N.T.   L   duo

duo membra periodi. Si vero in verbis καὶ ἠρώ]œ initium periodi ſtatuitur, pertinet hic locus ad §. 18. Schol.

Marc. IX, 13. (et fecerunt ei, quae voluerunt) Hanc parentheſin poſt ROB. STEPHANVM admiſerunt alii, quia non aeque ad haec referri vltima verba poſſunt. Non enim licet cum w HI- STONO fingere, vaticinium V. T. de martyrio Iohannis intercidiſſe, et verba Malachiae hodie mutila eſſe cenſenda: nec valet quidquam WILL. WALL. *in Critical Notes* explicatio, Iudaeos, quae vellent, Iohanni feciſſe, ſicut ſcriptum ſit de vetere Elia, quod eum perſecuti fuerint. *Conf.* HOMBERGI *Parerga S. et* WOLLIVS p. 127.

Marc. XIII, 35. (neſcitis enim — an diluculo:)

Marc. XV, 42. (quandoquidem erat paraſceue, hoc eſt proſabbatum,)

Luc. II, 23. Nam v. 24. conſtructio p. 22. con- tinuatur.

Luc. II, 35. (Καὶ σῦ — ῥομφαῖα) Nam alte- rum membrum non cum hoc priori, ſed cum v. 34. cohaeret. N. KNATCHBVLL haec verba ita ordinat et exponit: *Imo tuus quoque gladius, i.e. verbum Dei, quod procedet ex ore tuo, pertransibit animam (eorum)*; vt parentheſin euitet, et conne- xionem cum altero hemiſt. obtineat, a c. WOL- LIO p. 74. ſeq. et aliis refutatus.

Luc. VII, 14. *(portantes autem ſubſtiterunt,)*

Ioh. II, 9. parentheſis vulgo haec notatur: *(ne- que ſciret — qui hauſerant aquam:)* Sed cum verba priora cum prima propoſitione apte cohae- reant, vt etiam exiſtimat ELSNERVS *in Ob-*
ſeru.

feru. p. 298. parenthefis ita definienda eft: (*mi-niftri vero fciebant, qui hauferant aquam:*)

Ioh. IV. 2. inter Protafin et Apodofin variata, conftructione.

Ioh. VII, 38. (καθὼς εἶπεν ἡ γραφὴ) Diffen-tiunt quidem interpretes, vt nonnulli haec verba ad folam primam propofitionem referenda effe exiftiment, quod verba vltima κατὰ ῥητὸν nus-quam in V. T. legantur: alii vero ad propof. pri-mam et vltimam, f. ad integram periodum fpe-ctare velint, et varia loca V. T. defignent, ad quae Chriftus refpexerit. Vtriusque fententiae auctores W O L F I V S *in Curis Philol.* nominauit. Quodfi igitur pofterior fententia priori praeferen-da eft, vt Chriftus verbis vltimis ad locum ali-quem V. T. v.g. *Ief.* XLIV. 3. coll. v. 5. refpe-xerit, vt mihi videtur, parenthefis illa omnino cum c. W O L L I O p. 61. eft ftatuenda.

Ioh. XI, 15. verba, vt credatis, recte fignis pa-rentheseos includuntur, quia poft propofitionem, quod ibi non fuerim, quae proxime ad primam fpectat, collocari poterant.

Ioh. XVII, 6. (*tui erant, et mihi eos dedifti*) Parenthefis haec omnino locum habet, fi vltima propofitio: et verbo tuo obfecuti funt, proxime cum primo membro ante parenthefin coniunga-tur. Si vero, quod perinde eft, et a B E Z A qui-dem melius effe putatur, ad membrum proximum pertinere fupponitur, tum voce σοὶ periodus in-cipit, adeoque parenthefis ceffat.

Ioh. XXI, 7. (*erat enim nudus,*)
Ioh. XXI, 8. (*non enim erant — cubitis ducentis:*)

Act.

Aɑ̃. I, 15. (erat autem populus — ad centum viginti :)

Aɑ̃. XII, 3, (erant autem dies azymorum,)

Aɑ̃.XIII,8.ſic enim interpretandum eſt nomen eius)

Aɑ̃. XXIV, 22. (εἰπών) ʙᴇᴢᴀ Participium hoc transpoſitum eſſe ſtatuit, et verbo ἀκριβέϛε-ϱον praemittendum fuiſſe. Idem ſentiunt ɢ ʀ ᴏ-ᴛ ɪ ᴠ s et interpretes alii. Sed ᴇʀ. ꜱᴄʜᴍɪ-ᴅ ɪ ᴠ s ᴇᴛ ʙ ᴏ ɪ ꜱ ɪ ᴠ s *in Collat. veteris interpre-tis,* et poſt eos ᴡ ᴏ ʟ ꜰ ɪ ᴠs in *Curis ad b. l,* exi-ſtimant, noſſe omnino potuiſſe Felicem tum ex fama publica, tum ex ipſa Lyſiae epiſtola, quae ſit ſeɑ̃ae illius ſ. potius doɑ̃rinae Chriſtianae ratio. Illi vero non ſatis attenderunt ad Comparatiuum ἀκριβέϛεϱον, qui ſine dubio ad inferiora reſpicit. Nam Felicis oratio ſic facili nexu cohaeret: Ac-curatius informatus de hac via ſ. doɑ̃rina, quum Lyſias chiliarchus deſcenderit, iudicabo cauſam veſtram. Huic orationi interponitur εἰπών, quod in eius initio collocari debebat, more Latinis at-que etiam Graecis ſcriptoribus recepto.

Aɑ̃. XXVｌ5. (ſi velint teſtimonium ferre) Nam ὅτι non ad propoſ. hanc, ſed ad primam ſpeɑ̃at.

· *Rom. I, 13. (ſed haɑ̃enus prohibitus ſum,)*

Rom. III, 8. (ſicut conuiciis laceramur, et ſicut aiunt aliqui nos dicere,) Parentheſis bona, quam notant editiones et agnoſcunt. ɴ. ᴋ ɴ ᴀ ᴛ ᴄ ʜ-ʙ ᴠ ʟ ʟ, ᴄ. ᴡ ᴏ ʟ ʟ ɪ ᴠ s p. 42. ſqq. ᴡ ᴏ ʟ ꜰ ɪ ᴠ s *in Curis,* quin etiam ʟ ᴠ ᴅ. ᴅ ᴇ ᴅ ɪ ᴇ.ᴠ *in Cri-tica S.* quamuis eam videri velit repudiare, ſi, vi-delicet ſupponatur eſſe intra propoſitionem, quia omnino non intelligitur, quomodo ὅτι et καὶ μὴ vna

vna propofitione cohaereant, vt Coniunctiuus locum habere poffit, nec audiendus eft BEZA, qui
ὅτι otiofum effe dicit, nec placet GROTII interpretatio, qui μὴ ὅτι pro ὅτι μὴ, cur non, pofitum effe exiftimat. C. WOLFIVS nexum duorum membrorum extra parenthefin ita informat:
Minime vero, f. etiam hoc abfit, (repet. γένοιτο)
— *quoniam fic facturi effemus mala, vt inde eue-
niant bona, quorum (hominum) damnatio iufta eft.*
I. C. WOLFIVS l. c. haec commemorat, et fuo
loco relinquit, laudat vero PHIL. LIMBOR-
CHII interpretationem *in Commentario in Epift.
ad Romanos: Et non (dicimus) faciamus mala* —
Ita non incommode λέγομεν, quod etiam, fed
diuerfa conftructione in VERS. PISC. ITAL.
et BELGICA factum eft, fuppleri poteft ob verba ἡμᾶς λέγειν, atque etiam Pleonafmus τȣ ὅτι
poft Verbum dicendi intelligitur. WOLFIVS
dicit hac ratione orationem Paulinam belliffime
procedere. At mihi adhuc melior eius connexio
videtur, fi μὴ cum interrogatione exponatur:
*Aut num (dicamus) — quorum (fc. malorum) da-
mnatio iufta eft.*

Rom. VII, 1. (*nam legis fcientes adloquor,*)

Rom. IX, 11. (*vt Dei propofitum, quod eft fecundum electionem, maneret,*) Haec verba non cum
prioribus cohaerent, vbi ἀλλὰ praemittendum
erat, fed ad periodum integram fpectant, et in
extremo v. 12. collocari poterant, ideoque merito pro parenthefi habentur. Ceterum fi verba,
non ex operibus fed ex vocante, ad fuperiora
fpectant, quod volunt BEZA LVD. DE DIEV

L 3   aliique,

aliique, funt illa etiam huic parenthefi adiicienda,
quod in VERS. ITAL. et ANGLICA factum
eft. Sed mihi videtur ordo conftructionis po-
ftulare, vt potius cum ἐῤῥήθη coniungantur.
HOMBERGIVS autem dubito an fit cuiquam pro-
baturus, quod hoc Verbum Ῥεβέκκα v. 10.
coniungendum, atque hic Nominatiuum pro
Datiuo fcriptum effe dicit, adeoque v. 11. integrum parenthefeos notis effe includendum: quae
parenthefis etiam propterea, quod Apodofis deficit, locum habere non poteft, cum γὰρ non
fine caufa fcriptum fit. Hinc etiam, quod alii
volunt, non poteft v. 10. quafi pro Nominatiuo
abfoluto haberi, qui ad v. 12. fpectet. Sed praeftat ad Ῥεβέκκα, vt ad v. 11. ob particulam γὰρ
periodus incipiat, Verbum aliquod fuppleri:
quod Participio refpondeat, vt PISCATOR
fupplet, idem experta eft: LVD. DE DIEV,
fic fe habuit: *Gloſſa ad Verſ. Hiſpanicam*, accepit itidem oraculum a Deo: DIODATI, *udi lo*
ſteſſo, audiuit idem: BELGICA, iſt bavon ein
Bewtis. Quando vero N. KNATCHBVLL
ἦν ad ἔχουσα fupplendum effe cenfet, vt propofitio directa fiat, id orationem reddit mutilam, cuius connexio cum v. 11. non poteft intelligi.

Rom. XI, 25. (*ne ipſi vobis ſapientes videamini*)
fecundum plerosque, qui membrum B, quod coe-
citas ex parte Ifraelitis contigerit — cum membro A coniungunt. Falfo in VERS. VVLG. et
HISP. ὅτι redditur *quia*, neque licet ibi periodi
initium facere, quia ipfum illud myfterium hic
exponitur.

Rom. XIII, 11. 12, (*nunc enim propius adeſt noſtra ſalus, quam cum crederemus: nox progreſſa
eſt, dies autem appropinquauit.*) Equidem BEZA
prius membrum v. 11. ad ſuperiora retulit, vt
χỳ τῦτο cohaereat cum eo, quod dixerat Paulus
v. 8. quo pacto parentheſis illa non valet.   Ita
vero ad χỳ τῦτο Verbum aliquod ſupplendum
erat, vt fiat propoſitio,   ad quam Participium
ἐιδότες reſpiciat, v. g. ὀφείλετε ex v. 8. vt nonnulli volunt, quod quidem aliis non placet.
Nam PISCATOR in Scholiis ſupplet, eo ſtu-
dioſius facite: DIODATI, multo magis debe-
mus facere: vt alios taceam. Sed fortaſſe rectius
alii prius membrum v. 11. vt Protaſin cum altero
membro v. 12. cum LVTHERO noſtro coniungunt, quod etiam LVD. DE DEU fieri poſſe
exiſtimat, vbi parentheſis illa omnino locum habet, ita quidem vt duo eius membra vno verſicu-
lo per §. 15. Schol. II. comprehendantur.

1 *Cor.* IX, 21. (*cum non Deo exlex eſſem, ſed
in lege Chriſto,*)

2 *Cor.* X, 4. in editionibus nonnullis et in
VERS. ANGLICA eſt parentheſis, quam etiam ER. SCHMIDIVS, HEINSIVS, WOL-
LIVS p. 76. WOLFIVS *in Curis ad b. l.* ſtatuunt, quia Participium καθαιρῦντες cum Verbo
ςρατενόμεθα v. 3. coniungendum eſt.   Nonnulli
illud Participium omiſſa parentheſi Gerundio. exponunt, deſtruendo, vt BEZA, PISCATOR,
it. VERS. ITAL. et HISPANICA.   ERAS-
MVS ROTEROD. vertit: quibus *conſilia de-
molimur* — *atque ita* VERS. LVTHERI et

CASTELLIONIS, vt v. 4. et 5. connectantur. Sed haec vtraque interpretandi ratio difficultate laborat.

2 Cor. XI, 21. (*insipienter dico*) v. 23. (*desipiens dico*)

2 Cor. XII. 2. et 3. (*an in corpore, vel extra corpus, nescio, scit Deus,*)

Gal. II, 8. intra membra Protaseos.

Gal. III. 13. (*scriptum est enim — in ligno:*)

Ephes. II, 5. (χαριτί ἐϛε σεσωσμένοι) Haec parenthesis in editionibus et versionibus plerisque recte notatur. Si vero altera lectio, ὅ τῇ χάρ-τι — bona est, quae in COD. CLAROMONTANO aliisque extat, quamque sequuntur VERS. VVLG. et SYRIACA, item BEZA, parenthesi non est locus.

Eph. V, 9. quia v. 10. ob Participium cum v. 8. vna periodo coniungi debet.

Eph. VI, 2. (*quod est praeceptum primum cum promissione*)

1 *Thess.* II, 11. (*sicut nostis*) conf. §. 37.

Hebr. V, 13. (*infans enim est*)

Hebr. VII, 11. (*nam sub eo lata lex est populo*).

Hebr. VII, 21. (ὁι μὲν γὰρ — Μελχισεδὲκ·) parenthesis in editionibus et versionibus nonnullis, vt VVLG. ANGL. BELG. et PISC. Et recte quidem in earum quibusdam verba priora parentheseos ex v, 20. ad v. 21. translata sunt, ne illa Canoni II. §. 15. aduersetur. Parenthesis non designatur in VERS. LVTH. CASTELL. ITAL. et HISP. Sed est omnino necessaria, quia καθ' ὅσον et κατὰ τοσοῦτον sibi respondent.

Falso

Falso autem ER. SCHMIDIVS V. 20. Ita transtulit: *Et (eo potior illa spes est) quatenus — in-
troducta est.* Rectius alii haec ad v. 22. referentes, supplent, sacerdos factus est: vel possit etiam διαθήκη subiectum esse, hoc modo: *Et quatenus non sine iureiurando fuit,* — Catenus melioris foederis sponsor Iesus extitit.

Hebr. X, 7. (*in capite libri scriptum est de me*)
nam ποιῆσαι cum ἥκω construitur.

Hebr. X, 8. (*quae iuxta legem offeruntur*)

Hebr. X, 23. (*fidelis enim est, qui promisit,*)

Hebr. XI, 18. est parenthesis, quia v. 19. ob
Participium cum v. 17. vna periodo cohaeret.

Hebr. XI, 38. (*quibus indignus erat mundus*)
nam post illa verba constructio v. 37. continuatur.

Iac. IV, 14. (πόια γὰρ — ἀφανιζομένη) Haec
parenthesis notatur a C. WOLLIO p. 96. et in
EDIT. VERS. LVTH. In EDIT. ER. SCHMI-
DII aliisque integrum comma 14. notis parentheseos includitur, quod quidem non est necessarium, quia primum illud membrum cum v. 13.
optime cohaeret. Plerique parenthesin omise-
runt, non attendentes, constructionem Participii
λέγοντες referendam esse ad Verbum Finitum,
quod demum v. 16. occurrit, vt v. 13-15. ad
Protasin pertineant. Denique καὶ alterum v. 15.
vim habet ἢ ἀποδοτικῆ in L. Hebr. quod in versionibus negligi, vel *tunc*, so, reddi potest, nec
adeo opus erat, vt ER. SCHMIDIVS ita transfer-
ret: *et tunc (dicendum esset) faciemus* —

1 *Iob.* I, 2. nam in initio v. 3. constructio v. 1.
continuatur.

§. 26.

Si etiam parenthefes nonnullae intra periodi membra ab editoribus et interpretibus N. T. notatae funt, quae, quia Canoni III. §. 16. et dictis in §. 20. repugnant, dubiae aut falfae iudicantur.

Matth. I, 25. (*et non cognouit eam*) Hanc parenthefin notauit c. WOLLIVS p. 61. poft HEINSIVM *in Exercitatt. S.* p. 5. vt ἕως cum vltimis verbis v. 24 conftruatur, et non videatur Iofephus Mariam poft partum editum cognouiffe. Cum vero etiam haec expofitio non fit probabilis, Iofephum adfciuiffe vxorem fuam, donec illa filium fuum primogenitum peperiffet, alii primam propofitionem v. 25. omnino cum fecunda conftruendam, fimulque dubitationi exortae commoda explicatione occurrendum effe putauerunt.

Matth. XV, 5. Vix digna effe commemoratione videtur parenthefis, quae in quibusdam VERS. LVTHERI editionibus occurrit, quamque c. WOLLIVS p. 139. feq. repudiauit. Nam fine dubio ex loco parallelo *Marc.* VII. 11. vbi ob praen iffam vocem κορβᾶν parenthefis haec aliquam ipcciem habet, non tamen neceffaria eft; ex imprudentia in hunc Matthaei locum translata fuit, vbi dispar conftructionis ratio non permittit, vt verba illa ab orationis nexu disiungantur.

Matth. XXII, 23. (*qui dicunt non effe refurrectionem.*)

Marc. VI, 48. (*erat enim ventus contrarius illis*) Bene quidem, fi verba hoc ordine pofita effent; Καὶ ἔρχεται πρός αὐτὸς περὶ — At quia

quia alius verborum ordo apparet, praestat his verbis periodi initium facere, vt omissa parenthesi tres periodi fiant, sicut ER. SCHMIDIVS edidit

Marc. XIV, 40. (*erant enim oculi eorum gravati,*) Sed praestat haec connectere cum propositione vltima, vbi in ἦσαν est initium periodi et parenthesis exulat.

Marc. XV, 21. (*qui veniebat ex agro, patrem Alexandri et Rufi,*)

Luc. II. 4. (*quod esset ipse Dauidicae domus atque familiae*) in edit. et verf. nonnullis, falso, quia haec verba cum prioribus constructione coniuncta sunt, et nexum v. 4. et 5, non turbant.

Luc. IV, 29. (*in quo vrbs eorum aedificata erat,*)

Luc. VI, 14-16. falso putantur esse parenthesis, quia omnino cum v. 13. vna periodo cohaerent, et v. 17. est diuersa periodus.

Luc. XX, 27. (*qui negant esse resurrectionem*)

Ioh. VII, 22. (*non quod ex Mose sit, sed ex patribus,*)

Ioh. IX, 7. (*quod interpretari licet, missus.*) In fine periodi parenthesi propositionis non est locus.

Ioh. XIII, 2. (*cum Diabolus iam — vt proderet eum,*)

Ioh. XIX, 38. (*qui erat discipulus — Iudaeorum,*)

Ioh. XIX, 39. (*qui venerat ad Iesum nocte primum,*)

Ioh. XX, 17. (*nondum enim ascendi ad patrem meum*) Haec parenthesis in quibusdam editionibus

bus apparet, et a KNATCHBVLLO, HOM-
BERGIO, C. WOLLIO p. 93. aliisque ſtatuitur. Sed γὰρ hic non prodit parentheſin, quaſi
ſit in principio periodi, (§. 20.) cum potius hoc
poſt Imperatiuum, ſicut כִּי, nam, etiam in media periodo locum inueniat.

Actor. III, 19. N. KNATCHBVLL in Animaduerſ. ad h. l. vult eſſe parentheſin, et v. 18.
et 20. hoc nexu coniungit: — *impleuit ita* —
vt venerint tempora refrigerii — At quamuis
ὅπως recte exponatur *vt*, non tamen de praeterito tempore, ſed modo de futuro vſurpari ſolet.
Igitur falſo etiam HISPANICA, *presques* —
ſon venidos — Sed recte LVTHERVS, auf daß
da komme — vt etiam INTERPRES SYRVS
intelligi poteſt, quam verſionem HEINSIVS,
DE DIV et I. C. WOLFIVS approbarunt:
etiam HOMBERGIVS, qui vero quo praetextu
v, 20. de re futura accipiens, cum KNATCH-
BVLLO ad finem v. 18. referat, non video, cum
reuera nexu optimo cum v. 19. cohaereat. IN-
TERPRES VVLGATVS ita vertit: vt cum
venerint; non quod ὅτι pro ἂν legerit, vt ERAS-
MVS ſuſcipicatur, ſed ipſum ἂν hoc ſenſu accipit, ſicut etiam IO. BOISIO *in Collat.* vet. interpretis haec verſio placet: *vt ſi venerint* — *quae*
autem propterea quod Anantapodoton efficit,
non eſt probabilis. Miror etiam, multos alios
ſignificationem propriam partic. ὅπως ἂν, qua eſt
vt, deſeruiſſe, et aliis modis verba reddidiſſe, vt
CASTELL. *dum veniant* — BEZAM: *poſt-*
quam venerint — vt etiam habent PISCATOR
et

et ER. SCHMIDIVS: denique VERS. ITAL. ANGL. et BELG. in hanc sententiam: *quando venerint —*

Actor. V, 12. membrum alterum cum v. 13. 14. parentheseos notis in editionibus et versionibus nonnullis disiungitur, quia ὥϛε in v. 15. cum priori membro v. 12. construi supponitur, cui locus similis *Actor*. XIX, 11. 12. extat. At non potest admitti parenthesis trium periodorum intra duo membra periodi, neque etiam est necessaria, cum connexio v. 15. cum v. 14. non sit difficilis intellectu.

Actor. V, 17. (*quae est secta Sadducaeorum,*)

Actor. XVIII, 2. (*eo quod praecepisset Claudius, vt omnes Iudaei Roma discederent*)

Actor. XXI, 8. (*qui erat vnus e septem*)

Rom. I, 32. (*quod, qui talia faciant, morte digni sint*) C. WOLLIVS p. 41. seq. receptam lectionem tuetur, et hanc parenthesin in editionibus et versionibus bonae notae plerisque omnibus recte notari existimat. Sed meo, si quod est, iudicio haec verba cum prioribus bono nexu coniuncta sunt, neque constructionem Participii ἐπιγνόντες cum ποιῶσιν vllo modo turbant VERSIONEM VVLGATAM ex asse expressit HISPANICA VALERAE, quae respondet verbis Graecis, vt a CLEMENTE citantur, vbi additur ἔκ ἐνόησαν, et Participia ποιῦντες et συνευδοκῦντες occur. *Vid*. WALL. CRITICAL NOTES p. 226. seq. qui dicit, in Vulgata eas voces male esse translatas, cum verti debuerint, non considerarunt, si, apud animum reputarunt.

Plu-

Pluribus agunt *de diverſa lectione* DAN. WHITBY *in Examine Var. Lect.* 10. MILLII p. 45. 124. 125. et WOLFIVS *in Curis*, et receptam in editionibus noſtris genuinam eſſe probat.

Rom. IX, 1. (συμμαρτυρϱσης μοι — ἐν πνεύματι ἁγίῳ) Quodſi parentheſi huic locus eſſe debet, ſimul etiam verba, ϑ ψεύδομαι ſunt includenda. Sed parentheſi non opus eſſe exiſtimo; quoniam verba illa cum priori et poſteriori membro et ſenſu et conſtructione cohaerent.

Rom. IX, 24 - 29. parentheſis notatur in multis editionibus, quam poſt alios approbat c. WOLLIVS p. 67. ſeq. perſuaſus hac ratione, quod ſic verba optimam connexionem nanciſcantur vt v. 30. velut Apodoſis ad v. 22. 23. ceu Protaſin referatur. Sed BEZAE atque aliis haec parentheſis non videtur admittenda, quia tam longa oratione duobus periodi membris interpoſita connexio potius turbatur. N. KNATCHBVLL ad h. l. qui fortaſſe etiam hanc parentheſin non approbauit, alia incedit via, et v. 22. 23. cum parte priori v. 20. connectit, vt verba intermedia: μὴ ἐρεῖ — ἐις ἀτιμίαν, parentheſeos notis includantur. Sed obſtat, quod hac hypotheſi v. 22. pro δὲ, quod in ſententiae initio locum habet, μὶν ſcribi debuiſſet, quodque v. 20 potius ad v. 19. reſpiciat. Ceterum illi, qui parentheſin admittere detrectant, vel ita v. 22. 23. exponunt, vt ſupplemento non opus ſit, vel ſupplementum ſ. Apodoſin ex v. 20. aut ex ingenio addunt, quorum opiniones diuerſae A WOLFIO *in Curis* recenſentur. At vterque modus eſt violentus et

varius

variis dubiis impeditus.   Igitur vt, mihi quid
verum videatur, paucis adiiciam, verba v. 30.
non poffunt non ad v. 22. 23. referri, vt eorum
fententiam perficiant; et v. 24. qui cum pofte-
rioribus¡vsque ad v. 29. cohaeret, non minus
cum v. 23. arcto nexu coniunctus eft: ideoque
verficuli 24-29. ad Protafin vberius declarandam
fpectant, et non quidem parenthefin, fed μεταξυλογίαν exhibent.

  1 Cor. I, 6. καθώς non prodit parenthefin, fed
v. 6. non minus cum v. 5. cohaeret, quamuis τὸ
ὑςεῤεῖςθαι ad ἐπλετίθητε refpiciat.

  1 Cor. VII, 29. (ὅτι ὁ καιρὸς — ἐςιν) N.
KNATCHBVLL, ER. SCHMIDIVS, HOM-
BERGIVS, C. WOLLIVS aliique hanc parenthefin pofuerunt, qua non opus eft, quoniam ὅτι
reddendum eft, quia, vbi verba illa cum prioribus cohaerent, et cum his coniuncta ad inferiora fpectant. (§. 16. num. IV.) Eodem redit fententia WOLFII in Curis ad h. l.   Ideoque recte
parenthefis in VERS. ITAL. BELG. et PISCA-
TORIS omittitur.   Sed occurrit alia diftinctio,
qua verba, τὸ λοιπὸν ἐςι, a fuperioribus disiuncta in fententiae initio collocantur, quam idoneis
rationibus HEINSIVS in Exercitt. S. commendat.   Ad hanc diftinctionem VERS. VVLG.
LVTH. CASTELL. HISP. et ANGLICA¦fa-
ctae funt.

  1 Cor. VIII, 5. (ficuti funt — et domini multi)
parenthefis non neceffaria, quia et fenfu et conftructione cum priori membro cohaeret, et cum
eo fimul ad Apodofin in v. 6. refpicit.

1 Cor.

1 *Cor.* XV, 52. (σαλπίσει γὰρ,) hanc parenthesin, quae in editionibus notatur, commendat c. WOLLIVS p. 44. seq. et prouocat ad versionem ANGLICAM, vbi quidem in mea editione a. 1643. parenthesis vsque ad extremum commatis producitur. Parenthesis vtraque non videtur esse necessaria. Nam verba illa percommode coniungi possunt cum posteriori membro: *Clangetur enim*, *et mortui resurgent* — vt in VERS. VVLG. LVTH. CASTELL. HISP. et BELGICA. In VERS. ITALICA et PISCATORIS simul prius membrum, quia conceptum exhibet, qui ad Verbum ἀλλαγησόμεθα pertinet, ad v. 51. refertur, vt σαλπίσει sit initium v. 52. quae distinctio etiam in exemplaribus Graecis observari debuisse videtur.

2 *Cor.* III, 14. (*quod per Christum aboletur*) in editionibus et versionibus nonnullis, ac si v. 15. vna periodo cum verbis, μὴ ἀνακαλυπτόμενον coniungi debeat. Diuersa lectio hic notanda, altera ὅτι, quae in VERS. VVLG. SYR. ER. SCHMIDII et PISCATORIS exprimitur, quamque BEZA approbat: altera ὅ, τι, quam VERS. LVTH. ITAL HISP. ANGL. et BELG. sequuntur. Vtram lectionem eligas, non opus est parenthesi, quando v. 15. diuersa periodo accipitur. Ita etiam parenthesis verborum v. 14. 15. ἀρχὶ γὰρ — χεῖται, quam HEINSIVS *in Exerc. S.* necessariam esse iudicat, non est necessaria, quamuis omnino v. 16. ad prius membrum v. 14. respiciat; si diuersae vtrinque periodi construantur.

2 *Cor.*

2 *Cor.* IX, 9. 10. item v. 12. parentheſin eſſe volunt N. KNATCHBVLL, HOMBERGIVS, ☙ WOLLIVS p. 137. aliique, quod participia πλϑτιζόμενοι et δοξάζοντες arctiori nexu cum περισσεύητε v. 8. ſint coniuncta. Si vero Participia, quando ad ſuperiora reſpiciunt, in principio periodi ſubſiſtere poſſunt, vt multis videtur, notis parentheſeos non opus eſſe arbitror. *Conf.* omnino STOLLBERGII *Exercitt. Gr. Linguae* p. 78 - 83. Neque etiam KNATCHBVLLVS, qui a verbis, ἥτις κατεργάζεται, parentheſeos initium facit, aſſenſum meretur. Miror autem, ipſum v. 13. a BEZA et HOMBERGIO dici parentheſin, cuius notae etiam in editionibus nonnullis expreſſae ſunt. Non enim appareț, quomodo v. 14. cum v. 12. conſtructione cohaereat, contra ea manifeſtum eſt, verba κỳ αὐτῶν δεήσει, addita Praepoſ. ἐπὶ, ad δοξάζοντες in v. 13. eſſe referenda.

2 *Cor.* XIII, 5. N. KNATCHBVLL fecit Apodoſin ad membrum prius v. 3 et membrum alterum a verbis, ὃς εἰς ὑμᾶς, vna cum v. 4. parentheſeos notis includi voluit, fortaſſe particula ἐπεὶ inductus, qua Protaſin informari credidit. Equidem haec particula, ſed alio ſenſu in Protaſi occurrit *Luc.* VII. 1. *Hebr.* VI. 13. ſed plerumque, vbi eſt quandoquidem, vel in altero periodi membro venit, vt *Matth.* XVIII. 32. XXVII. 6. *Luc.* I. 34. — vel in principio periodi μονοκώλϑ vſurpatur, vt apparet 1 *Cor.* XIV. 16, XV. 29. *Hebr.* V, 6. IX. 26. X, 2. atque etiam hoc in loco, *Cor.* XIII, 3. manifeſtum eſt. Sic v. 4. et 5.

Sp. *Parenth. V. et N. T.*　　　　M　　　　di-

diuerfae periodi continentur, quae per fe fatis
intelliguntur, adeoque de parenthefi non cogitandum eft. Neque etiam altera parenthefis v. 5.
verborum ἢ ἐκ — ἐν ὑμῖν ἐςιν, quam N. KNATCH-
BVLL effingit admitti poteft. Nam verba vltima, nifi reprobi fitis, vel vt ille exponit, nifi
probatione illa, coll. v. 3. careatis, nullo modo
cum primo membro v. 5. fed potius cum fecundo, cuius parenthefis ftatuitur, cohaerere intelliguntur.

Gal. I, 15. 16. (*qui fegregauerat me — vt reue-*
laret filium fuum in me) Quamuis ἀποκαλύψαι
cum καλέσας coniungatur, quod ERASMVS
et alii faciunt: non tamen funt illa pro parenthefi
habenda, quia non minus cum prima propofitione v. 15. cohaerent, et coniuncta cum illa ad ἵνα
refpiciunt. Sed praeftat cum BEZA et aliis
propof. primam v. 16. quae verbis τὸν υἱὸν αὐτῦ
et αὐτὸν cum fecunda coniuncta eft, ad εὐδόκη-
σεν referre, praefertim cum hoc Verbum non
per ἵνα, fed cum Infinitiuo conftrui foleat, et ἢς
cum ἀποκαλύψαι aptius cohaereat. Ideoque
etiam alterum membrum v. 15. fignis parenthefeos notandum non erat, quod in VERS. CA-
STELL. ITAL. PISC. et ER. SCHMIDI
factum eft.

Gal. II, 2. feqq. N. KNATCHBVLL ex hac
falfa hypothefi, quod irreptitii falfi fratres v. 4.
commemorati colloquio, quod Paulus Hierofo-
lymae cum Apoftolis inftituerat, non interfuerint,
τὸ εἰς v. 5. non ad ψευδαδέλφυς, fed ad τοῖ
δοκῦσι v. 2. retulit, ideoque verba, μήπως εἰς

περιτμηθῆναι, fecit parenthefin, quae merito a
C. WOLLIO p. 98. et I. C. WOLFIO *in Cu-*
ris ad h. l. contorta effe perhibetur. Nam vt taceam, quod non appareat, neque KNATCH-
BVLLVS dicere audeat, quid de nexu et fenfu
v. 4. ftatuendum fit, qui fic in fumma obfcuri-
tate verfatur: ipfa duo membra parenthefeos non
cohaerent, fed maxime funt disiuncta, cum prius
v. 2. ad priora arctiori nexu refpiciat, et alterum
v. 3. non poffit non ad v. 4. referri. Quare
haec parenthefis ex Canone II. §. 15. reiicienda
eft. Atque hic tacendum non eft, C. WOLLIO
p. 94. feq. placuiffe potius v. 3-5. parenthefeos
notis diftinguere, cum Paulus v. 2. et 6. cum
τοῖς δοκᾶσι dicat fe contuliffe Euangelium, illos
autem nihil fecum contuliffe f. communicaffe, atque his aliena quaedam de circumcifione Titi in-
terferuerit. Quamuis autem v. 2. et 6. fententia
coniuncti fint, non tamen, cum duae fint periodi, nexus tam arctus eft, vt v. 3-5. parenthefeos
in modum difcerni debuerint, praefertim cum
v. 3. 4. 5. tum inter fe, tum cum v. 2. apte cohaereant. (§. 18.)

Gal. IV, 9. (μᾶλλον δὲ γνωθέντες ὑπὸ Θεῦ)
Hac parenthefi C. WOLLIVS p. 77. credit δι-
λογίαν vitiofam euitari. Non autem eft διλογία,
quoniam Verbum idem in diuerfa forma et alio
refpectu repetitur: neque opus eft parenthefi,
cum certum fit, vt haec verba cum prioribus coniuncta ad inferiora fpectare. *Conf.* WOLFII
Curae ad h. l.

Gal. IV, 25. Verba, τὸ γὰρ Ἄγαρ — ἐν Ἀρα-
βίᾳ, parentheſin eſſe voluerunt ROB. CON-
STANTINVS in *Lexico Graeco - Latino*, et
cum eo LVD. CAPPELLVS *in Spicilegio notarum in N. T.* p. 108. item C. WOLLIVS p. 45-
48. Quam parentheſin vsque ad Ἰερυσαλὴμ pro-
duxerunt ER. SCHMIDIVS, et ZACH. PIER-
CIVS *in duabus epiſtolis de N. T. editione a* I. C.
WOLFIO *in Curis* p. 759. citatus, qui etiam
cum his facere videtur, exiſtimans p. 762. vltima verba, ὀυλέυει — reſpicere ad poſtrema commatis 24. ἥτις ἐςὶν Ἄγαρ. At mihi ſicut aliis
vtraque parentheſis dubia eſt, quoniam, ſi accurate textum inſpicias, apparet, membra v. 25. eſſe
omnino nexu inter ſe coniuncta, et propoſitionem vltimam aut penultimam cum vltimis verbis
v. 24. commode conſtrui non poſſe. Nam ad
ϲυςοιχεῖ ſubiectum eſt Σινᾶ, et ad ὀυλέυει eſt, ἡ
νῦν Ἰερυσαλὴμ, quia ſcriptum eſt αὐτῆς, quod non
poteſt ad διαδήκην referri.

Eph. III, 3. 4. (καθὼς — τῦ χριςῦ) in editionibus nonnullis et VERS. ITAL. ANGL.
BELG. et PISC. vbi prior pars parentheſeos
ad v. 4. eſt referenda, ne Canoni II. §. 15. repugnet. Sed ipſa parentheſis eſt dubia, quia v. 5.
ad myſterium v. 4. memoratum eodem iure poteſt
referri.

Phil. III, 15. 16. (Καὶ εἴ τι — ἐφθάσαμεν)
HOMBERGIVS *in Parergis S.* et I. C. SCHWAR-
ZIVS de *Soloeciſmis diſcipulorum Chriſti antiquatis*
p. 9. ita vt membrum alterum v. 16. cum priori
membro v. 15. coniungatur, Haec parentheſis,
                                              qua

qua etiam WOLFIVS *in Curis* non opus effe exiftimat, non poteft habere locum, quia non apparet, qua ratione illius membra cohaereant.
Alia parenthefis verborum, πλὴν εἰς ὃ ἐφϑάσα-
μεν, a N. KNATCHBVLLO et C. WOLLIO
notatur. Sed praeftat πλὴν, quod alii faciunt,
ad alterum membrum referre: Attamen, quod
iam adfecuti fumus, eadem incedendum eft regula, idem fentiendum. Sic parenthefis in media
propofitione venit, quae ad §. 36. pertinet.

Phil. III, 18. 19. (ὃς πολλάκις — ἐν τῇ αἰσχύνῃ
αὐτῶν) Haec parenthefis notatur in ER. SCHMI-
DII aliisque editionibus, item ab HOMBER-
GIO et I. C. WOLFIO, vt verba priora v. 18.
cum vltimis v. 19. conftruantur. Sed vt taceam,
eam Canoni II. §. 15. aduerfari, adeo vt inter-
punctio fit mutanda, et talem conftructionem non
permittere articulum οἱ additum, mihi certe non
videtur effe neceffaria. Nam πολλοί in principio
v. 18. nominati tribus modis defcribuntur: 1)
ὃς πολλάκις ἔλεγον ὑμῖν — 2) ὧν τὸ τέλος ἀπώ-
λεια — 3) οἱ τὰ ἐπίγεια φρονῦντες. Atque haec
tria membra eadem ratione ad propofitionem primam v. 18. determinandam fpectant. Ceterum
prima propofitio: *Multi enim ambulant*, in VERS.
SYRICA ita transfertur, ac fi in textu Graeco
ἑτέρως lectum fuerit, quod BEZA non improbat, et
VERS. BELGICA addidit. CASTELLIO ita
vertit: *Nam multi ita fe gerunt — vt chriftianae
crucis hoftes*; vt verba interiecta fint parenthefis:
ita fere Italica: — qui funt hoftes — At Accu-
fatiuus ἐχϑρὰς non poteft non ad ἔλεγον referri.

M 3   Rectius

Rectius alii εἶναι supplent, *quod sint hostes* ——
quod B E Z A E placet, et in VERS. ANGL. BELG.
et P I S C. factum est. Optime vero alii ἐχϑρὸς
in Appositione positum existimarunt: *de quibus*
saepe vobis dixi —— *de hostibus* —— Conf. §. 17.
Schol.

Coloss. I, 9-12. B L A C K W A L L V S p. 499. in
edit. c. W O L L I I esse parenthesin existimat, quam
W O L F I V S *in Curis* ad h. l. merito improbauit,
quia v. 13. potius cum v. 12. quam cum v. 8.
coniungi debet.

Coloss. IV, 3. (*cuius causa et vinctus sum*)

I *Tim.* VI, 17. (*qui nobis omnia large suppe-*
ditat ad fruitionem,)

Hebr. II, 9. verba vltima : vt gratia Dei pro singulis mortem gustaret, sane non cohaerent cum
proximo membro, sed cum ἠλαττωμένον construenda
sunt, quam ambiguitatem parenthesi membri illius
medii tolli posse W O L F I V S *in Curis* existimat.
Sed haec mihi locum non habere videtur,
quia non A magis ad B quam ad P, sed potius
P † A ad B, siquidem Iesus, qui dictus fuerat inferior factus angelis, deinde amplius describitur, vt gloria et honore, propterea quod
mortem subierit, coronatus. In V E R S. I T A-
L I C A membris extremis coniunctis, medium primo
mo loco positum est: Sed omnino videmus coro-
natum gloria et honore propter supplicium mor-
tis Iesum, qui — quod non plane improbo: sed
quando alii, qui etiam illud membrum medium vel
in principio vel in extremo collocant, verba illa
in hanc sententiam accepta, *vt mortem subire pos-*
set,

fet, cum ἠλαττωμένων coniungunt, vt BEZA et
PISC. VERS. HISP. et BELG. item ER.
SCHMIDIVS, (qui quidem membra non trans-
pofuit,) Synchyfin intolerabilem ftatuunt. Si
vero διὰ non finem, fed caufam impellentem de-
fignare fupponas, et referas ad ἐςεΦαγωμένον,
quod HOMBERGIVS et HEINSIVS faciunt,
non folum inanis euitatur Ταυτολογία, fed etiam
verborum fententia cum aliis locis, v. g. *ief.* LIII.
10-12. *Phil.* II. 8. 9. apte confpirabit.

1 *Petr.* IV, 12. (*quae in tentationem vobis accidit.*)

2 *Petr.* III, 9. (*vt nonnulli tarditatem existimant,*)

2 *Ioh.* v. 5. (ἐχ ὡς — ἀπ᾽ ἀρχῆς) parenthefis non neceffaria, praefertim fi γράφων eft vera
lectio.

Apoc. XVII, 8. (*quorum non fcripta funt nomina in libro vitae ab orbe condito.*)

§. 27.

Tractatione parentheseos intra membra periodi abfoluta, nunc *tertio* de parenthefi in media
propfitione dicendum eft. Haec parenthefis fua
natura eft propofitio, eaque nonnunqum cum alia
propofitione, conftructa, fed quando conceptibus aliis propofitionis immifcitur, in negotio
diftinctionis rationem conceptus habet, vt membra
fint homogenea. Nam deinde in §. 38. de eo
difputabitur, an etiam parenthefes intra propofitionem veniant, quae fua natura conceptus funt.
Hic vero generatim obferuandum eft, propofi-

M 4   tionem

tionem aliquam ex charactere illo §. 4. pro parenthesi intra propositionem haberi posse, quamuis
particula instructa sit, quae alioquin in media periodo locum habet, contra quam ad parenthesin
intra membra periodi secundum §. 20. requirebatur. Nunc quandoquidem Verbum Finitum et
conceptus diuersos, qui ad illud separatim referuntur, nexus intercedit, Verbum nexu arctiori
cum conceptibus natura talibus, quam cum parenthesi cohaerere supponitur, quae quidem est
propositio, sed ex hypothesi pro conceptu ha-
tur. Sic membrorum extremorum vnum, quod
a Verbo Finito vsque ad parenthesin con-
arctiori nexu cum membro extremo altero, s. conceptu diuerso, qui ad Verbum spectat, tum
cum ipsa parenthesi cohaeret. In Codice
Hebraico membra B P A secundum dicta in §.
definienda sunt, vt membrum A dextrorsum,
membrum B sinistrorsum continuetur vsque
accentum proxime maiorem, quam qui ante
post parenthesin scriptus est. Hic autem
parenthesis intra propositionem vt alias con-
tractatur et distinguitur, duae formae seorsim
plicandae se offerunt, cum parenthesis vel
Verbum Finitum, vel ante illud collocata
riatur. Denique hic repetantur, quae de
signorum parentheseos in §. 9. notata sunt.

§. 28.

Forma prima est, quando parenthesis,
plerumque contingit, intra propositionem
Verbum Finitum collocata apparet, in vt

alterue conceptus diuersus ad propositionem pertinens post parenthesin veniat, vbi valet character ille §. 4. vt membra A et B, quae ex §. 13. definita sunt, arctiori nexu inter se, quam cum P. s. parenthesi cohaereant, ob rationem in paragrapho superiori expositam. Obseruatur etiam, pro membro B, quando post parenthesin plures conceptus diuersi vsque ad extremum propositionis occurunt, solum conceptum primum esse, et membro A necessario Verbum Finitum comprehendi, ita vt P ad omnem propositionis partem anteriorem vna cum Verbo Finito spectet, nonnunquam etiam simul ad propositionem priorem, quae cum illa coalescit, v. g. *Genes.* XLVIII. 14. *Deut.* I. 31. 1 *Reg.* II, 32. Nam quando ad vnum modo conceptum spectat, qui non est Verbum Finitum, nec eius vices gerit, non potest pro parenthesi haberi, sed est altera pars conceptus compositi, quod patet etiam ex Canone I. §. 14. quia hic minor accentus venit ante A s. conceptum illum, quam post parenthesin, v. g. 2 *Reg.* XI. 17. — *et inter populum, vt esset populus Iebouae,* *Psalm.* XC. 4. — *sicut dies hesternus, quum praeteriit.* Denique, quia conceptus diuersi post Verbum Finitum accentu continuo maiori distingui solent, sectio maior vbique post parenthesin, nullibi ante eam apparet, (§. 11.) exceptis locis, vbi est ante לאמר, de quibus in §. 30. agitur. His pro fundamento positis exempla pleraque parenthesium intra propositionem post Verbum Finitum ex *Cod.* *Hebraico* recensebo:

M 5 *Gen.*

Gen. XIV, 17. *Exiuit* — (*poſtquam reuerſus eſt a clade Kedor Laomer et regum qui cum illo erant*) *ad vallem Schaueh* — Talis parentheſis cum Infinitiuo per אַחֲרֵי occurrit *Gen.* V. 4. 7. 10. 13. 16. 19. 22. 26. 30. XI. 11. 13. 15. 17. 19. 21. 23. 25. —

Gen. XXV, 6. *cum adhuc vineret.*

Gen. XLVIII, 14. *cum ille minor eſſet:* parentheſis intra propoſitionem compoſitam, quacum alia a principio coaleſcit. Sic prius hemiſt. vnicam propoſitionem complectitur.

Exod. XXIX, 22. *quia agnus initiatorius eſt:* ita per כִּי quia ſ. nam, *Deut.* XIV. 29. I *Sam.* XXX. 13.

Exod. XXXI, 18. כְּכַלֹּתוֹ *cum deſiiſſet loqui cum eo in monte Sinai:* poſt parentheſin duo conceptus diuerſi veniunt, et illa ad ſolum priorem ſpectat.

Exod. XXXIV, 24. *vt appareas in conſpectu Iehouae Dei tui:* Sic parentheſis cum Infinitiuo per לְ occurrit *Exod.* V. 7. XXXV. 29. *Leu.* VII. 38. XIV. 21. XX. 5. *Deut.* VI. 2. *Ioſ.* IX. 2. *Iud.* X. 1. (poſt parentheſin duo conceptus diuerſi. ſicut I *Sam.* XIII. 5.) I *Reg.* V. 14. 2 *Reg.* XXV. 1. לִמְלֹךְ, *Ieſ.* XXXVII. 35. *Ier.* XLIV. 14. LII. 4. *Ezech.* XVI. 33. *Eſth.* IV. 11. *Eſrae* III. 9. *Nebem.* H. 8. XII. 24. 2 *Par.* XII. 13.

Leu. VII, 36. *quando vngebat eos:* ita eſt בְּיוֹם *Leu.* XXIII. 12. *Ier.* VII. 22. *Ezech.* XVI. 4.

Leu. XI. 13. (*ne comedantur, quod abominandae ſunt*)

Leu.

Leu. XXVII, 21. *cum exiuerit in Iubilaeo :* duo conceptus diuersi post parenthesin. Sic parenthesis est cum Infinitiuo per ⊃, *Num.* III. 4. 1·*Sam.* XXV. 2. *Ezech.* XXXII. 7. *Psalm.* XVII. 15.

Num. III, 42. sicut praecepit Iehoua illi : Ita per כָּאֲשֶׁר , *Exod.* XXIII. 15. *Num.* XI. 12. *Deut.* I. 31. (vbi propositio alia a principio coalescit,) XXVIII. 49. *Ios.* IV. 8. *Ier.* XLIV. 13. *Ioel,* III. 5.

Deut. IX, 18. (*panem non comedi, et aquam non bibi,*) *Deut.* XI. 2. *Et apud animum reputate hodie* (*non enim cum liberis vestris* LOQVOR, *qui non nouerunt, et qui non viderunt disciplinam Iehouae Dei vestri*) *magnificentiam eius* — Ita quidem mihi parenthesis designanda esse videtur. Alii parenthesin aliis modis definiunt. PAGNINVS: (*non enim cum filiis vestris* LOQVOR, *qui non nouerunt neque viderunt*) Ita in VERS. TIGVR. ITAL. ANGL. BELG, et CLERICI. Sed haec parenthesis Canoni I. §. 14. repugnat. TREM. ita parenthesin informat: — *non penes filios vestros* (*qui non nouerunt, neque sunt experti*) *fuisse eruditionem* — *magnitudinem eius* — quae quidem accentibus, sed non aeque constructioni Grammaticae congruit. STARKIVS in *Notis Sel.* p. 129. geminam parenthesin statuit, et maiorem a verbis כִּי לֹא in v. 2. vsque ad extremum v. 7. producit, cui minorem interponit, quae ab אֲשֶׁר v. 2. vsque ad finem v. 6. continuatur. At parenthesis vtraque Canoni II. §. 15. aduersa, ideoque statim reiicienda est. Sic alii אֶת־גָּרְלוֹ et Accusatiuos reliquos vna cum pro-

po-

poſitionibus vsque ad v. 6. extr. non ad וירעתם,
ſed ad ידעו et ראו referunt, vbi quidem non
opus eſt parentheſi. Ita eſt in VERS. GRAE-
CA, VVLG, LVTH. CASTELL. HISP. PISC.
et SEB. SCHMIDII. Haec autem expoſitio
non videtur probabilis, quia cum accentibus non
conciliari poteſt, neque intelligitur, quo pertineant verba prima v. 2. vel quomodo cum v. 7.
aut 8. cohaereant. Ceterum ad בנינם plerique
poſt R. SALOMONEM ſupplent *loquor,* ſed *interpretes Graeci* ALEX. in Nominatiuo accipiunt,
et ad v. 7. referre videntur, quae ſententia etiam
OEDERO *in Animaduerſ. Philol.* p. 61. probatur.

Deut. XXVIII, 55. *eo quod non habet reſiduum
quidquam.*

Iud. III, 9. *vt liberaret eos, Vid.* §. 14. Schol.

I *Sam.* III. 3. *Samuele cubante,* ſc. in loco ſuo
coll. v. 9. Hanc parentheſin ſolidis rationibus
ſtabiliunt poſt *interpretes Iudaeos* CAPPELLVS
in Notis Crit. ad h. l. REINBECKIVS p. 366.
BOSTON p. 195. C. WOLLIVS p. 28. STAR-
KIVS *in Notis ſel.* et alii. In VERS. ANGL.
verba illa parentheſeos in fine Paſuci, et in BEL-
GICA, TREM. et PISC. in eius principio
collocantur. Verba poſterioris hemiſtichii, quae
hac hypotheſi ad initium Paſuci ſpectant, cum
proximis, et *Samuel cubabat,* in VERS. PAGN.
TIGVR. CASTELL. LVTH. SCHMIDII,
CLERICI, ITAL. HISP. et GALL. conſtruuntur. Quamuis autem haec conſtructio cum
accentibus conciliari poſſit, vt Atnachus in media propoſitione altera veniat, et haec cum priori
coa-

coalescat, quod saepius fieri solet: attamen illa
parenthesis praeferenda esse mihi videtur.

1 *Sam.* XVII, 23. *Goliath Philisthaeus nomen eius*
ex Gath.

1 *Sam.* XXV, 22. *dum illuxerit matuta,* sic v. 34.

1 *Reg.* II, 32. *pater meus autem Dauid non no-*
verat.

1 *Reg.* XI, 26. *nomen autem matris eius Zeruah,*
mulier vidua : nam in צרועה praestat Paschta.
Vid. M I C H A E L I S *ad Cod. Hebr.*

2 *Reg.* X, 17. *donec perdidit eum.*

Ies. XLIII, 10. כאם יהוה, ita *Ier.* IV. 1. XV.
3. XVI. 5. XIX. 12. XXIII. 23. 29. XXV. 12.
XLIV. 29. XLIX. 5. *Amos* VI. 14. *Zeph.* I. 10.

Ies. LIX, 21. in altero hemist. אמר יהוה, cf.
Mal. III. 17.

Ier. XX, 1. *ille autem erat praefectus primarius*
in domo Iehouae,

Ier. XIV, 16. *vt non sit sepeliens illis.*

Ier. XXIX, 2. *Postquam exiuit — ex Hierosó-*
lyma,

Ier. XXXIII. 21. *vt non sit ei filius regnans su-*
per solio illius.

Ier. XLI, 16. *postquam percusserat Gedaliam fi-*
lium Achi Kami,

Ier. XLVIII. 29. *quod superbus sit admodum.*

Ezech. XIV, 15. *vt non sit transiens,*

Ezech. XXXIX, 12. *vt expurgent terram.*

Hos. IX, 13. *Ephraiim, quando video vsque ad*
Tyrum, tota plantata est in pulchro : Hanc S E B.
S C H M I D I I versionem S T A R K I V S *in Notis*
sel. commendat. De parenthesi non dubito: illius

lius autem verba ita exponenda effe puto, ficut f.
qualem video Tyrum, vt eft in V E R S. T R E M.
A N G L. G A L L. et in eandem fententiam in
T I G V R I N A et I T A L I C A.   Sed accentus
non permittunt fola verba ficut video, parenthefin facere cum V E R S. V V L G. L V T H. C A-
S T E L L. H I S P. et C L E R I C I.   Denique in
V E R S. P I S C. et B E L G. parenthefis euitatur,
dum tres propofitiones in priori hemiftichio conftruuntur.

    Thren. II,2. לֹא חָמַל, quorum verborum pa-
renthefin plerique agnofcunt, Accufatiuum ad
בְּלַע recte referentes, quod quidem F R A N K I V S
in Diacrit. S. §. 315. euitata parenthefi repetit:
perdidit Dominus , nec pepercit ; omnes habitatio-
nes Iacobi inquam perdidit.   Sed falfo et contra
vfum linguae conceptus ille per אֵת cum, חָמַל
conftruitur in V E R S. G A L L. et S C H M I D I I,
vel inuitis accentibus ad Verbum הֲרַס in V E R S.
P A G N. et H I S P. *refertur.*

    Efth. I, 13. quoniam fic verbum regis erat co-
ram omnibus gnaris iuris et iudicii: Haec recte
parenthefin faciunt T R E M. I V N. et P I S C A-
T O R, quia omnino v. 14. vt conceptus ad v. 13.
referendus effe videtur. *Conf.* §. 15.

    Efrae X, 9. verba, hic eft menfis nonus, vim
habent parenthefeos , ficut in V E R S. V V L G.
A N G L. et P I S C. accipiuntur, et eam ob caufam ad finem propofitionis in V E R S. P A G N.
et H I S P. transponuntur.   Falfo autem T R E M.
et I V N I V S ita reddunt: tertio die ipfius menfis
noni.   Accentus etiam non permittunt haec verba
                                            cum

cum posterioribus ita coniungi: die mensis noni
vicesima, quod in VERS. LVTH. ITAL.
GALL. et BELGICA factum est. Multo minus licet ea notis parentheseos cum SCHMIDIO
et CLERICO includere, quod Canoni II. §. 15.
repugnat, vel plane ad alterum hemist. referre,
quod CASTELLIONI placuit.

Nehem. XIII, 24. nesciebant enim loqui Iu-
daice. Nam verba posteriora, et lingua cuius-
vis populi, ad מדבר vna propositione sunt referenda, sicut in VERS. PAGNINI, SCHMI-
DII et CLERICI. Alii ad euitandam parenthesin Verbum in altero hemistichio repetunt, vt
VERS. VVLG. CASTELL. ITAL. GALL.
Sed falso in VERS. LVTH. TIGVR. TREM.
IVN. PISC. ANGL. BELG. item GRAECA
EDIT. COMPL. verba vltima in hanc sententiam, sed lingua cuiusuis populi, cum לדבר
construuntur.

1 *Par.* IX, 31. hic erat primogenitus Schallumi
Korachitae. Haec verba in textu Hebr. sunt propositio et parenthesis, vti etiam in VERS. PAGN.
TIGVR. TREM. IVN. PISC. ANGL. BELG.
et CLERICI tractantur. Licet tamen illa vt
conceptum prioribus ita adiungere, primogenitus Schallumi Korachitae, quod in VERS. VVLG.
LVTH. CASTELL. ITAL. et HISPANICA
factum est.

2 *Par.* XXII, 11. *nam erat soror Ahasiae.*

2 *Par.* XXIII, 10. *et quisque habebat telum
suum in manu.*

2 *Par.*

2 *Par.* XXXII, 9. *cum obsideret Lachisch cum omnibus copiis, sibi subiectis.*

Prouerb. XIII, 4. *Concupiscit, cum tamen nibil sit, anima eius scil. pigri.* Ita וְאַיִן vt parenthesin accipiunt WASMVTH. p. 63. FRANKIVS §. 141. WOLLIVS p. 87. it. VERS. PAGN. et SCHMIDII; sicut eam ob causam in VERS. TIGVR. TREM. IVN. PISC. LVTH. ITAL. GALL. ANGL. BELG. illa parenthesis ad finem propositionis transposita est.   Nullam hic dari parenthesin TH. BOSTON p. 194. statuit, et versionem nonneminis: *anima pigri (non habet) impense concupiit*, merito repudiat.   Alii dum parenthesin reiiciunt, versionem effingunt accentuum et constructionis analogiae contrariam. Talis est VERS. CASTELLIONIS: *Adpetit et caret pigrorum adpetitas:* HISPANICA: *Desiderat sed nibil obtinet anima pigri;* CLERICI: *Concupiscit piger, nec quidquam adpedentia eius consequitur,* DACHSELII: *in Bibl. Accentuatis: Concupiscit, sed nibil (accipit) anima sua piger,* quasi esset בַּמֶּשׁוּ עָצֵל.

Prou. XXVIII, 1. *Fugiunt, cum non sit persequens improbi.*   Haec parenthesis in VERS. PAGN. TIGVR. et SCHMIDII exprimitur. Non minus recte reliqui eam ad finem propositionis reiiciunt: *Fugiunt impii, nemine persequente.*

Psalm. LII, 11. *quia bonus es,* vt habet NIVS, vel potius, *quia bonum f. iucundum est,* vt est in VERS. HISP. PISC. et SCHMIDII, vt conceptus vltimus cum וַאֲקַוֶּה vna propositione

tione construatur.   Sed plerique neglectis accentibus in hanc sentenciam transtulerunt: *quid iucundum est coram piis tuis*, *vt* VERS. GRAE-
CA, VVLG. LVTH. PAGN. TIGVR. GALL.
ANGL. BELG. BEZAE et CLERICI. Ita
etiam VERS. ITAL. non est probabilis: *quia
bonum est, et est praesens sanctis tuis.* TREM.
autem falso conceptum vltimum cum prima propositione coniunxit: *Celebrabo te in seculum coram eis, quas benignitate prosequeris.*

Psalm. LX, 6. להתבוסס potest quidem cum
PAGNINO verti, ad extollendum, et vt con-
ceptus cum Verbo Finito construi.   Sed recte vt
Propositio effertur, vt extollant, vt sit parenthe-
sis in media propositione, in VERS. TIGVR.
TREMELL. PISC. ITAL. GALL. BELG.
SCHMIDII et CLERICI.   Sed falso illud
Verbum cum vltimo conceptu construitur in
VERS. LVTH. ANGL. et BEZAE, it. ab
INTERPR. ALEXANDRINIS, quia a בוס
deduxerunt, et קשת legerunt, quos VVLG. et
CASTELL. imitati sunt.

Psalm. LXXI, 23. *cum celebrauero te.*

Iob. XXXV, 12. verba ולא יענה sunt parenthesis, vt in VERS. PAGN. SCHMIDII, ANGL,
et BELGICA accipiuntur.   Nec male ad finem
Pasuci in VERS. LVTH. CASTELL. TIGVR.
TREM. PISC. et GALL. transferuntur.   Sed
falso cum conceptu vltimo construuntur in vERS.
ITAL. HISP. et CLERICI:— *ita vt libe-
et a superbia malorum.*

Sp. Parenth. V. et N.T.   N   CHO-

SCHOLION.

De parenthefi propofitionis relatiuae, quæ Pronomine relatiuo אשר aut Participio Verbi conftructa eft, nunc feorfim dicendum effe videtur. Atque haec I) faepius non eft parenthefis, fed alter terminus conceptus compofiti, id, quod ex eo cognofcitur, quando, membris B P A ex §. 13. rite definitis, membrum A non Verbo Finito aut conceptibus pluribus cum Verbo, fed vnico conceptu vel fimplici vel compofito conftare reperitur. Talia funt exempla:

Gen. VII, 4. *omnes res fubfiftentes, quas feci.*

Gen. VII, 23. *omnes res fubfiftentes, quae in orbe terrarum.*

Gen. XXIII, 16. *argentum quod promiferu audientibus Hettaeis, Conf.* plura in altero hemiftichio vel Pafuco integro:

Gen. XIII, 14. XXXI. 10. XXXII. 8. *Exod.* VII. 20. XXIX. 32. XXXVI. 2. *Leu.* IV. 22. XIV. 27. 28. 41. XXII. 5. *Num.* XXV. 18. XXXI. 32. XXXV. 33. *Deut.* XXII. 9. 25. —

In priori hemiftichio: *Gen.* IX. 12. XXII. 2. XXIII. 2. XXX. 38. XXX. 12. XXXV. 14. XLIII. 26. *Exod.* IX. 3. XXIX. 21. 22. XXXIII. 1. *Leu.* IV. 24. V. 6. 13. *Deut.* I. 19. XII. 15. —

II) Quodfi vero membro A Verbum Finitum vel conceptus alius, qui illius vices gerit, comprehenditur, tum P f. propofitio relatiua eft yen parenthefis, cuiusmodi exempla complura occurrunt, hic maximam partem enumeranda:

Gen. I, 29. *quae in toto orbe terrarum*, II. 21 *quam fumferat de Adamo*, V. 5. *quibus vixit*, V. 4

qui fuerunt olim, VI. 7 *quos creaui*, v. 17. *in quâ*
eſt ſpiritus vitalis, XVI. 13. *qui locutus fuerat ad*
ipſam, v. 15. *quem peperit Hagar,* XVII. 10. *quod*
obſeruare debetis.

Conf. plura 1) in Paſuco integro: *Gen.* XXV.
7. XXVII. 17. XXXIII. 19. XXXV. 15. XLVI. 20.
Exod. XVI. 1. XXV. 22. XXVI. 32. XXIX. 38.
XXX. 6. XXXVI. 4. *Leu.* V. 7. *Num.* IXI. 5. XXX.
17. XXXI. 52. XXXII. 11. *Deut.* I. 4. VI. 6. XII. 2.
quas vos expellitis, XIX. 14. 17. XXVIII. 23. 35.
Ioſ. III. 17. IX. 10. XVIII. 2. 2 *Sam.* II. 11. *Ieſ.*
VII. 18. XXVIII. 4. XXXVI. 3. XXXVII. 12. *Ier.*
X. 1. XXV. 5. XLIII. 1. 9. *Ezech.* XXXVII. 20.
Cohel. IV. 11. *Eſr.* X. 18. 2 *Par.* XXVI. 7. *Pſalm.*
LXVIII. 28. LXXIX. 6. LXXXIV. 4.

2) In hemiſtichio priori: *Gen.* XXXII. 33. XL.
7. XLVI. 8. *Exod.* XII. 39. XXXIV. 18. *Leu.* II.
8. V. 11. Num. XIII. 32. XXXIII. 4. 55. *Deut.* I.
36. 44. II. 8. IV. 13. XVII. 5. 12. XXVII. 4.
XXVIII. 7. 48. *Ioſ.* XII. 7. 2 *Reg.* VII. 17. *Ieſ.*
XXX. 23. XXXVIII. 8. *Ier.* VI 20. VII. 11. XVIII. 4.
XL. 7. XLI. 13. XLIX. 20. L. 45. LII. 25. *Ezech.*
VI. 9. XVI. 37. XXXIV. 23. XLII. 23. *Amos* III. 1.
Ion. I. 5. *Eſth.* I. 18. 20. III. 3. 8. IX. 15. *Dan.*
III. 12. *Eſr.* VI. 21. VII. 25. 2 *Par.* XXX. 21.

3) In hemiſt. altero: *Exod.* XXXIV. 10. *Deut.*
XVI, 4. 1*Reg.* VII. 8. 2 *Reg.* XV. 18. *Ieſ.* VII. 16. XXXIX.
4. XLV. 3. *Ier.* V. 17. XXIII. 6. XXIV. 5 XXXV.
19. XXXVII. 5. XLIV. 26. 27. *Ezech.* XXXVIII. 4.
Amos III. 12. *Ion.* IV. 11. *Ruth.* IV. 11. *Eſth.* III.
6. IX. 20. *Nehem.* I. 2.

Nonnunquam relatiuae adhaeret alia propoſitio, quae ſimul ad parentheſin pertinet, vbi notae parentheſeos adhiberi poſſunt. (§. 9.) *Conf.*
Exod. XIII. 5. *Num.* XIV. 30. *Deut.* XII. 29.
Ierem. XXVI. 2. XXXII. 22. XXXIII. 12. 10. (propoſ. tres) *Ezech.* XLII. 1.

§. 29.

Conſtructio conceptuum propoſitionis cum
Verbo Finito parentheſi interiecta dirimitur, et ma-
nifeſta eſt propoſitionis parentheſis, quando B f.
conceptus eam excipiens non ad Verbum parentheſeos, ſed ad Verbum prius in membro A ſpectare intelligitur.   Si vero conceptus, qui ab
vtroque Verbo ſectione maxima disiungitur, ad
Verbum poſterius ſpectat, fiunt potius propoſitiones coaleſcentes, vbi maxima diſtinctio non eſt
in confinio propoſitionum, ſed in media poſteriori;
vel ſi aeque ad Verbum vtrumque pertinet, propoſitio compoſita exiſtit.   Sed nonnunquam haec
diſtinctione dubium eſt, vtrum talis conceptus ad
Verbum poſterius, an ad Verbum prius ſpectet, vbi
ex aliis rationibus definiendum eſt, ſintne propoſitiones coaleſcentes ſtatuendae, an parenth. admittenda.   Parentheſes huiusmodi dubiae occurrunt:

Deut. V, 26. (*vt timeant me, et vt cuſtodiant*
omnia praecepta mea,) Ita כל־ה ימים ad וחיה
in VERS. GASTELL. ITAL. et GALL iuxta
refertur.   Sed alii ad Verba parentheſeos referunt, vbi propoſitiones coaleſcentes exiſtunt,
quod veriſimilius eſt ex collat. *Deut.* VI, 2. XIV.
23. XIX. 9.

Deut.

Deut. VII, 6. et XIV. 2. *vt fitis ei populus pe-
culiaris:* Haec vt parenthefin accipiunt, referen-
do conceptum vltimum ad בחר, VERS. LVTH.
ITAL. ANGL. SCHMIDII et CLERICI.
Alii autem referunt ad להיות vna propofitione,
quacum prior coalefcat: *vt fitis ei — prae f. ex
omnibus orbis terrarum populis:* quod praeftat ex
collat. *Exod.* XIX. 5.

Iof. VIII, 33. PAGNINVS: *vt benediceret
populo Ifrael primum.* Ita conceptus vltimus cum
לבהן in VERS. GRAECA, VVLG. ITAL.
ALL. BELG. SCHMIDII et CLERICI
conftruitur, vt fignificetur, a benedictionibus
initium effe factum, vt poft R. SALOMONEM
EA ACIDEM CLERICVS exiftimat: vel hanc
effarationem primam fuiffe, deinde feptimo quo-
is anno repetendam, vt eft in *Gloffa ad* VERS.
ITALICAM. Sed vt taceam has ipfas expli-
andi rationes effe dubias, fane Sakephus in יהוה
equirebatur, nec video, quid caufae fit, cur
propofitiones, quae aequales funt, hic coalefcant.
igitur mihi videtur voc. vltimum potius ad צוה
te referendum, vt verba: *vt benedicerent popu-
Ifraelitico,* fint parenthefis. CASTELLIO:
*cut Iouae feruus Mofes antea praeceperat ad bene
ecandum Ifraelitico populo.* Ita in VERS. LV-
HERI et ANGLICA, item TREM. IVN. et
tec. vbi quidem לברך prorfus omittitur. Deque in VERS. TIGVR. et HISP. voc.
בראש bis expreffum eft.

Ief. XLV, 3. WASMVTHVS *in Inftit. Acc.*
64. verba: *quia ego Iehoua voco nomen tuum,*

N 3   paren-

parenthefin facit, et conceptum vltimum cum
עַדְר conftruit, quod quidem diftinctio ordinaria
per accentus requirere videtur. Sed c. WOL-
LIVS p. 133. quatuor rationibus hanc expofitionem oppugnat, et ipfe verba ita transfert: *vt
agnofcas, quod ego fim Iehoua, qui vocat fe de
nomine tuo: Deus Ifraelis*; quae verfio accentibus repugnat, et in יהוה Sakephum poftulat.
Quia vero אלהי ישראל neque ad הַקּוֹרֵא, neque
ad עַדְר in Accufatiuo, fed potius in Nominatiuo
ad Verbum Subftantiuum in אֲנִי יְהֹוָה latens referri poteft, recte omnino plerique omnes in hanc
fententiam expofuerunt: *vt agnofcas, quod ego
Iehoua, qui te* (fuppl. לְךָ, quod v. 4. exprimitur,) *nominatim voco, fim Deus Ifraelitarum*. Non
autem accurate nonnulli יהוה ad Praedicatum retulerunt.

Ier. XI, 14. plerique omnes בָּעֵר רָעָתָם cum
קָרְאָם conftruunt: *quum inuocauerint me calami-
tatis fuae caufa*. At poteft etiam ad שָׁמַע referri: *quod non fim exauditurus propter eorum
malitiam:* id quod mihi melius videtur, tum ex
collat. v. 15. tum ne opus fit ftatuere propofitiones
coalefcentes.

Ezech. XXV, 12. עָשׂוֹת ad לְבֵית יְהוּדָה in
VERS. TREM. PISC. ANGL. BELG. et
SCHMIDII refertur, vt verba, cum vltionem
fumerent, fint parenthefis. Sed in VERS.
PAGN. TIGVR. ITAL. HISP. GALL. et
CLERICI cum בִּנְקֹם conftruitur. Quamvis
autem conftructio fimilis *Nahum.* I. 2. occurrat,

non

on tamen apparet ratio, ob quam propoſitiones coaleſcentes ſint ſtatuendae.

Amos V, 6. *et conſumet*, *nemine extinguente in Bethel:* in VERS. PAGN. HISP. GALL. ANGL. BELG. vel hoc modo: *vt non ſit extinguens Betheli*, in VERS. ITAL. et SCHMIDII. Sed accentus iubent לבית־אל cum ואכלה conſtrui, non quidem vt ſit obiectum, (quod non ſolet per ל conſtrui,) *qui conſumat Bethelem*, vt eſt in VERS. GRAECA EDIT. ALD. it. VVLG. CASTELL. TREM. IVN. et PISC. ſed vt locus, in Bethele, denotetur.

Dan. XI, 35. ſi in יכשלו Rbhia valet, dubitari poteſt, vtrum עד־עת קץ ad illud Verbum, an ad Verba poſteriora pertineat. Sed hoc alterum determinatur, ſi pro Rbhia legitur Sakephus, qui in codicibus multis apparet.

Nehem. IX, 17. במרים ad לשוב refertur, vt fiant propoſitiones coaleſcentes, in VERS. PAGN. TIGVR. TREM. PISC. HISP. et SCHMIDII. Sed aptius cum ויתנו־ראש in VERS. CASTELL. ITAL. GALL. ANGL. BELG. et CLERICI conſtruitur, vbi verba, vt reuerterentur ad cultum ſuum, ſunt parentheſis.

2 *Par.* XXIV, 5. plerique conceptum *quotannis* cum לחזק conſtruunt, vt fiant propoſitiones coaleſcentes. Praeſtat autem referre ad וקבצו, vt verba, ad inſtaurandum templum Dei veſtri, ſint parentheſis, ſicut in VERS. VVLG. CASTELL. ITAL. et GALL. exhibentur.

Pſalm. C. 3. verba vltima ditionis Atnachi plerique omnes ſecundum Chethibh expoſuerunt, *et*

non

non nos sc. *fecimus nos*, vbi vt parenthesis propositioni interiacent. At versio secundum Keri, *et eius nos sumus*, aptius cohaeret cum verbis vltimis, ad quae אֲבָחֵנוּ repetendum est, (sicut *Ruth.* IV, 11. ad עָדִים 1 *Par.* XII, 18. ad עֶשֶׂר et לֵךְ) vt in altero hemist, tres propositiones fiant,

§. 30.

Intelligitur ex §. 28. quod ea conditione, cum parenthesis post Verbum Finitum in propositione posita est, sectio maior post parenthesin esse debeat, vt haec tanquam conceptus cum aliis conceptibus diuersis ad Verbum separatim referatur. Sicut autem nonnunquam conceptus diuersi ex rationibus singularibus coniunguntur, et vno conceptu ad Verbum superius referuntur, v. g. *Gen.* XIII. 13. *Ie-howae valde,* XXII. 15. *altera vice de coelo,* XLVII. 12. *cibo pro numero capitum,* *Leu.* XIV. 5, *in vas fictile super aquam viuam,* *Num.* XXI. 18. *vna cum imperatore suis sceptris:* Ita cogitari potest, pro horum conceptuum priori esse propositionem pro parenthesi accipiendam, nec esse absurdum, hanc conceptui posteriori diuerso adiungi, quod reuera contingit, si post hanc parenthesin לֵאמֹר occurrit: sicut etiam hoc vidit IO. FRANKIVS *in Diacrit. S.* §. 141. p. 89. notans WASMV-THVM, qui *in Institut. Acc. Regula* II. *Annotat.* 8. in talibus locis parenthesin esse negat. Cum enim לֵאמֹר conceptui priori diuerso vno conceptu plerumque adiungatur, quod exempla plurima docent, v. g. *Gen.* XV. 18. XVIII. 12. XIX. 15. XXI. 22, XXIV. 30. XXVIII. 20. XLII. 37.

Exod.

Exod. III. 16. VI. 12. VII. 8. XII. 1. 3. XIII. 8.
XX. 1. — ideoque fi pro hoc conceptu diuerfo
eft propofitio parenthetica,. ea ex analogia illorum exemplorum τῷ לֵאמֹר adiungitur, vt fectio
maior veniat ante parenthefin, cuius generis loca
haec occurrunt:

Gen. XL, 7. *Num.* XIV, 15. *Deut.* IX. 4.
XXXI. 25. *Iud.* XXI. 5. 1 *Sam.* XIX. 15. XXVI. 19.
2 *Sam.* VII. 7. XV. 8. 1 *Reg.* XII. 6. 10. XIII. 21.
XV. 18. XXII. 36. 2 *Reg.* VII. 12. XIX. 10. *Ief.*
VIII. 11. XXIX. 12. *Ierem.* XI. 4. XXXIV. 1.
1 *Par.* XVII. 6. 2 *Par.* X. 6. vbi in עֹמְדִים prae-
fiat Rbhia,) XVI. 2.

Deinde ficut לֵאמֹר plerumque ad conceptum
diuerfum priorem integrum, raro tamen etiam ad
eum dimidium refpicit, v. g. *Gen.* XXXII. 20.
Exod. V. 6. *Ier.* XXIX. 22. XLIV. 15. 20. *Amos*
III. 1. 2 *Par.* X. 10. XI. 3. ita ex eadem ratione
contingit, vt לֵאמֹר ad dimidiam propof. paren-
theticam, vel ad vnam ex duabus propofitionibus,
quae vnam parenthefin efficiunt, accentibus referatur. *Vid. Scholion* I. *ad* §. 15. vbi exempla notata funt.

Quisquis haec intelligit, calculum fuum non
addet C. WOLLIO p. 118. feq. et DACHSE-
LIO ad haec loca, maxime ad *Deut.* V. 5. qui
ex fua hypothefi negant in locis eiusmodi fectionem maiorem effe ante parenthefin, et propterca
alios explicandi modos acquirunt, vt parenthefis
euitetur, vel alia ratione definiatur, vt quando
Deut. V. 5. non concedunt parenthefin pofterioris hemiftichii ante לֵאמֹר, vt hoc ad לְהַגִּיד re-

N 5   fera-

feratur, sed potius v. 5. integrum, vt v. 4. et 6.
cohaereant, vel alterum hemist. v. 5. integrum
pro parenthesi haberi volunt. Sed hoc vno
exemplo, (licet etiam accuratius parenthesis ita
determinaretur, quod quidem non concedendum
esse arbitror, quia illis לֵאמֹר contra omnem constructionis analogiam reddendum est, cum lo-
queretur,) neque suam hypothesin stabiliunt, neque sententiam contrariam subuertunt. Non
enim video, quid responderi possit obiicienti loca illa omnia, quae sectionem maiorem ante parenthesin, quando לֵאמֹר sequitur, vberius comprobant.

§. 31.

Igitur exceptis iis locis, in quibus parenthesis
ante לֵאמֹר occurrit, vbique sit, oportet sectio
maior post parenthesin, vt haec tanquam conceptus cum conceptibus aliis diuersis ad Verbum
superius referatur. (§. 28) Atque hoc adeo certum est, vt parentheses nonnullae, quae ab interpretibus statuuntur, omni iure repudiari possint, et membra alio modo construenda sint,
quando maior sectio ante parenthesin accentibus
notata reperitur. Huiusmodi sunt parentheses:

Genes. XIII, 10. *antequam perderet Iehoua So-
domam et Gomorram:* in VERS. CASTELLIO-
NIS et GALLICA. TREM. hanc parenthe-
sin agnoscens in fine Pasuci collocat, quod etiam
placet GLASSIO *in Philol. S.* p. 1249. seq. sed
improbat WOKENIVS *in P. C. contra Synchyses*
p. 17. seq. Haec autem parenthesis falsa est,

quam-

quamuis membra A et B conftructione coniungi
poffint, quia maior accentus ante parenthefin,
quam in eius fine apparet. Neque etiam licet
haec verba per accentus cum prioribus, quod
effet tota irrigua, coniungere, quod in VERS.
VVLG. LVTH. PISC. HISP. ANGL. factum
eft, ac fi Atnachus in הירדן vel in עמרה fcriptus
effet. Conf. §. 17.

Exod. XXX, 13. viginti obolorum eft ficlus: in
VERS. TREM. PISC. BELG. et CLERICI,
vbi verba vltima: dimidium ficli oblationem Ieho-
vae, male vt conceptus cum יתכו conftruuntur,
cum potius propofitionem efficiant: dimidium
ficli eft oblatio Iehouae: quae propofitio cum illa
priori coniuncta parenthefis haberi poteft per §.
17. fi alterum hoc Pafuci hemiftichium non pertinere ad orationem diuinam, fed a Mofe explicationis caufa additum effe fupponitur.

Leu. XX, 24. (nam ego daturus fum illam vobis,
vt haereditario poffideatis eam) in VERS. TREM.
et PISC. vt verba, terram lacte et melle abun-
dantem, cum התירשו neglecto Segolta conftruantur, quod etiam in VERS. ITAL. factum eft.

Leu. XXIV, 10. et ille erat filius viri Aegyptii:
haec pro parenthefi habentur in VERS. GALL.
et ANGL. vt verba, inter Ifraelitas, ad ויצא
referantur, quae potius cum proximis ita coniungenda funt: !qui erat filius viri Aegyptii inter
Ifraelitas degentis.

Num. XVIII, 27. in VERS. TREM. falfo alterum hemiftichium, vt conceptus, notata parenthefi prioris, ad vltimam propofitionem v. 26.

refer-

refertur, id quod I V N I V S et P I S C A T O R
recte mutarunt.

Num. XXXI, 52. alterum hemist. cum v. 51.
vna propositione coniungitur in V E R S. T R E M.
I V N. et P I S C. vt prius sit parenthesis. Neque etiam alterum illud hemist. cum הרימו commode construitur in V E R S. T I G V R. I T A L.
G A L L. et A N G L I C A sed ad ויהי referendum est.

Deut. VI, 3. *sicut promisit tibi Iehoua, Deus tuo-*
rum maiorum: haec interpretes plerique parenthesin faciunt, verba vltima ad prius hemist. ita
referentes: *in terra abundante lacte et melle*, cum
ארץ in Accusatiuo cum דבר optima ratione construi possit et debeat, vt in V E R S. V V L G.
L V T H. T I G V R. et C A S T E L L. factum est.
Conf. Deut. IX, 28. 1 *Reg.* VIII. 24.

Iob. VIII, 31. (*quemadmodum praeceperat —*
in libro legis Mosis,) Haec parenthesis in V E R S.
T R E M. et I T A L I C A notatur, atque etiam a
plerisque omnibus admittitur, dum verba reliqua prioris hemistichii vt conceptum ad propositionem v. 30. referunt, quae potius cum צוה
construi debent, aut בנה ad מזבח repetendum
est. Dubito, an B R V N S M A N N V S, *cuius*
Diss. inspicere non licet, illam parenthesin reuera
obijciat, quem C. W O L L I V S p. 117. et D A C H-
S E L I V S hemistichii prioris integri parenthesin
statuere dicunt.

Ios. XIV, 2. *Sortitione possessionis suae (quem-*
admodum praeceperat Iehoua per Mosen) nouem
tribubus et dimidiatae tribui. Ita T R E M. et
I V N.

IVN. qui haec ad Verbum בְּחֹלִי in v. 1. retulerunt. In VERS. ITAL. parenthesis vsque ad initium Pasuci protrahitur, quae simul Canoni II. in §. 15. repugnat. Eodem modo verba vltima et prima a SEB. SCHMIDIO constructione iunguntur: *Per sortem dederunt haereditatem eorum — nimirum nouem tribuum — et a 10. CLERICO: sorte haereditates sunt iis diuisae,— nouem nimirum tribubus et dimidiae.* Illa autem parenthesis, quoniam accentus maior est in principio, non potest admitti, sed potius vltima Pasuci verba cum צִוָּה construenda sunt; sicut praecepit — nouem tribubus — vt in VERS. PISC. GALL. ANGL. et BELGICA: vel quia in *Codicibus* nonnullis לָתֵת extat; *vt daret nouem tribubus* — vt est in VERS. LVTH. PAGN. TIGVR. CASTELL. et HISP. Ceterum verba priora male Graeci reddiderunt: Κατὰ κλή-ρας ἐκληρονόμησαν, quos VVLG. et LVTHE-RVS duces sequuntur. Alii in hanc fere sententiam Verbum supplent: *forte acceperunt haereditatem suam,* vt TIGVR. PISC. SCHMIDIVS, CLERICVS et VERS. ANGLICA. Sed hi statum constructum בְּגוֹרָל non attenderunt, qui verti iubet, ad sortem haereditatis eorum, vt fere habent VERS. PAGN. HISP. GALL. et BELGICA, ita tamen, vt accentuum causa Verbum בְּחֹלִי ex v. 1. repetatur.

Ios. XXI, 8. plerique בְּגוֹרָל cum וַיִּתְּנוּ construunt, et partim ad prius hemistichium transponunt, vt LVTH. TIGVR. CASTELLIO, item VERS. ITAL. HISP. GALL. ANGL.

BEL-

BELGICA, partim verborum, ficut praeceperat
Iehoua per Mofen, parenthefin faciunt, vt GRAE-
CI, PAGN. TREM. IVN. PISC. SCHMIDIVS,
et FRANKIVS in Diacr 3. §. 141. Sed hanc
parenthefin aduerfus BRVNSMANNVM difpu-
tantes reiiciunt c. WOLLIVS p,118.et DACH-
SELIVS, voluntque ante בְּגוֹרָל fuppleri לָתֵת,
vt darent per fortem, quod quidem accentibus
magis congruit, ac VERS. VVLG. *fingulis forte*
tribuentes, aut CLERICI: *et forte eas diuife-*
runt. Mihi vero neque Ellipfis ftatuenda effe
videtur, fed poffunt haec veluti duo conceptus
in Appofitione accipi: ficut praeceperat Iehova
per Mofen, nempe per fortem.

1 *Sam.* V, 6. *percutiebat enim eos haemorrhoidi-*
bus, TREM.

1 *Sam.* VIII, 2. prius hemift. parenthefin faciunt, et alterum cum v. 1. vna propofitione in
Accufatiuo coniungunt TREM. IVN. et PISC.
ficut in VERS. GRAECAE COD. ALEX. eadem hypothefi δικασᾶς occurrit. Sed reliquis
alterum hemift. eft completa propofitio.

2 *Reg.* IV, 43. *vt comedant (fic enim edixit*
Iehoua) abunde, et reliquum faciant: ita TREM.
et IVN. qui אכול cum וְיֹאכְלוּ conftruunt. Rectius
alii, omiffa parenthefi hoc Verbum ad אכול fupplent, ita reddentes: *fic enim inquit Iehoua, comedent*
et reliquum facient. Falfo autem CLERICVS
habet pro Imperatiuis, comede et reliquum
facito.

2 *Reg.* XV, 20. *vt daret regi Affyriae:* haec
parenthefis in VERS. SCHMIDII *ex inter-*
punctio-

punctione, et in BELGICA *ex constructione* cognoscitur. In VERS. LVTH. TIGVR. CA-STELL. HISP. et ANGL. haec ficta parenthesis transponitur, et in extremo prioris hemistichii collocatur. Alii verba, *quinquaginta siclos argenti pro singulis*, rectius cum לחת construunt.

Ies. I. 13. in vertendo altero hemistichio interpretes accentuum rationem negligunt. Inprimis TREM. et IVN. illud cum priori ita coniunxerunt: *nouilunio et sabbato conuocare conuocationem (non possum ferre iniquitatem) denique interdicti die.* Ita fere PISC. habet. CASTELLIO: *nouilunia, sabbata, conuentuum actiones, ferias, vana ista non fero.* In eandem fere sententiam VERS. ITAL. et GALL. vbi in מקרא non Sakeph sed Tbhir requirebatur.   Non etiam licet און et ועצרה vna propositione coniungere, et לא־אוכל solum ad nomina priora referre, quod in VERS. VVLG. ANGL. et BELG. factum est.   Vt aliorum versiones taceam, REINBE-GKIVS *in Doctrina Accent.* p. 377. seq. secundum accentus ita verba transtulit: *Ne pergatis, inquam, nouilunio et sabbato conuocare conuocationem: non possum ferre iniquitatem vna cum maxime solenni congregatione.*   Ita fere PAGN. et STARKIVS *in Notis selectis.*

Ies. II, 20. (*quae sibi fecerant, vt ea colerent,*) hanc parenthesin plerique interpretes faciunt, verba Pasuci vltima cum ישליך construentes.   At quia maior accentus est ante parenthesin, ea non admittenda est.   Hanc etiam reiiciunt ex sua hypothesi C. WOLLIVS p. 123. et DACHSELIVS,

et

et verba illa vltima cùm PAGN. TREMELL. et
SCHMIDIO ad להשתחות referri volunt.

Ief. X, 22. alterum hemist. explicationem habet difficilem, cui iam nolo immorari. Solam
TREM. versionem commemorabo, qui illud hoc
fensu: *consummationem praecisam inundaturum
iustitia,* cum his verbis v. 21. ad Deum fortem
robustissimum, construit, vbi prius hemist. fit
parenthesis, quae, quia eius initium accentu maiori disiungitur, probari nequit.

Ief. XLVIII, 22. LVII. 21. *Non est pax, dicit
Iehoua, impiis,* vel ita: *Non est pax impiis, inquit
Iehoua.* Ita cum GRAECIS et VVLGATO
plerique interpretes voc. vltimum cum אין construunt, falso, quia accentus maior venit ante
parenthesin, quam etiam WASMVTHVS p. 64.
c. WOLLIVS p. 124. et DACHSELIVS reiiciunt, et verba hoc fensu vertunt; *Non est
pax, dicit Iehoua, impiis:* vt habent VERS. ANGL.
SCHMIDII et KORTVMII.

Hof. VIII, 2. R. SALOMO et alii interpretes
Iudaei parenthesin supponunt verborum: *Deus mi
nouimus te, atque ita* מקרא מסורס *ordinant:
Ad me clamare solent Israelitae* — Ita voc. vltimum
cum יזעקו construitur in VERS. PAGN. TREM.
ITAL. HISP. ANGL. Sed parenthesis nulla est, ob
maiorem acc. Atnachum ad eius initium, sicut
etiam a c. WOLLIO p. 125. reiicitur. Praestat
omnino ישראל verbis proximis adiungi cum CA-
STELLIONE: *o mi Deus, nos te nouimus
Israelitae,* vt fere habent VERS. VVLG. TI-
GVR. PISC. BELG. et SCHMIDII. Displicet
autem

iutem GALLICA: — *dira Israel*, et CLERI-
:I, qui videtur אַרְדִי ad prius: hemistichium re-
erre: *o'Deus mi, sed te nouimus, o'Israel*.

Hos. VIII, 10. *coeperunt enim paululum:*
rREM. qui מִטְשָׂא cum אָקְבָּם construendum
esse putauit, quod videret Verbo וַיַּחֵלּוּ hoc sensu,
iuem etiam VERS. TIGVR. PISC. BELG. et
TARKIVS *in Notis sel.* expresserunt, minus
pte congruere. Cum vero haec parenthesis non
probetur, rectius alii a R. חוֹל, sicut in Cod.
ionnullis וַיַּחֵלּוּ sine Dagesch legitur, significatio-
iem Verbi petere videntur, vt PAGNINVS: *et*
olebunt paululum propter onus regis et principum.
ta fere in VERS. ITAL. HISP. ANGL.
.VTH. CASTELL. et CLERICI. At SEB.
CHMIDIVS: et *remanebunt pauci prae onere—*

Cobel. III, 11. *(excepto eo, quod non assequitur*
omo,) Haec TREM. parenthesis non solum legi-
ius §. 28. sed etiam Canoni I. §. 14. repugnat.

Esth. II, 7. *(haec est Esther)* in VERS. SCHMI-
III.

Esrae I, 3. *(ipse est Deus)* in VERS. PAGN.
IGVR. ANGL. Non etiam est ratio, quae iubeat
אַשׁ potius ad בַּיִת referri. Parenthesis autem
EB. SCHMIDII: *(hic est Deus, qui in Hieroso-*
yma est) Canoni I. §. 14. aduersatur.

1 *Par.* VI, 50. (65.) prius hemist. TREM.
it duo hemistichia optime cohaerent, et v. 50.
iteger ad v. 42-45. item v. 49. ad v. 46-48.
espicit.

1 *Par.* XII, 4. prius hemist. TREM. et IVN.
ui faciunt duas propositiones, quae Nominibus
Sp. Parenth. V. et N. T.   O   v. 3.

v. 3. et 4. memoratis sint interpositae.   Rectius
alii Iischmaiam ad heroes recensitos retulerunt.

Psalm. XLV, 6. CASTELLIO: *tela ista acute*
(populis tibi succumbentibus) in hostium regi.
corda dirigendo.   TREM. *sagittis tuis acuti,*
infixis cordi inimicorum regis ; populi sub te con-
cidant.   Ita hyperbaton faciunt R. SALOMO
. VERS. TIGVR. et ANGL. quod maior accentus ante עמים non permittit.   Ideoque praestat *cum* LVTHERO et GEIERO haec ita
verti: *Tela sunt acuta, populi tibi succumbent in*
mediis hostibus regis i. e. tuis.

Psalm. LII, 10. *confido benignitati Dei:*
TREM.

Psalm. LXXXIX, 51. parenthesis verborum
בחיקי שאתי in VERS. VVLG. PAGN. LV-
THERI et fortasse CLERICI occurrit, vbi
vltima verba cum זכר construuntur.   In VERS.
quidem ITAL. *ricordati* repetitur, vt fiat propositio: memento ignominiae, qua afficimur ab
omnibus magnis populis; sed verba illa contra
accentus et constructionis analogiam ad propositionem prioris hemistichii ita referuntur: *Memen-*
to — ignominiae tuorum seruorum, illius quidem
quam in sinu fero.   Rectius alii verba posterioris
hemist. vna propositione efferunt: me gestare si
quomodo gestem in sinu meo *opprobrium* tam
multarum gentium; vt VERS. TIGVR. TREM.
IVN. PISC. GALL. et ANGL.   Ita CAM
PENSIS in *Paraphrasi* et LVD. DE DIEU in
Critica S.

Psalm

Pfalm. CIV, 8. (*afcendentibus montibus, de-
cendentibusque vallibus.*) CASTELLIO et poft
um COCCEIVS *in Commentario*, quod puta-
ent, conceptum pofterioris hemift. potius cum
. 7. effe coniungendum. Ita quidem plerique
nterpretes הרים et בקעות fubiectum faciunt
d nonnulli rectius מַיִם ex v. 6. pro fubiecto ac-
ipere videntur, vbi duo hemift. v. 8. optime
na propofitione cohaerent: *Afcendunt per mon-
s, defcendunt per valles ad locum, quem illis
eftinafti.* Quae fententia in PARAPHRASI
HALD. et VERS. AETHIOP. TIGVR.
REM. PISC. ITAL. et ANGL. expreffa eft.
Pfalm. CIV, 17. (*vbi auiculae nidificent.*)
REM. et IVN. vt verba vltima, quae redunt, abietes domicilia ciconiae, velut conce-
tus cum ישברו in v. 16. conftruantur. Hebrai-
am hyfterofin, quod IVN. *in notis* monet, et
leonafmum relatiui cum antecedente, euiden-
ae caufa, fed infelici fucceffu, tollere volue-
ant. Ita quidem incommode verba exponun-
ır: *et abietes funt f. quae funt domicilium cico-
iae in* VERS. PAGN. GALL. ITAL. CLE-
ICI. Neque etiam placet VERS. HISP.
: IO. CAMPENSIS: *ciconia nidum f. domici-
um fuum ponit in abiete.*Sed nexus optimus he-
iftichiorum apparet, fi ita reddas: *vbi aues nidifi-
ınt, et ciconia, cuius domicilium funt abietes.*
a fere VERS. CASTELL. TIGVR. BEZAE
SCHMIDII.
Pfalm. LXIX, 8. SALOMO BEN MELECH
Michlat Iophi, עֵר־שָׁאר cum אשר משר cohaere-

re,

re, et verba hoc ordine exponenda effe putat:
ftatuta tua cuftodiam עֵד־מְאֹד, *ne derelinquas
me,* Ita VERS. TIGVR. *fummo ftudio decreta
tua feruabo* — et TREM. *ftatuta tua obferuabe
admodum* — quod quidem IVN. poftea muta-
vit. Sed hanc parenthefin verborum, ne deferas
me, C. WOLLIVS p. 121. feq. merito reiecit.

Pfalm. CXXXIX. 14. AB. ESRA et R. SAL.
BEN. MELECH voc. מְאֹד ad prius hemiftichium referunt, et verba priora vt parenthefin
accipiunt, quam non poffe admitti, c. WOL-
LIVS p. 122. rationibus aliquot euincit. *Conf.*
§. 15.

§. 32.

Notantur ab interpretibus aliae parenthefes in
media propofitione poft Verbum Finitum, quae
quidem maiori accentu a membro pofteriori quam
a priori fec. §. 28. disiunctae funt. fed per Canonem III. §. 16. admitti non poffunt, quia membrum A aeque ad P et ad B, vel magis ad P
quam ad B, vel P+ A ad B fpectare intelligitur.

Gen. XV, 13. (et feruituti fubiicient eos et
affligent eos,) Hanc parenthefin *auctores adnota-
tionum Anglicanarum,* item THOM. BOSTON
p. 45. 46. et C WOLLIVS p. 26. conftituerunt,
quoniam anni quadringenti non huic membro
congruere, fed potius ad membrum primum feu
peregrinationem Abraamidarum referendi effe illis videbantur. Falfo quidem et repugnante hi-
ftoria et Chronologia nonnulli, maxima diftinctione

ne ad לָהֶם poſita, annos quadringentos ad Verba
proxima referunt, quod ex interpunctione in
VERS PAGN. GALL. et CLRRICI, et ex
conſtructione in VERS. LVTH. CASTELL.
et TIGVR. intelligitur: ſicut GENEBRAR-
DVS, IS. VOSSIVS et alii cenſent Iſraelitas in
Aegypto annis 400. aut 430. eſſe commoratos.
Iudaeorum autem veterum haec opinio in Para-
phraſi Chaldaica prodita eſt, abbreuiatum eſſe
tempus praefinitum propter merita patrum, et de-
minuiſſe Deum de tempore ſeruitutis centum et
nonaginta annos, propter iuſtitiam matrum, vt
reuera afflictio Aegyptiaca annos 210. durauerit.
Hanc opinionem ego non probo, neque etiam
parentheſin illam neceſſariam eſſe iudico: ſed At-
tacho indice annos quadringentos ad omnia Verba huius Paſuci referendos eſſe exiſtimo. In hanc
ſententiam expoſuerunt TREM. IVN. et PISC.
deque quadringentos annos: et VERS. ITAL.
diuerſa quidem propoſitione: e cio ſara per lo
ſpatio di quattrocento anni.

Gen XX, 16. Verba: ecce illum tibi operimen-
tum oculorum omnibus qui tecum, parentheſin facit
OSTON p. 44. quae quidem accentibus non
repugnat, non tamen eſt neceſſaria, ſi, quod
primum videtur, ad וְאֵת כֹּל Verbum repetas,
eo modo: et omnia dedi, vt coarguaris.

Gen. XXXIV, 21. (ecce ampla ſpatiis eſt) in
VERS. TREM. IVN. PISC. et BELG. Quae
parentheſis admitti quidem poteſt, ſi Verbum Finitum in וְהָאָרֶץ latere ſupponitur. Quod ſi vero,
quod melius videtur, Verbum Subſtantiuum alte-

rum

rum ita suppleatur: *et regio ecce ampla satis est
vtrinque pro illis*, tum parenthesis exulat. *Cf.* §. 22.

Gen. XLIX, 31. parenthesis est TREM. qui
v. 32. vt conceptum ad propos. v. 29. 30. retulit. Alii conceptum illum cum v. 30. coniungunt,
vt est in VERS. LVTH. IVN. et PISC. Sed
plerique ad v. 31. Verbum supplent, vt fiat di-
versa propositio et periodus, qua hypothesi temere parenthesis in VERS. ANGL. notatur.

Exod. XXXI, 4. (et XXXV. 32.) est parenthesis in VERS. ITAL. vt v. 5. prius hemist. velut
conceptus cum v. 3. construatur. Sed alii omnes
rectius v. 5. cum v. 4. coniunxerunt, vbi quidem,
vt accentuum analogia sibi constet, in priori hemist.
v. 5. repetito לַעֲשׂוֹת propositionem fieri expedit.

Exod. XXXIII, 2. parenthesis in VERS TREM.
vbi prius hemist. v. 3. vt conceptus ad שלח v. I.
refertur, sicut in VERS. CASTELL. illud ad
finem v. I. transpositum. In VERS. LVTH.
IVN. PISC. HISP. et ANGL. vbi verba ita
redduntur: ad terram fluentem lacte et melle,
fortasse eadem connexio intelligenda est. Sed
per accentuum analogiam duobus Sillucis in media propositione et Atnacho in eius extremo non
potest esse locus. Eandem ob causam parenthesis posterioris hemistichii v. 2. in VERS. BELG. non
admitti potest, vbi, sicut etiam in VERS. SCHMI-
D. II, hemistichia priora v. 2. et 3. vna propositione coniunguntur. Parenthesis autem in Vers. Tigurina, quae a verbis, אשר כשבעתי, vsque ad
finem v. 4. continuatur, Canoni II. §. 15. repugnat. Ideoque quia accentuum analogia non te-
                                                    me::

mere ſpernenda eſt, optime alii, ſed variis modis,.
Verbum ad initium v. 3. ſupplent, vt GRAECI,
Καὶ εἰσάξω σε, VVLG. Et intres — ITA-
LICA: *Mittam, inquam, angelum ali-*
quem ante vos ad vos ducendos — GALLICA:
Pour vous conduire — CLERICVS *Proficiſcere* —

Num. III, 41. Verba, אָנִי יְהֹוָה, ab interpretibus pleriſque ita exponuntur, *ego ſum Ieboua,*
vt ſint parentheſis propoſitionis in media propoſitione, quae quidem legibus parentheſeos non
repugnat, Sed illi non intellexerunt Hebraiſmum,
quem recte adſecuti ſunt LVTHERVS, reddens,
mir bem Herrn, et CASTELLIO: *ipſi Iouae,*
qui quidem *mihi* non omittere debebat. Nam
Pronomina perſonalia, quae vim Nominatiui habent, et alterum Appoſitionis terminum in Nominatiuo requirunt, nonnunquam etiam cum Caſu
obliquo in Appoſitione conſtruuntur, et Pronomine *ipſe* addito commode exponi poſſunt, cuiusmodi conſtructio in lingua Arabica deprehen-
ditur. Ita vſurpatur a) אֲנִי *Gen.* XXVII. 34. et
38. bene precare mihi etiam ipſi: ita in loco ſupra notato *Num.* III. 41. *Et recipias Leuitas mi-*
hi, ipſi Iehouae, pro — 1 *Sam.* XXV. 24. *in me*
ipſa domine ſit crimen, 1 *Reg.* I. 26. *et me ipſum*
ſeruum tuum — *non inuitauit, Zach.* VII. 5. *an*
omnino ieiunaſtis mihi ipſi? Cohel. II. 15. *etiam ipſi*
ueniet mihi, Eſrae VII. 21. *A me ipſo Artachſchaſta*
rege imperatum eſt, Prou. XXIII. 15. *gaudebit etiam*
neus ipſius animus. b) אַתָּה, *Gen.* XLIX. 8. *celebra-*
bunt te ipſum fratres tui, Ieſ. XLIV. 21. *paraui te*
pſum mihi ſeruum, cf. §. 38 ad 2 *Par.* XXVIII. 10.

c) הוא

c) הוא, *Gen.* IV. 26. *Et Schetho etiam ipsi natus est filius, conf.* X. 21.) 1 Sam. XIX. 23. *Et fuit etiam super illo ipso* — 2 Sam. XVII. 5. *et audimus etiam illius ipsius sententiam, Ier.* XXVII. 7. *donec eius ipsius quoque terrae tempus veniat.* d) המה, *Ies.* XLIV. 9. *testes eorum ipsorum* (*i. e. idola*) *non vident neque intelligunt quidquam, Cohel.* III. 18. *quod illi bestiae sibi ipsis videantur, Psalm.* IX. 7. *periit memoria eorum ipsorum, Psalm.* XXXVIII. 12. *et lux oculorum etiam ipsorum* — Nonnulla in hanc rem habet *Glassius in Philol.* S. p. 739.

Deut. I, 37. in VERS. TREM. vbi v. 36. et 38. in connectuntur: *Praeter Calebum* — *et Iosuam* — Cohaeret potius v. 37. arctiori nexu cum v. 36. qui pro diuersa periodo est habendus. Ita etiam parenthesis v. 37. et 38. quae in VERS. IVN. et PISC. notatur, sec. §. 19. non admittenda est.

Ios. XV, 25. alterum hemist. in VERS. TREM. IVN. PISC. ITAL. et BELG. ex ea hypothesi, חצור duplex in hoc Pasuco vrbem eandem designare.

Ios. XVII, 1. (*quod ille esset primogenitus Iosephi*) in VERS. VVLG. LVTH. ANGL. et CLERICI. *Conf.* §. 22.

Ios. XVIII, 14 (*ea est Kiriath-Iearim, item* v. 28. (*ea est Ieruschalaim*,) in VERS. TREM. IVN. PISC. GALL. ANGL. BELG. Est potius in vtraque loco alter terminus conceptus compositi.

Iudic. XVIII, 7. (*vt erat sita in tuto*) TREM. falso, quia יושבת־לבשח reuera est conceptus vlti-

vltimus propos. relatiuae: qui erat in ea, posita
in loco tuto; quae quidem propositio per Schol.
§. 28. parenthesis haberi potest. Parenthesis autem I V N I I: (*vt erat sita in tuto secundum ra-*
tionem Zidoniorum) quam etiam P I S C. notauit,
Canoni II. §. 15. repugnat. Ceterum illum conceptum recte (*coll. Nahum.* III. 8.) sine parenthesi
verterunt, D I O D A T I: *la quale era situata in*
sicuro: G A L L. *habitée en assurance*; et S C H M I-
D I V S, qui quidem inuitis accentibus ad inferiora traxit: *habitantis iuxta morem Zidoniorum*
secure. Alii autem non attenderunt ad Genus
Foemininum, et יושבת falso ad עם retulerunt:
et viderunt populum — habitantem secure, vt est
in V E R S. G R A E C A, V V L G. L V T H. T I G.
C A S T E L L. H I S P. A N G L. et C L E R I C I, qui
suo more integritatem textus Hebraici sollicitat,
literam ת delendam esse dictitans.

Iud. XX, 27. alterum hemist. T R E M. et I V-
N I V S, *Vid.* §. 15.

2 *Sam.* XVIII, 12. *Obseruate* (*NB. quem?*) *pue-*
rum Absolomum. Hanc parenthesin F R A N K I V S
§. 141. fingit, quae ab omni constructionis analogia aliena est. *Conf.* W O L L I V S p. 131. sequ.
et D A C H S E L I V S ad h. l.

Zach. XIV, 7. (*is notus est Iehouae*) P A G N.
C A S T E L L. et C L E R I C V S, qui verba: *neque*
dies neque nox, vt conceptum ad והיה retulerunt. Sed rectius alii propositionem fecerunt,
non erit dies neque nox, vt est in V E R S. P I S C.
I T A L. H I S P. G A L L. B E L G. item in T I G V-

RINA, vbi parenthesis illa intra propositiones
designatur.

Esth. VIII, 9. *(is est menses Siuan)* in VERS.
PAGN. PISC. ANGL. BELG. et SCHMIDII.
Est alter terminus conceptus compositi.

Nehem. VIII, 9. *ille sequi est Hattirschatha.*

1 *Par.* VIII, 3. 4. parenthesin faciunt TREM.
et IVN. ex sua hypothesi, qua statuunt, v. 5.
recensionem filiorum Beniamin continuari, inducti
locis *Gen.* XLVI, 21. et *Num.* XXVI. 38. 39. vbi
vero notandum est, filiis nepotes immisceri. Sed
quantum in re obscura video, v. 1. 2. tantum
quinque Beniaminis filii numerantur: *filii Bela*
sunt tantum tres v. 3. et qui v. 4. 5. nominantur,
sunt omnes vnius patris filii, sine dubio Echudis
(iudicis Israelitarum Iud. III. 15.) quod ex v. 7.
colligi potest, vbi tres ex illis in alias sedes trans-
tulisse dicitur, sed SCHMIDIVS falso conuer-
tit, *qui est Heglam.* Ideoque etiam falsa est parenthesis v. 6. posterioris hemistichii in VERS.
PAGN. et ITAL. vbi prius hemist. cum viris
in v. 7. in principio nominatis vna propositione
coniungitur, quod etiam, non quidem notata
parenthesi, in VERS. HISP. factum est.

1 *Par.* VIII, 12. alterum hemist. in VERS.
TIGVR. et ITAL. vt cum priori hemist. Nomina
priora v. 13. vna propositione construantur. Sed
praestat v. 13. diuersum periodi membrum aut
periodum diuersam facere cum aliis, vbi parenthesi non opus est.

1 *Par.* VIII, 29. alterum hemist. in VERS.
ANGL. vbi v. 30. ad יושב vt conceptus spectare

sup-

supponitur.. Alii rectius diuersam propos. et periodum fecerunt.

I *Par.* XXVI, 21. *In Ladanitas et in Gerscho-nitas (primores paternarum familiarum erant e Ladane Gerschonita) Iechieli.* VERS. TREM. et I V N. satis obscura et ex ingenio conficta. Parenthesis nulla est, si in hanc sententiam verba accipias: *Filii Ladan, posteri Gerschonitarum ex Ladane, capita familiarum ex Ladane Gerschonita fuerunt Iechieli: et filii Iechieli, Zetham et Ioel eius frater, praefecti thesauris templi Iehouae.*

I *Par.* XXVII, 2. (*in cuius distributione erant viginti quatuor*) TREM. qui v. 3. vt conceptum ad propos. priorem v. 2. retulit. Alii Verbum ita supplent: *De posteris Perez hic erat, caput quinium ducum* —

2 *Par.* XII, 2. alterum hemist. omnes parenthesin faciunt, quia prius hemist. v. 3. vt conceptum ad Verbum עלה retulerunt. Sed analogia distinctionis non permittit, vt Sillucus in media propositione, et Atnachus in illius extremo veniat, ideoque malim ad v. 3. prius hemist. עלה repeti, vt fiat diuersa propositio.

Psalm. XL, 17. (*magnificetur Dominus*) VERS. TIGVR. et WASMVTHVS p. 64. quam parenthesin recte C. WOLLIVS p. 98. reiecit, quod dictum ipsum a signo dicti, *dicant*, neutiquam diuelli possit. Nam illa propositio pro conceptu est, qui cum aliis conceptibus a Verbo יאמרו construitur. (§. 38.) Collocatur quidem illa in fine Pasuci in VERS. LVTH. ITAL. GALL. ANGLICA, BELGICA et CLERICI,

quod

quod omnino fieri potuit, ex eoque; hyperbaton latius patere ac parenthesin, intelligitur.
Conf. §. 3.

§. 33.

Forma secunda est, (§. 28.) quando parenthesis in media propositione ante Verbum Finitum
extat, vt conceptus diuersus A. ad propositionem
pertinens ante parenthesin accedat, vbi valet
character §. 4. vt membrum B, quod Verbum Finitum vna cum conceptibus post parenthesin complectitur, arctiori nexu cum conceptu illo 1. membro A, quam cum parenthesi cohaereat. (§. 27.)
Iam quia conceptus diuersi ante Verbum Finitum
accentu continuo maiori, quo longius a Verbo
distant, notari et distingui solent, et in distinctionis negotio parenthesis propositionis vt conceptus
in propositione considerari potest: sectio maior
ratione ordinaria ante parenthesin, et minor post
eam constituta esse cernitur. Nunc in Analysi,
quando talis distinctio membrorum B P A apparet,
videndum est, ad quodnam Verborum determinandum conceptus ille A spectet. Nam si ad
Verbum vtrumque membro P et B eodem modo
spectat, propositio composita existit, v. g. *Gen.*
IX. 7. *Deut.* XIII. 12. XVII. 13. XXIII. 24. *Iud.* IX.
44. 1 *Sam.* XV. 29. vbiuis in hemistichio priori:
Sin ad solum Verbum prius determinandum pertinet, fiunt propositiones coalescentes, v. g.
Gen. XVIII. 16. XXIV. 13. *Exod.* XXV. 21. *Iud.*
VII, 6. 1 *Sam.* XV. 25. 2 *Reg.* IX. 16. vbique in
altero hemistichio. Quodsi vero conceptus A
ad

ad Verbum posterius hac distinctione spectare intelligitur, tum P sine dubio est parenthesis, quae
aeque ac A ad B determinandum pertinet. Talia occurrunt exempla parenthesium:

Leu. XXIV, 16. *cum contumeliis profciderit
Nomen.*

2 *Reg.* XVII. 41. *ficut fecerunt patres eorum,*
Ezech. I, 17. *cum irent,*

Ezech. XLVIII, 1. *ita vt fit orientale latus ad
mare;* nam Verbum in דֻר latet.

Ion. I, 14. *ficut voluifti.*

Efrae VI, 13. *quandoquidem miferat Darius
rex huiusmodi mandata.*

Prou. XXVIII, 17. *fi ad barathrum fugerit:*
nam membra A et B ita cohaerere videntur; Hominem, qui vim patitur ob caedem hominis —
ne fustentent. In hanc fententiam expofuerunt
VERS. VVLG. et CASTEL. item MICHAE-
LIS *in Notis Vberioribus et Kortumius.* Sed ille
conceptus A f. prius hemistichium innitis accentibus cum יָנוֹם in VERS. ITAL. HISP. GALL.
ANGL. BELG. et CLERICI construitur. Ceterum cum alii fenfum Paffiuum τῇ עשׁן recte
tueantur, multi fignificationem Actiuam ei, ficut
aliis huius formae tribui maluerunt, vt AB. ESRA,
KIMCHI *in libro Radicum,* GLASSIVS *in
Philol. S.* p. 921. et MERCERVS *in Commentario,*
vt etiam habent VERS. VVLG. LVTH. PAGN.
CASTELL. TIGVR. FISC. ITAL. HISP.
GALL. ANGL. et CLERICI.

§. 34.

Haec est distinctio parentheseos ante Verbum Finitum ordinaria, vt sectio minor post eam appareat, quamuis pauca eiusmodi exempla occurrant. Attamen sicut ante Verbum nonnunquam duo conceptus diuersi vno conceptu copulati reperiuntur, vt emphasis cum conceptu altero coniuncta designetur, v: g. *Deut. II. 10. Enim olim* — I *Sam* IX. 9. *Olim apud Israelitas* — I *Sam.* X. 19. *Vos autem hodie* — *Ies.* XVI. 11. *Ideo viscera mea propter Moabum*— *Ezech.* XIV. 14. *illi per suam iustitiam* — Ita non repugnat orationis naturae, pro horum conceptuum altero esse propositionem pro parenthesi habendam, adeoque sectionem maiorem esse post parenthesin. In Analysi autem, quando sectio maior post P, s. propositionem, quae alteri propositioni ante Verbum Finitum interposita est, occurrit, probe dispiciendum est, qualis sit membrorum B P A inter se respectus. Nam si A, s. conceptus prior membro P, magis cum P cohaeret, eoque determinatur, quod saepenumero contingit: ex Canone III. §. 16. P non est parenthesis, sed pars altera conceptus compositi, vbi P † A ad B refertur, cuiusmodi exempla deinde in §. 35. num. IV. videbimus. Si vero A arctiori nexu cum B cohaerere intelligitur, nisi alia explicatio commodior, quod eiam dicto loco exemplis docebitur, inueniri potest; tum P parentheseos rationem habet, quamuis maior sectio post eam accentibus notata sit, quandoquidem hoc ipso plerumque emphasis cum P coniuncta designatur.

§. 35.

§. 35.

Sic I. particula a sua propositione interiecta parenthesi diuellitur, ita quidem, vt sectio maior post parenthesin appareat, sicut etiam alibi, v. g. *Gen.* IX. 4. XXIV. 8. 38. *Leuit.* XXIII. 27. 2 *Sam.* VII. 25. *Ies.* V. 9. 26. IX. 16. *Hagg.* I. 10. particula, quae sectione maiori a conceptu posteriori disiungenda erat, illi vno conceptu adiungitur.

Gen. IV, 7. *Nonne, si recte egeris, remissio est?*

Gen. XV, 4. *sed, qui ex tuis visceribus nascetur, ille haeres tuus erit.*

Exod. XIV, 13. *nam, quos hodie videtis Aegyptios, eos nunquam posthac visuri estis.*

Num. XXX, 9. *Si vero, cum audiuerit maritus eius, negauerit assensum illi.*

Deut. VIII, 5. *quod, sicut castigare solet aliquis filium suum, Iehoua Deus tuus castiget te.*

Deut. XII, 22. *Veruntamen, sicut comedi solet caprea aut ceruus, ita comedes illud.*

Ies. XIV, 24. *si non, sicut cogitaui, ita futurum est,* conf. *Num.* XIV. 28.

Ies. LII, 15. *quia, quod non enarratum erat illis, viderunt.*

Ezech. V, 11. *si non, ideo quod sacrarium meum polluisti tot sceleribus tuis et tot flagitiis tuis, etiam ego nihil temperans aut parcens exscindam.* Hic quidem אם־לא ad parenthesin dimidiam refertur, vt intra eam sit accentus maior Sakeph, atque etiam ante אם־לא, s. membrum A est accentus minor Segolta quam in fine parentheseos, quod Canoni I et II. non repugnat.

Prou. III, 12. *Nam, quem diligit Iehoua, castigat.*

Prou.

Prou. XXIII, 7. *Nam, sicut cogitat in mente sua, sic ille faciet.*

II. Propositio בְּאָם יְהֹוָה, et huic similes ante Verbum Finitum rationem habent parentheseos, quamuis maior sectio post eam constituta sit, quia cogitandum est eam ad conceptum A explicandum pertinere, vel esse cum emphasi coniunctam.

Exod, V, 16. *et lateres, dicunt nobis, facite.*

Ies. XXII, 25. *Illo die, dictum est Iehouae Zebaoth, recedet hic clauus infixus loco firmo.*

Vid. exempla huic similia: *Ier.* V, 18. VIII, 1. sec. Keri, XXI, 7. XXXI, 1. *Ezech.* XX, 40. *Ioel* II, 12. *Mich.* IV, 6. *Zach.* XII, 4.

Ies. XLV, 24. *Sed in Iehoua, de me dicent, iustitia summa et robur est.*

Ezech. XX, 39. *Vos igitur o gens Israelitica, sic dicit Adonai Elohim, quisque idola sua ite colite.*

III. Commemorabo exempla nonnulla singularia, vbi sectio maior emphaseos causa post parenthesin constituta esse videtur:

Deut. III, 19. (*sciebam, quod peccris multum vobis esset,*)

I *Reg.* VI, 38. *is est mensis octauus:* haec ita translata in VERS. VVLG. LVTH. TIGVR. TREM. IVN. PISC. et SCHMIDII, haberi possunt parenthesis, sed non opus est eam signis notari. Si vero ita redduntur: *qui est mensis —* vt in VERS. CASTELL. ITAL. HISP. GALL. et BELG. non sunt parenthesis, sed alter terminus conceptus compositi, ideoque in VERS. ANGL. et CLERICI falso signa parentheseos scripta sunt. Idem ad *Ier.* LII. 12. obseruandum est.

2 *Reg.*

2 *Reg* VIII, 16. *cum Iehoschaphat adhuc effet rex Iehuda*; fic habent V E R S. S C H M I D I I, I T A L. G A L L. et S T A R K I V S *in Notis fele-**Elis*. Ita fere C L E R I C V S: *cum --- etiamnum fu-**perfles effet:* vel vt cft in vers. T R E M I V N. P I S C. A N G L, et B E L G. *cum Iehoschaphat ef-**fet rex Iehudae.* Atque haec expofitio cft aliis verifimilior. Nam V A T A B L V S fecutus K I M-C H I V M hanc parenthefin ita exponit: *Iofaphat autem rex Iuda mortuus erat*, (*Conf.* 1 0. M E Y E-R V S *ad Seder Olam* p. 916.) et in hanc fere fen-tentiam C A S T E L L I O: *quum regnaffet in Iu-**daea Iofaphatus:* qvod vero Chronologiae repu-gnat. Denique V E R S I O G R A E C A haec cft in C O D. V A T I C A N O: καὶ Ἰωσαφὰτ βασιλεῦ Ἰιδα, quae verba *in Edit. Ald. et Compl.* defunt, itque etiam *in Verf. Lutheri omittuntur.* Ita in *Vulgata* haec ita exponuntur: *Anno quinto Io-**am- et Iofaphat regis Iuda*; item in V E R S. P A G N. Γ I G V R. et H I S P. quod ad mentem R. L E V I E N G E R S C H O M fic explicari folet, *Iofapha-**um bis quinque annis regnum Ifraeliticum vna**um Ioramo adminiftraffe.*

Efth. II, 1. *cum fedata effet ira regis Ahasueri.*

Efth. II, 21. *cum Mordechai federet in porta**gia.*

Dan. VI, 11. (*poftquam cognouit, quod obfigna-**im effet fcriptum.*)

Dan. VI, 15. *poftquam verbum hoc audiuit.*

Efrae I, 1. *vt efficerentur dicta Iehouae per Iere-**iam,* ita 2 *Par.* XXXVI. 22.

Nehem. X, 37. *ficut fcriptum eft in lege.*

Sp. *Parenth. V. et N.T.*   P   *Pfalm.*

Pſalm. CXX. 1.'cum anguſtia mihi eſſet.

Prou. XXV, 14. *cum tamen pluuia non exiſtat.*

IV.) Addo his parentheſes aliquot dubias aut falſas, quae ante Verbum Finitum ab interpretibus ſtatuuntur.

Num. XIV, 36. (*propterea quod reuerſi — de terra illa*) T R E M. et I V N. qui prius hemiſt. vt conceptum ad v. 37. retulerunt. P I S C A T O R duo hemiſtichia v. 36. hoc modo conneſtit: *Viri igitur illi — reuerſi fuerunt et — incitarunt —* Sed alii plerique אֲשֶׁר ad וישבו repetunt, et והאנשים cum Paſuco integro vt conceptum per Epanalepſin cum propoſitione v. 37. conſtruunt.

1 *Sam.* XX. 23. *Hoc autem verbum — (ecce Iehoua eſt inter me et inter te) eſto vsque in ſeculum:* T R E M. At Verbum Finitum non in עד־עולם, ſed potius in Nominatiuo ſ. in priori hemiſtichio latere ſupponendum eſt, vbi haec parentheſis ad §. 31. pertinet. Reliqui עד־עולם cum membro illo proximo recte conſtruunt, vt C A S T E L L. *Ac qua de re inter nos egimus, Ioua nobis eſto eius teſtis aeternus.*

1 *Reg.* XVI, 23. (25.) *regnauit Homri ſuper Iſraelem duodecim annis*) T R E M. et I V N. qui conceptum primum ad propoſitionem poſterioris hemiſtichii retulerunt, fortaſſe propterea quod iam v. 22. regnaſſe dicitur. Sed ibi וימלך reddendum, rex factus eſt.

2 *Reg.* XVIII, 10. (*is eſt annus nouus Hoſeae regis Iſraelis*) in V E R S. P A G N. I T A L. G A L L. A N G L. S C H M I D I I et C L E R I C I, qui Atnachum in שנים falſo ſupponunt. Neque etiam
bon

bona eft parenthefis haec inter duas propofitiones
in VERS. PISC. Sed potius alte:um hemift.
diuerfam periodum exhibet: *Is erat annus no-*
vus — quo f. cum capta eft Samaria: vt eft in
VERS. TREM. et BELG.

Ief. V, 30 *anxietate (quamuis lux fit) obtene-*
brabitur in ruinis eius. Ita C. Z. HOHEISEL
in *Obferuatt. Philol. Exeg.* p. 50. fecutus FRAN-
KIVM in *Diacr. S.* §. 141. Parenthefis dubia, ficut de huius loci fententia nondum certo conftat.
Conf. Difquifitio mea Critica fuper locis Codicis S.
Hebr. anno fuperiori edita p. 29. fqq.

Ierem. IV, 11. *Tempore illo (dicendum eft po-*
pulo huic et Ierufchaluimis) ventus nitidus —
TREM. quod IVN. et PISC. recte mutarunt,
ficut etiam reliqui omnes hoc modo transtulerunt: *Tempore illo dicetur populo huic —*

Ezech. VIII, 11. (*Iaafanjahu vero filius Schaphaҟis*
ftans in medio eorum) SEB. SCHMIDIVS. Ita
fere in VERS. LVTH. CASTELL et ANGL,
vbi quidem verba, ftabant ante illos, ad initium
Paluci translata funt. Parenthefis euitatur, fi cum
iliis ita exponas: *et Iaafanjahu — qui ftabat in-*
er illos —

Ezech. IX, 10. (*non parcet oculus meus, neque*
tar clementia) TREM. Sed alii omnes גם־אני,
elut conceptum abfolutum, atque etiam me quod
ttinet, ad hoc membrum proximum retulerunt,
icut אני v. g. IES. LIX, 21. DAN. II. 30.
PAR. XXII. 7. PSALM. XLI. 13. vfurpatur.

Ezech. XLIV, 26. (*feptem dies numerantur ei*)
ҟEM. qui prius hemift. ad v. 27. retulit. Reliqui

liqui autem rectius duo hemistichia vna propos-
tione coniunxerunt.

Ezech. XLV, 14. *Statutum vero olei* (*bathus autem est mensura olei*) *decimam partem bathi de
coro offeretis*; ita P A G N I N V S, et eodem fere
modo V E R S. T R E M. et I T A L. Malim Verbum Substantiuum ad וחק השמן *supplere*: *Et
sit demensum olei* — vbi illa parenthesis ad §. 28.
pertinet. Taceo versiones reliquas, quae singu-
lae suis naeuis laborant.

Zach. V, 3. P A G N I N V S fingit duplicem parenthesin verborum מזה כמוה in media propositione: *sicut scriptum est ex vna parte ipsius —
ex altera parte ipsius.* Sed versio est absurda, et
parenthesis Canoni II. §. 15. repugnat. Longius
etiam petitum est, quod מזה duplex de vtraque
parte s. pagina voluminis dictum putauit, quae
opinio etiam aliis post A B. E S R A M placuit
Denique נקה vertit, succisus est, sicut etiam ali
interpretes significationem huic Verbo propriam
deseruerunt. Ego vero hanc teneri posse atque
debere existimo, cum alia non possit idoneis rationibus probari, placetque mihi V A R E N I I inter
pretatio, quam I O. F E C H T I V S *in Disp. a
Zach.* V. 1-4. laudat: *omnis qui furatur, exind
(s. propterea) iuxta illam paginam volantem va
cuum se crimine asserit: et omnis peierans* —
Nam sic etiam alibi Niphal significationem reci
procam admittit, et obiectum particula מ con
strui solet, v. g. *Gen.* XXIV. 8. 41. *Num.* V. 19
31. *Psalm.* XIX. 14.

Cant. IV, 7. alterum hemist. T R E M.

Da

Dan. V, 12. (*interpretabatur enim somnia, et indicatio problematum erat in eo, et solutio ligatorum*) PAGNINVS.   Sunt haec potius alter terminus conceptus compositi, quo, si ad verbum reddas, voc. רוּחַ amplius ita describitur: *interpretari sciens somnia et sententiam aenigmatum et solueus nodos ——*

2 *Par.* VIII, 9. *Porro ex filiis Israel* (*quos Salomo non redegit in seruitutem et opus suum*) *fuerunt milites ——* in VERS. TIGVRINA, vbi מ negligitur, et propos. relatiua, quae est pro altero termino conceptus compositi, falso parentheseos notis includitur.   Alia parenthesis posterioris hemistichii in VERS. TREM. IVN. PISC. ITAL. et BELGICA notata est, vt prius hemist. tanquam conceptus cum v. 10. construatur, quod ו in וְאֵלֶּה non permittit.   SEB. SCHMIDIVS vtramque parenthesin euitauit hac versione: Sed de filiis Israelis *erant illi*, quos --- Sequuntur illi omnes lectionem codicum nostrorum, vbi omnino אֲשֶׁר difficilem constructionem efficit, ideoque, quia in loco parallelo 1 *Reg.* IX. 22. non legitur, suspicio est, illud hic librariorum incuria irrepsisse, sicut etiam in VERS. GRAECA VVLG. LVTH. PAGN. HISP. GALL. ANGL. et CLERICI omissum est.

Psalm. XIX, 13. *Tum me seruum tuum commonefactum istis ---* (*Nam errores quis intelligat?*) *me, inquam ab occultis absolue:* TREM. et IVN. singulari suo concipiendi modo.   Alii rectius duo hemistichia coniungunt, vt CASTELLIO: *Sed errores quis perspiciat? occultis expia me.*

Psalm.

Pfalm. LXXVII, 20. (*nam veſtigia tua non ſunt cognita,*) TREM. et IVN. qui prius hemiſt. ratione prorſus improbabili cum v. 21. vna propoſitione coniunxerunt.

Pfalm. XCIII. 4. *ſupra ſonos aquarum multarum (nam ingentes ſunt fluctus maris) ingens eſt in alto Iehoua:* ita COCCEIVS *in Commentario.* Sed obſtat diſtinctio minor ante parentheſin, quia אדיר pro Verbo eſt. neque etiam licet τὸ אדירים, in quo comparationis cardo vertitur, parentheſeos in modum ab oratione reliqua ſeparare. Ceterum plerique אדירים Adiectiuum eſſe volunt ad משברי, falſo, quia ſic loco poſteriori ſcribendum erat. Mihi haec ita reddenda eſſe videntur: *Prae ſonitibus aquarum multarum, vehementium in fluctibus maris, magnificus eſt in ſublimi Iehoua.* SEB. SCHMIDIVS:--- *et magnificarum: prae fluctibus maris magnificus eſt in alto Iehoua;* ac ſi Atnachus in אדירים extet, qui merito a DACHSELIO ad h. l. reprehenditur. GEIERVS *in Commentario: ob ſonos aquarum multarum tremendi ſunt fluctus maris: at magis omnino tremendus ---* quae Ellipſis analogiae conſtructionis Hebr. repugnat. Ita fere DE DIEV in *Critica S.* et STARKIVS *in Notis ſelectis.*

§. 36.

Poſtquam formam vtramque parentheſium in media propoſitione et rationibus et exemplis abunde declaraui, nunc addam, vt facere inſtitui, exempla talium parentheſium ex Nouo Teſtamento Graeco, vbi quidem non attendi opus eſt formam

ım illam duplicem, fed folummodo huc fpe-
nt, quae in §. 27. dicta funt, ideoque vtrius-
e generis exempla promifcue confideranda pro-
nam. Huiusmodi parenthefes verae occur-
ıt.

Mattb. XXIV. 24. εἰ δυνατὸν.

Marc. III, 17. (*et impofuit illis nomina Boaner-
, quod denotat filios tonitrui*) Quodfi v. 16.
ὖτον Σίμωνα ex codicibus, quos laudat ERAS-
's, addendum effet, vt volunt BEZA et
,ASSIVS p. 190. non minus verba: *et impo-
: Simoni nomen Petrus*, funt parenthefis.

Luc. I, 55. καθὼς ἐλάλησε πρὸς τὰς πατέρας
ῦν. Hanc parenthefin ita definiuit, N. KNATCH-
LL ad h. l. cum in melioris notae Editionibus
m verba, τῷ Ἀβραὰμ καὶ τῷ σπέρματι αὐτᾶ,
illam parenthefin referantur, dicitque fic facili
ıedio ingentem foloecifmum curari. Contra-
t quidem A. BLACKWALL *in Critica S. N.*
Tom. II. Part. I. C. 1. §. 11. Sed alii hanc
tchbulli parenthefin calculo fuo comproba-
:, vt HOMBERGIVS, C. WOLLIVS p. 133.
IO. REINH. RVS *in Introductione in N.
generali* p. 78. et WOLFIVS *in Curis* ad h. l.
plures ὁμοψήφ8ς citauit.

uc. III, 23. poft Participium ὢν, quod non
ı ἀρχόμενος coniungendum, fed ad inferiora
rendum eft, parenthefis verborum, ὡς ἐνομί-
, in editionibus plerisque notata eft. Quam-
ıutem hanc parenthefin ftili facilitas commen-
dubitatum tamen eft, quomodo Iofephus dici-
: Eli poffit. Nonnullis quidem non infolens

P 4   vifum

visum est, generum dici filium alii γαμβρὸς ad
τȣ ἠλι suppleri voluerunt, quod consequentia sane
non permittunt. Sed plerique interpretes dubium illud optima ratione declinari crediderunt,
si parenthesis ita definiatur: *qui erat, sicut existimabatur filius Iosephi, filius Eli; ita vt Iesus
ipse filius s. nepos Eli dicatur.* Conf. omnino
WOLFII *Curae* ad h. l. Quia vero sic ὑὸς ad
τȣ ἠλι denuo exprimendum erat, et connexio
per ὡς paulo insolentior videtur, meliorem esse
arbitror parenthesin priorem, ita quidem, vt haec
ad solum ὑιὸς Ἰωσὴφ hoc sensu referatur: *qui erat,
vt existimabatur, filius Iosephi, filius s. nepos Eli*
(videlicet ex matre) ---

Luc. VII, 42. εἰπέ.

Luc. XXIII, 51. (*hic non consenserat consilio et
facto eorum*)

Ioh. I, 14. (*et contemplati sumus gloriam eius,
gloriam velut vnigeniti a patre*) Haec parenthesis, quam constructio voc. πληρης requirit, notatur in editionibus compluribus, et in VERS.
PAGN. GALL. ANGL. BELG. et a BEZA,
STOLBERGIO *in Exercit.* Gr. L. p. 73. sqq. et
C. WOLLIO p. 135. comprobatur, ERASMVS
et CAIETANVS πληρης ad Iohannem Bapt.
v. 15. referunt: HEINSIVS *in Aristarcho S.* legi
vult πλήρη, quod in vno vel altero codice ex-
tare dicitur, vt cum THEOPHYLACTO ad
δόξαν referatur: LVD. DE DIEU post *Grotium*
contendit esse pro πλήρας, i. e ὃς ἦν πλήρης.
Atque hi omnes parenthesin respuunt, quos
STOLBERGIVS l. c. refutavit.

Ioh.

Ioh. I, 38. (*quod dicitur*, *si interpreteris*, *magister*,)

Ioh. XIX, 31. (*vt non remanerent* --- *dies illa Sabbati*,)

Act. II, 17. *dicit Deus.*

Act. IV, 36. (*quod est*, *si interpreteris*, *filius consolationis*)

Act. X, 36. interpretum multi, versiculorum distinctioni inhaerentes, cum viderent, Verbum Finitum ad τὸν λόγον deeſſe, variis modis conſtructionem expedire conati ſunt. Nam in VERS. VVLG. et HISP. ὸν negligitur.   Nonnulli τὸν λόγον pro conceptu abſoluto accipiunt, *quod verbum attinet*, vel κατά supplent, ſimulque Iesum, τὸν λόγον ὑπεςατικὸν, intelligunt.   Deinde alii cum BOISIO *in Collatione Veteris interpretis* ἄκϐοατι ὖν ex v. 33. ab initio ſupplent.   Denique LVD. DE DIEU *in Critica S.* τὸν λόγον dicit eſſe idem ὖτος ὁ λόγος, (vt habet VERS. BELG.) et reſpondere Hebraico אֶת־הַדָּבָר. quod *Hagg.* II. 5. *coll. Zach.* VII. 7. eodem modo exponendum ſit.   Sed his remediis, quae violenta aut nimis dubia ſunt, non opus eſt, ſi τὸν λόγον cum ὑμεῖς ὅιδατε, ad v. 36. translato coniungatur, quod ſine piaculo fieri poteſt, ſicut etiam hac ratione conſtructio facillima exiſtit.   Nec obſtat interpretis Syri auctoritas, qui, addendo particulam יָת, in verbis ὑμεῖς ὅιδατε initium propoſitionis aperte ſtatuit, quandoquidem hoc praeter textum Graecum ex ſuo ingenio fecit.   Quodſi igitur ad ὅιδατε ſinis propoſitionis et v. 36. ſtatuitur, tum propoſitio, hic eſt omnium. dominus.

P 5   omni-

omnino pro parenthefi accipienda eft, quia verba
τὸν λόγον vsque ad Χριϛ̄ vnum conceptum efficiunt. Atque hoc recte factum eft ab ERASMO
ROTEROD. ER. SCHMIDIO, KNATCH-
BVLLO, HOMBERGIO, C. WOLLIO p. 96.
et in VERS. ANGL. vbi quidem verficulorum
limites non mutantur.

A.f. XIII, 48. Cum Reformati hoc loco ad fta-
ftabiliendum abfolutum decretum et gratiam par-
ticularem abuntantur, Theologi noftrates duobus modis hoc eis praefidium eripere, adgreffi
funt. Plerique referentes quidem τεταγμένοι ad εἰς
ζωὴν αἰώτιςν, non tamen praedeftinationem aeternam, fed ordinem Dei in negotio falutis denotari
contendunt, quoniam Analogia Scripturae S. id
requirat, et fecundum illam fententiam potius
ὡρισμένοι vel πρεωρισμένοι dicendum fuerit. Conf.
WOLFII Curae ad h. l. Quia vero haec explicatio variis noftrorum diffenfionibus et aduerfae
partis exceptionibus eft expofita, praeftare mihi,
videtur eorum opinio, qui εἰς ζωὴν αἰώνιον cum
ἐπίϛευσαν conftruunt, et verba, ὅσοι ἦσαν τεταγμένοι vt parenthefin accipiunt. Sic ipfe N.
KNATCHBVLL, quidni ergo, inquit, vt faltem locus ifte nil momenti afferat tam controuerfo,
fenfui, de quo nunquam erit, vsque dum Elias
venerit, difputandi finis, diftinguantur et ver-
tantur verba ifta potius in hunc modum: *et crediderunt, quotquot conuenerunt, in vitam aeternam.* Eodem modo C. WOLLIVS in *Herme-
neutica S. N. T.* p. 194. verba expofuit: *quotquot congregati erant, in vitam aeter...... f. ....
vitam*

vitam aeternam confequerentur. Sed cum conveniendi f. congregandi fignificatio,   quae ex VERS. GRAECA *Exod,* XXIX, 43. petitur, fit admodum dubia, praeftat altera *eiusdem in Diff. de Verbis Graecorum mediis* p. 206. expofitio: *quotquot ordine erant difpofiti in Synagoga:* nam refpicere Lucam ad gentes προσηλύτ𝜐𝜍 in feparato Synagogae loco ordine conftitutas.   Quam expofitionem habet etiam LAVR. REINHARD. *in Decimis Exeget.* P. I. Nam τάττεϑαι non folum de ordine militari, fed etiam de aliis rebus et perfonis ordine collocatis proprie vfurpatur.   Sic etiam parenthefin hic agnofcunt SAVBERTVS in *Palaeftra* p. 315. AMELIVS in ber Erörterung — bes N. T. Vol. I. p. 122. feq. et CHRIST. FR. SINNER *in Diff. de diftinctionibus textus N. T. Cap.* II. §. 8.   Fruftra autem a I. C. WOLFIO aliisque obiicitur, Verbum πιςεύω infolentius referri ad voces εἰς ζωὴν αἰώνιον.   Nam his non obiectum τ𝜐 ἐπίςευσαν, fed finem denotari dicimus, ficut vfus ille praepof. εἰς admodum frequens eft. *Conf.* I *Petr.* IV. 7. *Act.* XI. 18. et ipfa verba, εἰς ζωὴν αἰώνιον non vt obiectum fed vt finis et fcopus accipienda funt: *ad obtinendam vitam aeternam,* Ioh. IV. 14. 36. XII. 25. *Rom.* V, 21. *Iudae* v, 21. Inprimis huc pertinet I *Tim.* I, 16. vbi ipfum πιςεύειν occurrit: in exemplum eorum, qui fiduciam collocaturi effent in eo ad confequendam vitam aeternam.   Nam fic vita aeterna vt finis, ad quem fides in Chriftum tendit, etiam *Ioh.* XX. 21. I *Petr.* I. 9. proponitur.   Ideoque in loco fupra pofito fenfus facillimus eft:

et

et crediderunt, quotquot certo ordine confidebant, *ad confequendam vitam aeternam.*

Act. XXV, 5. Φησὶ.

Rom. IV, 17. (καθὼς — τέθεικά σε) Parenthe-fis dura quidem, fed repudiari non poteft, quia quae in hoc v. 17. fequuntur, funt pro conceptu, et non poffunt non ad propof. vltimam v. 16. vel potius ad εἶναι βεβαίαν referri.

Rom. XVI, 4. (οἵτινες — τῶν ἐθνῶν,) Concedi poteft parenthefis, ita quidem vt verba, et do-mefticam illorum ecclefiam, quae vt conceptus ad ἀσπάσασθε v. 3. fpectant, a v. 5. auulfa cum v. 3. et 4. vno verficulo includantur. Repetitur Verbum falutate ad v. 5. in V E R S. S Y R. L V T H. I T A L. A N G. et B E L G. vbi parenthefis illa ceffat.

2 *Cor.* VI, 13. (ὡς τέκνοις λέγω) Haec paren-thefis apparet in V E R S. I T A L. H I S P. A N G L. eamque probant E R A S M V S, H E I N S I V S et W O L F I V S *in Curis,* vbi ad verba priora κατὰ fupplent, eaque cum πλατύνθητε conftruunt; vel Verbum addunt, vt V E R S. V V L G. et B E L G., In V E R S. S Y R. A R A B. et L V T H. haec parenthefis ad initium verficuli transpofita eft. Nonnulli vero conceptum illum primum ad λέγω retulerunt, vt C A S T E L L I O: *Ego vero* *vt a filiis vicem repofco* — B E Z A: *Loquor autem* *vt filiis de pari compenfatione* — E R. S C H M I-D I V S: *Eandem autem compenfationem vobis ego* *vt filiis praecipio.*

2 *Cor.* VIII, 3. μαρτυρῶ, v. 18. 19. de K N A T C H-B V L L I parenthefi vid. §. 18. Schol.

2 *Cor.*

2 *Cor.* IX, 3. καθὼς ἔλεγεν, v. 4. ἵνα μὴ λέγωμεν ὑμεῖς.

Eph. II, 8. (*idque non ex vobis Dei donum eſt*): nam venit hic alia conſtructio, cum Verbo Subſtantiuo, cum ἐξ ἔργων cum σεσωσμένοι conſtruatur.

Phil. III, 16. εἰς ὃ ἐΦθάσαμεν, vid. §. 26.

Coloſſ. IV, 10. (*ſi venerit ad vos, recipite eum*) Ita parentheſis recte deſignatur in VERS. PISC. In editionibus et verſionibus nonnullis ſimul propoſitio prior, de quo accepiſtis mandata, falſo ad hanc parentheſin adiicitur, quae cum verbis, et Marcus conſobrinus Barnabae, coniungenda! eſt. Si vero valet varia lectio, δέξασθαι, quam DEZA notat, verba nexu optimo ſine parentheſi ita cohaerent: *de quo accepiſtis mandata, ſi venerit ad vos, ut eum recipiatis.* Tales ſunt VERS. SYR. et HISP.

1 *Theſſ.* I, 10. *quem excitauit a mortuis.*

2 *Theſſ.* I, 10. (ὅτι ἐπιστεύθη --- ἐφ᾽ ὑμᾶς) in editionibus pleriſque et in VERS. ITAL. ANGL. BELG. BEZAE et ER. SCHMIDIJ, ſicut etiam verba vltima, in illa die, in VERS. CASTELL. et HISP. ad membrum primum ſunt transpoſita. Quae parentheſis omnino bona eſt, ſi verba, in illa die, non praeteritum ſed futurum tempus deſignant, quod veriſimile eſt; vbi non congruunt Verbo ἐπιστεύθη, quocum in VERS. VVLG. et LVTH. conſtruuntur, ſed ad Verba priora referenda ſunt. Equidem poſt VERS. SYRIACAM nonnulli ἐπιστεύθη in Futuro exponunt, vt GROTIVS: Quia die illa

plane

plane probatum erit illud teftimonium, quod nos vobis attulimus; et E L S N E R V S p. 280. Nam confirmabitur aut implebitur teftimonium noftrum vobis datum illo die: cui confentit W O L F I V S *in Curis ad* h. l. Sed quamuis hanc vim Verbo tribuamus, non tamen concedi poteft, Praeteritum pro Futuro effe pofitum.

1 *Tim.* II, 7. *(verum dico in Chrifto, non mentior)*

Hebr. VI, 7. *(per Dauidem dicens poft tantum tempus, ficut dictum eft)* Haec parenthefis inter duplex σήμερον emphatice repetitum omnino eft ftatuenda. Editiones et verfiones nonnullae fola verba, ficut dictum eft, parenthefin faciunt.

Hebr. VI, 18. *(in quibus fieri non poffet, vt mentiretur Deus)*

Hebr. VII, 9. *vt ita loquar.*

Hebr. XIII, 23. *fi celerius venerit.*

1 *Petr.* I, 6. *fi opus fit,* V. 12. *vt arbitror.*

Apoc. II, 9. *cum tamen diues fis.*

§. 37.

Sic etiam ex Canone III. §. 16 parenthefes dubiae aut falfae reperiuntur, quando membrorum A et B conftructio eft difficilis, aut membrum P. nexu eodem vel maiori cum alterutro membrorum extremorum, quam vtrumque horum inter fe, cohaeret, f. quando P † A ad B, vel B † P ad A fpectare intelligitur. v. g.

Marci V, 41. *(tibi dico)* Quamuis haec Marcus de fuo addiderit, non tamen propterea opus eft, vt fignis parenthefeos notentur, quia cum his Vocatiuus coniungi poteft.

Luc.

Luc. I, 70. HOMBERGIVS p. 118. fecit parenthesin, quia credidit, Accusatiuum v. 71. potius ad ἤγειρε esse referendum, quod etiam in VERS. BELG. fieri videtur. Sed WOLFIVS *in Curis* ad h. l. post alios ostendit, hac parenthesi non opus esse, si obseruetur, Verbum λαλεῖν idem hic esse ac *promittere* s. *praedicere,* vbi v. 70. et 71. optima ratione ita coniungi possint: *sicut promisit s. praedixit — salutem —* vt etiam habet VERS. ITAL. et GLOSSA *ad Hispanicam.* Ita sane in VERS. GRAECA λαλίω sed cum Datiuo personae vsurpatur *Gen.* XVIII. 19. *Exod.* XXXII. 13. et *Ierem.* XVIII. 10. Alii Verbum δώσει aut simile supplendum esse censuerunt, vt LVTHERVS; daß er uns errettete — CASTELLIO: *quo vindicemur —* quem sequitur VERS. ANGL. ERASMVS ROTEROD. *Fore vt seruaremur ab inimicis;* BEZA et ER. SCHMIDIVS: *Fore vt nos seruaret ex inimicis.*

Luc. II, 11. dubitari potest, an verba, ἐν πόλει Δαβίδ, cum proxime prioribus coniungenda, aut potius cum ἐτέχθη construenda sint. Posterius plerisque placuit, vbi verba, qui est Christus Dominus, sunt parenthesis, quae vel commate distinguitur a verbis vltimis, vel, vt est in VERS. ITAL. et ANGL. in fine collocatur.

Luc. VIII, 43. (*quae in medicos impenderat omnes facultates, nec poterat ab vllo curari.*) Est alter terminus conceptus compositi.

Ioh. XVI, 26 N. KNATCHBVLL verba, λέγω ὑμῖν, parenthesin esse putat, vt καὶ ὃ cum ὅτι cohaereat, dicitque eam vtrique membro respondere,

quali

quafi ab initio pofita fit, cum videret eam foli
membro pofteriori non congruere. At eam ipfam
ob caufam repudianda eft, cum etiam fenfus et
connexionis facilitatem nihil adiuuet.

Iob. XIX, 23. (*et fecerunt ex eis quatuor partes, cuiuis militi vnam*) Poteft ad τὸν χιτῶνα
Verbum ἔλαβον ex indole Hebraifmi repeti, vbi
parenthefi, quae non videtur fatis apta, non
opus eft.

Actor. VII. 6. (*et feruitute prement eos, et affligent.*) W O L L I V S p. 27. *Vid. Notata ad Genef.*
XV. 13. in §. 32.

Act. XII, 16. (ὁ ὠνήσατο — ἀργυρίg) Ita poft
L V D. D E D I E U N. K N A T C H B V L L aliique.
Sed W O L F I V S *in Curis* hanc parenthefin reiicit,
quod connexio Verborum vltimorum cum ἐτέθη-
σαν infolentem partic. παρὰ fignificationem in-
ferat, vt Patriarcharum cadauera a filiis Emor, h. e.
ab agro in eorum regione fito, translata Hebro-
nem dicantur. Sic ego cum W O L F I O haec vltima verba cum ὠνήσατο coniungenda effe puto,
de difficultatibus autem huius loci, quae complures interpretes exercuerunt, vt plura dicant, infti-
tuti ratio non permittit.

Actor. XIII, 27. N. K N A T C H B V L L τᾶτον
cum voc. χρίναντες conftruit, vt verba intermedia fint parenthefis, dicitque fimiles implicitas et
perplexas traiectiones in Auctoribus Graecis et
Latinis, et in ipfo textu N. T. paffim inueniri.
Eadem fere eft H O M B E R G I I opinio. Referunt illi τᾶτον ad Meffiam, cuius in v. 25. mentio
facta eft, atque etiam alii, inprimis W O L F I V S in
Curis

Curis ad h. l. qui vero hanc parenthesin merito
repudat. Obstat etiam καὶ, quod sic sine causa
positum est. Ego vero cum INTERPRETE SYRO
aliisque, quia v. 36. nouam orationem Apposto-
lus exorditur, malim τῦτον ad λόγον τῆς σωτηρίας
et φωνὰς non ad ἐπλήρωσαν, quia sic Participium
cum Verbo Finito per καὶ non apte cohaeret, sed
ad ἀγνοήσαντες referre, siquidem verba, τὰς κατὰ πᾶν σάββατον ἀναγινωσκομένας, propterea
adduntur, vt indignitas rei augeatur, quod Iudaei
sermones prophetarum ignorauerint, licet sabba-
tis singulis praelegerentur. Quibus positis hic
sensus verborum facillimus existit: *Incolae enim*
Hierosolymae et principes eorum, hoc verbum igno-
rantes et sermones prophetarum, qui singulis Sab-
batis leguntur, iudicium exercendo impleuerunt eos.
Rom. I. 5. 6. non est parenthesis sed μεταζυλε-
γία, quia haec pertinent ad descriptionem sub-
iecti v. 1-4. ideoque v. 1-6. cum v. 7. cohaeret.
Rom. I, 13. verba τὸ κατ' ἐμὲ falso parenthesis
esse putantur, ac si reddenda sint, quod ad me attinet. Nam manifestum est, haec cum προθυ-
μον omisso ἐςι esse coniungenda, quod alioquin
cur in Genere Neutro sit, non intelligi potest.
Conf. BEZAE *Notas Maiores* ad h. l.
Rom. II, 13-15. parenthesin statuunt BEZA et
E. WOLLIVS p. 65. quae etiam in VERS. BELG.
et ER. SCHMIDII notatur, vt ἐν ἡμέρᾳ cum
κριθήσονται v. 12. construatur. Sed haec parenthesis mihi dubia imo falsa videtur, quia nexus
partium orationis non permittit, vt parenthesis
plurium periodorum in media propositione locum

Sp. Parenth. V. et N. T.   Q   ha=

habeat. Igitur non potest non conceptus v. 16.
cum vltima propos. v. 15. coniungi, vt in VERS.
VVEG. LVTH. CASTELL. et FISC. factum est.
In ITAL. autem Verbum est additum: *Come ap-
parira in quel giorno* —

    Rom. III, 23-25. parenthesin vult esse c. WOL-
FIVS p. 66. seq. ad quam idem monendum est.
Eam etiam WOLFIVS *in Curis* p. 61. idoneis rationibus refellit. Nam verba ἐν τῇ ἀνοχῇ τῆ Θεῖ,
non cum διαϛολῇ, quod potius ad priora v. 22.
et ad v. 23. respicit, sed cum extremo v. 25.
coniungenda sunt, quod etiam plerisque interpretibus ita visum est, qui ad πρὸς ἔνδεξιν initium
v. 26. faciunt.

    Rom. VIII, 20. N. KNATCHBVLL ἐπ᾽ ἐλ-
πίδι cum ἀπεκδέχεται v. 19. vna propositione
coniungit, vt verba v. 20. sint parenthesis. Idem
facit IO. ALBERTI *in Obseruationibus* p. 309.
Conf. WOLFIVS *in Curis* ad h. l. Sed rectius
plerique alii cum ὑποτάξαντα construunt, connexionem autem eius vocabuli cum verbis posterioribus variis modis intelligunt. Sic WOLFIVS
l. c. laudat et suam facit sententiam Anonymi in
ben Unschuldigen Nachrichten a. 1724. p. 976. qui
ἐπ᾽ ἐλπίδι proxime iungendum censet verbis εἰς τὸν ἐλευθερίαν — vt verba priora, ὅτι
καὶ — τῆς φθορᾶς, a reliquis per comma distin-
guantur, et velut parenthesis interponantur. Alii
cum BEZA ἐπ᾽ ἐλπίδι arctius connectunt cum ὅτι,
quod ειδικῶς accipiendum esse volunt, vt, quae-
nam sit spes illa, declaret, sicut etiam in plerisque
editionibus N. T. et in VERS. SYRIACA ἐπ᾽
                                              ἐλπί

\πιδι ad initium v. 21. relatum est. Sed cum vtra-
ue hypothesis vsui linguae non apte congruat,
iihil rectius alii hoc voc. ad v. 20. referre, et v. 21.
eriodi initium facere videntur.

Rom. XI, 8. verba, *vsque ad hodiernum diem*,
E Z A, P I S C. W O L F I V s *in Curis* et plures alii
redunt esse Apostoli, et cum ἐπωρώθησαν con-
ingenda, vbi, quae interiacent, omnino signis
arentheseos includenda sunt, vt in editionibus
onnullis, et V E R S. H I S P. et B E L G. factum
st. Sic D I O D A T I loco parentheseos notan-
ae verba illa vltima v. 8. in v. 7. transtulit. Sed
aec parenthesis admodum dura esse videtur, nec
pparet ratio, cur noluerit Apostolus verba pro-
hetica ad finem propositionis et periodi collo-
are. Quia vero non vnum aliquod oraculum
κτὰ ῥητὸν producit, sed plura coniungit, respi-
iens sine dubio ad *Ies.* VI. 9. XXIX. 10. et *Deut.*
XIX. 3. manifestum est, verba, *vsque ad hodier-*
um diem, ad allegata ex V. T. pertinere, vt et-
m S V R E N H V S I V s *in Libro* καταλλαγῆς
. 499. et H O M B E R G I V s *in Parergis S.* exi-
imant. Igitur parenthesis in aliis editionibus et
erfionibus recte omittitur.

Rom. XVI, 26. optime cohaeret cum v. 35.
: ad declarationem voc. μυστηρίε pertinet, ideo-
ue notis parentheseos non potest disiungi.

2 *Cor.* I, 20. (ὅσαι γὰρ — τὸ ἀμὴν) Hanc
irenthesin commendat W O L L I V s p. 76. Dubi-
t etiam B E Z A, an τῷ Θεῷ commode possit
im superioribus connecti, praesertim cum in
nnibus codicibus Graecis distinctionem additam

Q 2   post

poſt ἀμὴν reperiat. Sed rationes
WOLLII hoc non efficiunt, ı
impedit, quin verba vltima ho
gloriam per nos, cum proximo n
poſſint; quod a plerisque factum
. 2 Cor. IX, 13. *Vid.* §. 26. ad
. *Gal.* III, 15. *ſecundum hominen*
. *Eph*, II, 1. quo conceptus in
tinetur ſine Verbo Finito, variis
poſitionibus laborat. CASTE
tando aliis exemplo, paucis rei
vertens: *Vos quidem mortui fuiꝗ*
catis. INTERPRES SYRVS ὑμ
tiuo, et ad ἔδωκε v. 22. *C.* I. retu
ἐκκλησία. Nonnulli Verbum ex
VVLG. *Et vos conuiuificauit*— VER
Et vos viuificauit— BEZA: *Et vos*
ita BELGICA et ER. SCHMIDI
Chriſto. Repeti quidem poteſt
bro priori, ſed non facile ex poſ
NYMVS autem, referente *Er*
ad h. l. membra ſimul ita transpoſt
(nam γὰρ, quod pro δὲ legit, toll
τοῖς παραπτώμασι, inter. v. 1.
Deinde alii, qui non ſupplent Ver
v. 1. cum v. 5. vt v. 2. 3. 4. ſint
I. C. SCHWARZIVS, G. L.
I. C. WOLFIVS. Sed quia,
eſt, v. 4. ſententia incipit, ſec
non poteſt hic ad ſuperiora reſ
rio cum v. 5. iungendus eſt.
MONDVS, ideoque v. 2. et 3.

quae vero etiam falfa eft, quia inter v. 1. et 4. 5.
nullus conftructionis nexus intercedit. Igitur alii,
qui v. 4. cum v. 5. coniungendum effe recte exiftimarunt, Verbum Finitum ad v. 1. iu Cap. I.
quaefiuerunt. KNATCHBVLL et poft eum alii,
vt w. WALL *in Critical Notes* p. 285. referunt
ad Cap. I. v. 19. — ἡμᾶς τὸς πιϛεύοντας, ita vt,
quae fequuntur, κατὰ τὴν ἐνέργειαν — vsque ad
finem *Cap.* I. fint parenthefis, quam WOLFIVS
in Curis p. 33. quia v. 1. non eft εἰς ὑμᾶς merito reiecit. Praefertim verba vltima v. 19. funt
conceptus, qui propofitionis partem priorem determinat, ficut ipfe v. 20-23. determinatur, et cum
his vnum conceptum compofitum exhibet,
ideoque non parenthefis, fed μεταξυλογίᾳ eft fta-
ftuenda. Commemorat WOLFIVS l. c. alios,
qui parenthefin a verbis, κỳ ἐκάθισεν inchoant,
eamque vsque ad finem Capitis producunt. Sed
et hoc, inquit, durius merito videbitur illi,
qui integram orationis Paulinae feriem curatius in-
fpexerit. Denique vt, quid mihi verum videatur,
paucis addam, HOMBERG. v. 1. cum C. I. v. 22. cohaerere dicit, quem immerito OEDERVS *in*
Syntagmate Obferuat. facr. p. 666. reprehendit.
Nam propterea non ftatuitur parenthefis verborum, κỳ αὐτὸν ἔδωκε — πληρωμένε, fed potius
ὑπέταξε ad v. 1. repetendum eft: *et vos fubiecit*
illius pedibus, qui eratis mortui — Capitum autem
diftinctio recepta huic opinioni non eft obiicienda.

    Phil. I, 4. notatur vt parenthefis in VERS.
LVTH. ITAL. BELG. vt v. 3. et 5. vna propofitione coniungantur. At quia εὐχαριϛῶ iam

suum

ſuum obiectum habet, et obiectum v. 5. verbis τὴ δέησιν ποιύμενος, coll. v. 6. aptius congruere vide tur, non ſine ratione v. 4. et 5. in V E R S. V V L G CASTELL. BEZAE, ER. SCHMIDII, HISP et ANGL. coniunguntur. HOMBERGIVM autem merito WOLFIVS reprehendit, qui par tem priorem v. 4. vsque ad ὑμῶν ad v. 3. et par tem alteram ad v. 5. voluit referri.

I *Tim.* III, 5, vt parentheſis venit in media pro poſitione ſecundum V E R S. V V L G. L V T H BEZAE, ER. SCHMIDII, ANGL. et BELG Sed quia verba illa periodum completam exhi bent, eorum parentheſis in media, propoſition non videtur eſſe ſtatuenda. Ideoque rect opinor, εἶναι ad initium v. 6. ſuppletur, vt i V E R S. S Y R. CASTELL. et I T A L. vt ſi propoſitio, vbi ſi initium eſt periodi plane no opus eſt parentheſi.

Hebr. VII, I. Οὗτος γὰρ et v. 3. μένει ἱερεὺς- vna propoſitione coniungit N. KNATCHBVL ad h. l. vt verba, quae interiacent, ſint parer theſis, quam ſolidis rationibus refellit W O L L I V p. 113-116. Parentheſis autem, quam ipſe p. 11(admitti poſſe cenſet v. 2. et 3. vsque ad τῦ Θ pertinet ſicut illa, quae v. 1. dicuntur, ad deſcr ptionem ſubiecti ſ. perſonae Melchiſedeci, et e reuera nuda μεταξυλογία, nec oportet eam not indicari. H O M B E R G I V S omnia illa, quae v. 2. 3. ſcripta ſunt, refert vt ſubiectum ad v. 4. ſe alii rectius cum μένει conſtruunt.

Hebr. X, 29. δοκεῖτε non eſt parentheſis; ſed pe tinet ad integritatem phraſeos, quamuis Verbu Finitum pro Infinitiuo ſequatur. *Hebi*

Hebr. XIII, 20. *qui eduxit — Dominum no-*
ftrum Iefum.

1 *Petr.* I, 7. (*quod perit, per ignem vero pro-*
batur.)

2 *Petr.* I, 19. (ὡς λύχνος — ἀνατείλη) Hanc
parenthefin ftatuit c. WOLLIVS p. 49-61 vbi
locum illum vberius exponit, et ἐν ταῖς καρδίαις
ὑμῶν cum προσέχοντες coniungi debere contendit. Sed ego I. C. WOLFIO aliisque affentior,
qui cum ἀνατείλη conftruunt.

§. 38.

Exempla hactenus in medium prolata docent,
in media propofitione parenthefin vnius vel plurium propofitionum, quae conftructae funt, collocari folere. Iam de eo adhuc difpiciendum eft,
an etiam conceptus in media propofitione pro pa-
renthefi poffit haberi, quod multis ita vifum eft,
mihi vero non concedendum effe videtur. Nam
conceptus in media propofitione vel eft terminus
alter conceptus compofiti, vel cum aliis conceptibus ad conceptum aliquem determinandum, plerumque Verbum Finitum, feparatim refertur, et
manifeftum eft, neque hac neque illa conditione
membrum A arctiori nexu cum B, quam P cum
altero horum effe coniunctum. Dixerit aliquis,
faltem Vocatiuum, quando in propofitione media
occurrit, pro conceptu parenthetico effe agnofcen-
dum. Sed quemadmodum Vocatiuus, quando
in principio aut fine propofitionis extat, ab ea fe-
parari non poteft, quia fic membra heterogenea
forent, fed merito conceptus dicitur, qui ad pro-

pofi-

positionem pertinet, et plerumque Verbum aut
Pronomen suffixum secundae personae determinat,
quia personam designat, ad quam oratio directa
est: Ita etiam cum Vocatiuus facta transpositione
medium in propositione locum occupat, idem eius
est respectus, et vt alius ille propositionis conceptus
tractatur v. g. *Exod.* XV. 17; et *Ief.* XLVI. 8.
Ita non alius quisquam conceptus in media propositione occurrit, qui iure ac merito pro parenthesi haberi debeat, quamuis eiusmodi parentheses
nonnulli quibusdam in locis admittant.   Talia
exempla, quae in promtu sunt, promiscue recen-
febo, vbi ex additis rationibus manifestum erit,
parentheses, quae venditantur, esse reuera in principio aut fine propositionis, adeoque sic dici non
posse, quia membra B P A forent heterogenea;
vel ad proximum conceptum determinandum
spectare, vel denique cum aliis conceptibus separatim ad conceptum aliquem determinandum
in propositione esse referendas. Sic   אׁׁ ׁ

Gen. I, 16. alterum hemist vsque ad הֵםַ כֵּכָבִים אֵת
in v R R S. ɪ T ʀ ʟ. fignis parenthefeos includitur, quae parenthesis ex Canone II. §. 15. refellitur, neque etiam A magis cum B quam cum P
cohaeret.   Nam in altero illo hemist, conceptus
vnus continetur hoc sensu: *luminare maius in dominium diei, et luminare minus in dominium no-
ctis vna cum stellis.*   ׁ ׁ ׁ

Gen. II, 19. (scil. *animae viuenti*) c. w c ɪ x.
p. 26. Conceptus est in fine propositionis. ׁ ׁ ׁ

Gen. XXIII, 17. *Vid.* §. 22.   ׁ ׁ ׁ ׁ ׁ ׁ
                                ׁ ׁ ׁ ׁ ׁ ׁ *Exod.*

Exod. VII, 11. (*magi Aegypti*) BOSTON
p. 195. Eſt potius alter terminorum Appoſitionis,
qui hic ſeparatim ad Verbum referuntur.

Exod. XIV, 9. in VERS. ANGL. hoc ſenſu
et ordine legitur: *Sed Aegyptii perſecuti ſunt eos
(omnes equi et currus Pharaonis, et eius equites et
eius exercitus,) et adſecuti ſunt eos caſtrametantes
ad mare, iuxta Pi-hahiroth ante Baal-Zephon.*
Parentheſis hic eſt *in fine propoſitionis*, at in
textu Hebraico eſt conceptus in media propoſi-
ſione, qui cum allis conceptibus diuerſis, etiam
cum conceptu vltimo in altero hemiſtichio ad
וישבו ſeparatim refertur.

Exod. XVIII, 2. (*poſtquam eam remiſerat*) in
VERS. BELG. In textu Hebraico non eſt propoſitio, ſed conceptus: poſt dimiſſionem eius,
adeoque nec parentheſis.

Exod. XXX, 14. (*a filio viginti annorum et ſupra*) DACHSELIVS ad h. l. et REINBECKIVS
p. 212. qui ſic ad verbum tranſtulerunt. Non
autem A, ſed P † A cum B. cohaeret.

Deut. XVII, 5. (*virum ſcil. aut foeminam*) c.
WOLLIVS p. 81. Eſt conceptus in fine propoſitionis.

Deut. XVIII, 8. (*praeter pretium rerum, quas
quisque eorum vendiderit*) TREM. ita IVN. et
PISC. at fine notis parentheſeos. Recte quidem
על-האבות cum יאכלו conſtruunt, ſed parentheſis temere ſtatuitur, ideoque non opus erat, vt
verba illa ad finem Paſuci in VERS. ITAL. tranſ-
ponerentur. Plerique illa verba cum על-האבות

Q 5
con-

coniungunt, quod accentus, fuadere videntur.
Sed vix commodum fenfum ita elicias, vt taceam
fuffixum in מסכרין fallo יאכלו f. Leuitam v. 6.
memoratum referri, cum potius ad חלק pertineat,
vt exiftimat GVSSETIVS in מכר lit. D. qui rem
vendibilem, vt pelles victimarum, intelligit. Cum
vero על־האבות לבד מסכריו et optime vt duo
conceptus diuerfi ad יאכלו referantur, ideoque
in hoc Verbo Tbhir requireretur, emphafeos caufa pro eo Atnachus fcriptus eft, vt duo conceptus
diuerfi vno conceptu coniuncti fint, ficut Gef.
XIII. 13. et locis reliquis in §. 30. indicatis, in
verfione autem diverfi maneant, et commate ad tollendam ambiguitatem disiungi poffint hoc modo:
*Aequalem portionem comedant praeter id quod ren-
ditur de ea, fecundum familias.*

Iud. XXI, 7. (nempe fuperftitibus) FRAN-
KIVS §. 141. Eft alter terminorum Appofitio-
nis, qui hic feparatim ad Verbum referuntur.
Sic etiam

2 *Sam. VI, 2. (Nomen inquam, Iehouae exerci-
tuum infidentis Cherubinis)* FRANKIVS l. c.

1 *Sam. IV, 21.* alterum hemift. in VERS.
ANGL. at eft in fine propofitionis.

Ierem. X, 3. מעשה ידי־חרש vt parenthefis in
VERS. PISC. ANGL. et BELG. notatur, vt
במעצד cum כרתו conftruatur. Sed verba illa
poft Sakephum vno conceptu coniungi poffunt et
debent: *opus manuum fabri per afciam, vt* PAGN.
et HISP. — *cum afcia:* TREM. — *ad normam:*
CASTELLIO, *fabrilium manuum arte dolata.* Non

autem opus eſt ad illa Verbum ſuppleti, quod in
VERS. LVTH. TIGVR. ITAL. GALL.
SCHMIDII et CLERICI faɕum eſt.   Ceterum ſuffixum in כרתו plerique negligunt: recɕe
autem PAGN. et BELG. *nam lignum eſt, quod
de ſilua praecidit* —

Ier. XXX, 16. כָּלָם, FRANKIVS §. 141,
Eſt alter terminus conceptus compoſiti.

Habac. II, 13. FRANKIVS l. c. putat הֵפָּה
eſſe parentheſin.   Non autem dici poteſt הֲלוֹא
magis quam הִנֵּה cum conceptu poſteriori cohaerere, ſed potius vtraque particula eodem reſpeɕu
ad illum pertinet, ideoque prior maiorem accentum quam altera requirebat.   Sed ad tonum in
הִנֵּה deſignandum accentibus copulantur.

Nebem. VIII, 8. *et legerunt in libro (in lege Dei)
explicato.*   Quamuis מְפֹרָשׁ Adieɕiuo accuratius,
quam Aduerbio, quod faɕum eſt a plerisque,
exponatur, et ad Subſtantiuum סֵפֶר pertineat,
quod etiam accentus oſtendunt, non tamen opus
eſt notis parentheſeos, vt habet BOSTON
p. 196. ſed ſufficit verba, in lege Dei, duobus
commatibus diſtingui.

2 *Par.* XXVIII, 10. *Annon ſaltem (o vos) va-
bis eſt deliɕum coram* — Ita FRANKIVS §.
141. et 326. quae parentheſis etiam Canoni I. §. 14.
repugnat.   Eſt potius Hebraiſmus, cuius ſupra
§. 32. ad *Num.* III. 41. rationem explicui, vt
verba illa ita exponi poſſint: *Annon ſane apud vos
ipſos eſt culpa maxima coram* —

Par.

2 *Par.* XXXII, 26. (*both he and the inhabitants of Ierufalem*) in VERS ANGELCA. falfo, in fine propofitionis.

2 *Par.* XXXIII, 7. (*the idole which he had made*) in VERS. ANGL. Sed Nomina פֶּסֶל et סֶמֶל non erant diuellenda.

Iob. XXI, 4. FRANKIVS §. 141, מֻדּוּעַ ad fenfum per fe non requiri, fed addi vt parenthefin opinatur, et verba ita transfert: *et an* (*vel quare*) *non abbreuiaretur fpiritus meus?* Taceo falfas et contortas expofitiones, quae ab interpretibus plerisque effictae funt, quod non intelligerent, אִם effe hic vt alibi pro ה interrogandi particula repetenda, vbi fenfus eft facillimus, quem expreffierunt VERS. GRAECA: ἢ διὰ τί ȣ θυμωθήσομαι, et VERS. TIGVR. *aut quare non affectus animi mei promerem?*

Iob. XXXIII, 23. (*un d' entre mille*) in VERS. GALLICA.

*   *

*

Matth. V, 32. (παρεκτὸς λόγȣ πορνείας) c. WOLLIVS p. 96. et CASTELLIO. At eft in fine propofitionis.

Marc. VII, 2. (τȣτ' ἔςιν ἀνίπτοις) Falfo, quia P ad conceptum priorem determinandum fpectat. Idem monendum ad phrafes fimiles *Rom.* VII. 18. I *Petr.* III, 20. ——

Luc. III, 19. (ϗ περὶ πάντων —— ὁ Ἡρώδης) Hanc parenthefin fingit N. KNATCHBVLL *in Animadu.* ad h. l. referens ad v. 20. Sed merito reii-

reiicitur a C. WOLLIO p. 134. feq. quia manifeftum fit, hunc conceptum ob περὶ repetitum
et eodem fenfu accipiendum non minus ad ἐλεγ-
χόμενος fpectare. Neque etiam ad initium propofitionis parenthefis conceptus locum habet.

Iob. XIV, 22. (non ille Ifcariotes.)

Iob. XV, 26. (τὸ πνεῦμα τῆς - ἐκπορεύεται) Eft
in fine propofitionis, fimulque in Appofitione cum
Nomine παράκλητος.

Actor. IX, 17. (Iefus, qui apparuit tibi in via,
qua veniebas.)

Act. XIII, 9. (qui et Paulus)

Act. XVIII, 18. (et cum eo Prifcilla et Aquila)

Coloff. II, 2. καὶ πατρὸς καὶ τῦ χριστῦ, C. WOL-
LIVS p. 48. qui quidem dicit, ὡς ἐν παρενθέσει
effe. Sed fpectat hic conceptus proxime ad Θεῦ,
et eft in fine propof.

Coloff. III, 12. (tanquam electi Dei fancti et di-
lecti)

1 Theff. II, 11. (ficut pater liberos fuos) Haec
verba non funt parenthefis, fed habenda pro conceptu compofito, qui ficut ὑμᾶς ad Verba v, 12.
determinanda fpectat. Ceterum vt Participia locum habere poffit, IO. ERIC. OSTERMAN-
NVS in Pofitionibus Philol. Difp. III. 9. 8. poft
ER. SCHMIDIVM V. 11. fupplet ἠγαπήσα-
μεν, ficut ERASMVS ROTEROD. eodem
ferre fenfu reddiderat, vt erga — fuerimus affecti. Sed BEZA et PISCATOR ad Participia fupplent ἦμεν, vt Verbo Finito exponantur,
quod factum eft in verfionibus aliis. Iidem ὑμᾶς
re-

redundare dicunt ex Hebraifmo, quod etiam in
verfionibus vulgo negligitur. Ego vero exiftimo, Participia ad ἐγενήθημεν v. 10. referenda
effe, ita vt verba, καθάπερ οἴδατε, fint parenthefis, et ὡς prius atque pofterius eodem fenfu
accipiatur, haec item omnia vna periodo ita cohaereant: *Vos teftes eftis, et Deus, quam fan-
fte — vobiscum — verfati fuerimus, (ficut no-
ftis,) veluti vnumquemque veftrum figillatim, veluti pater fuos liberos, vos admonentes —* Ita
ὑμᾶς non redundat, atque etiam Participiorum
conftructio falua eft.

1 *Theff.* II, 18. (ἐγὼ μὲν Παῦλος)

Tit. III, 7. (κατ' ἐλπίδα) K N A T C H B V L L
et C. W O L L I V S p. 62. Duo commata suffi-
ciunt ad fenfum ambiguum determinandum.

Hebr. VI, 2. (*baptifmorum doftrinae et manuum impofitionis*) Hanc parenthefin, quae in
quibusdam editionibus notatur, inprimis ftatuit
G E B H. T H E O D. M E I E R V S *in libro de tribus
nouellorum nafcentis ecclefiae initiamentis,* ita verba reddens: *baptifmis, doftrina et manuum im-
pofitione,* quam hypothefin I. C. W O L F I V S in
Curis ad h. l. folidis rationibus infirmauit.

1 *Petr.* III, 21. (ὃ σαρκὸς — εἰς Θεόν) Parenthefis abfit, et modo comma poft Θεόν fcri-
batur.

1 *Ioh.* II, 16. (*veluti concupifcentia carnis, et
concupifcentia oculorum et faftus vitae.*)

Apoc. XIII, 8. C. W O L L I V S p. 62. cum aliis
refte verba ἀπὸ καταβολῆς κόσμυ potius ad γέ-
γραπται

γραπται quam ad ἐσΦραγμένε retulit; illud vero
non eſt parentheſis, ſed Adiectiuum ad ἀρνἰε, vnde,
ſufficit comma non poſt ἀρνἰε ſed poſt ἐσΦραγμένε ſcriptum.

§. 39.

Supereſt, vt de parentheſi in medio conceptu
compoſito adhuc paucis exponam, quae quidem
naturae orationis conſtructae et legibus diſtinctionis non repugnat, exempla tamen, quae huiusmodi eſſe putantur, accuratius examinanda et ad
Canones in §. 14-16. ſcriptos exigenda ſunt. Sic

Exod. XXXVI, 38. T R E M. et I V N. hanc notant parentheſin: (*obduxit tamen earum epiſtylia
horumque Zonas auro*) vt verba priora et poſteriora
huius Paſuci conceptum compoſitum efficiant, qui
cum ויעש v. 37. conſtruatur. Sed rectius alii ad
priora עשה repetunt, et ad poſteriora Verbum
Finitum ſupplent, vt fiant tres propoſitiones.

Iud. V, 18. citat F R A N K I V S. §. 141. ſuppo-
nens Sakeph magnum in זבלון, ſicut codices plerique habent, vt verba: *populus qui deuouit ſe ipſum
ad moriendum*, ſint parentheſis, propterea quod ad
voc. poſterius accentibus referantur, cum ad prius
pertineant. Praeſtat autem Rbhia, quem alii Codices oſtendunt, vbi verba illa ſunt alter terminus
Appoſitionis ad זבלון.

2 *Reg.* X, 33. (*quae eſt iuxta torrentem Arnon*)
in V E R S. P A G N I N I. Haec propoſ. non eſt
parentheſis, ſed ſtat pro conceptu, quo voc.
מערער determinatur.

Zach.

Zach. I, 7. (is est mensis Schebat) est quidem parenthesis, ad solum חדש spectans, in medio conceptu composito, quia constructio terminorum eius ita dirimitur, sed non opus erat eam in VERS. PAGN. et BELG. notis designari. Sed Esth. III. 7. is est mensis Nisan, et Esth. IX. 1. is est mensis Adar, quae loca citat ALPHENIVS p. 74. non est statuenda parenthesis secundum versiones nonnullas, cum sit potius terminus alter conceptus compositi. Ita Esrae X. 23. is est Kelita.

1 Par. IV, 11-20. Vid. §. 15.

* *

*

Rom. I, 2. in multis editionibus et quibusdam versionibus, vt ITAL. ANGL. BELG. notis parentheseos includitur, quasi verba, περὶ τȣ̂ ὑιȣ̂ αὐτȣ̂ cum verbis εἰς ἐυαγγέλιον Θἐȣ vno concepru iungenda sint. Rectius autem alii verba illa cum προεπηγγείλατο construunt vt LVD. DE DIEU in Critica S. qui VERS. ARABICAM ὁμόψηφον cit. Deinde parenthesis alia v. 3. 4. a multis notatur: qui genitus est — ex resurrectione e mortuis, quae duobus terminis Appositionis interiacet. Euitatur quidem parenthesis, in VERS. ITAL. et ANGL. verbis vltimis v. 4. ad initium v. 3. translatis. Nec desunt, qui Ἰησȣ̂ χρισȣ̂ violento modo cum ὁρισθέντος construunt. Ego vero, quamvis verba illa vltima cum primis v. 3. vno concepru iungenda sint, tamen ea, quae notis parentheseos distinguuntur non minori nexu cum iisdem cohae-

cohaerere, ideoque per §. 16. num. IV. parenthesin nullam esse existimo.   Ita .

Gal. I, 1. (ἐκ ἀπ' ἀνθρώπων — ἐκ νεκρῶν). non
est parenthesis, sed μεταξυλογία, quae ad conceptum priorem determinandum pertinet.

Ephes. II, 1-5. et I, 20-23. *Vid.* §. 37.

1 *Thess.* II, 13. καθώς ἐστιν ἀληθῶς, est parenthesis in medio conceptu, sed eam commatibus distingui sufficit.

1 *Tim.* II, 10. inter ἀλλ' et δι' ἔργων ἀγαθῶν
parenthesis statuitur in editionibus nonnullis et
VERS. PAGN. ANGL. BELG. item a BEZA,
HOMBERGIO et C. WOLLIO p. 78. quae etiam supponitur in VERS. SYR. et HISP. vbi
verba vltima v. 10. in illius principio collocantur.
Sed quia non est ἐν ἔργοις, rectius alii, vt VERS.
LVTH. VVLG. ITAL. et N. KNATCHBVLL haec ad
ἐπαγγελλομένης referunt. Hoc ipsum Verbum
autem non significat *promittere*, vt reddunt IN-
TERPRES SYRVS, VVLG. et BEZA, sed
profiteri, quod HOMBERGIVS *in Parergis S.*
probat. Ceterum qui parenthesin agnoscunt, ὁ
πρέπει exponunt, *quod decet*: sed KNATCH-
BVLLVS et alii ita ac si scriptum sit καθ' ὃ,
quemadmodum decet. Et frustra contradicit IO.
ALBERTI *in Observat.* p. 394. qui mauult suppleri
ποιεῖν, postliminio parenthesin reuocans. Sed
KNATCHBVLLI expositio omnino praeferen-
da est aliis, si consideretur v. 10. cum verbis

κοσμεῖν ἑαυτὰς in v. 9. conſtruendum, et μὴ non
ante ſed poſt κοσμεῖν ſcriptum eſſe.

Tit. I, 2. 3. (ἣν ἐπηγγείλατο — καιροῖς ἰδίοις)
Ita N. KNATCHBVLL in Animadu. ad h. l.
qui τὸν λόγον αὐτῆ putat eſſe appoſitiuum τῷ
κατὰ πίςιν ἐκκλησιῶν Θεῦ, ſed merito haec parenthefis a c. WOLLIO p. 137. feq. reiicitur.

§. 40.

Commentatione hac, quam ſuſceperam, abſo-
luta, duo adhuc momenta de parenthefium vtili-
tate adnotare placet   Nam I.) dubium non eſt,
quin elegantiam orationi et dignitatem parentheſes
concilient, quia Auctores antiqui Graeci et La-
tini elegantiſſimi iis ſubinde vtuntur, et maxime
eas amant, quae propoſitionibus et conceptibus
inſeruntur, cum ordine naturali iis ſubiungi po-
tuiſſent. Conf. hic VOSSII Oratoriarum Inſti-
tutionum L. V. C. V. Sect. V. p. 334. et WOL-
LII Commentatio de Parenthefi Sect. I. §. XI.
p. 19-22.

H.) Parentheſes orationis perſpicuitati non of-
ficiunt, ſi modum non excedant.   Contra ea
ſigna parentheſeos cum iudicio adhibita per-
ſpicuitatem orationis mirum in modum adiuuant,
eum iis omiſſis ſaepius obſcura et nonnullis deprauationis ſuſpecta ſit viſa. Vid. 10. CLERI-
CI Ars Critica Part. III. Sect. I. C. XI. §. 9. ſqq.
HENR. STEPHANI Schediaſmata varia Lib.
II.

II. *Sched.* XXVI. vbi locus Ciceronis in Epiſtolis ad Familiares Lib. I. Ep. 9. ope parentheſeos à deprauationis vel ſoloeciſmi ſuſpicione ita libeꟾ ratur: *Qua in cauſa (non modo non negabo, ſed etiam ſemper et meminero et pradicabo libenter) vſus es quibusdam nobiliſſimis hominibus* — Sic THEON SOPHISTA *in Progymnaſmatibus Cap.* IV. non prorſus Hyperbatorum genus (ad quod ſpectant etiam parentheſes) improbat, cum variâ his et minime vulgaris dictio reddatur, crebris tamen et longioribus, cuiusmodi ſunt THVCYᷠ DIDIS, abſtinere conſultum ducit. Idem eſt iudicium DIONYSII HALICARNASSEI in *Libro de iis quae Thucydidi propria ſunt,* §. XV. vbi duo exempla e prooemio petita conſiderandâ exhibet, quae CLERICVS l. c. §. 4. 5. producit. Ita cauendum eſt, ne, ſi membra periodi parentheſi disiunguntur, obſcura fiat oratio, vt praecipit ARISTOTELES *in Arte Rhetorica Lib.* III. C. V. in principio, δεῖ δὲ, inquiens, ἕως μέμνηται, ἀνταποδιδόναι ἀλλήλοις, καὶ μήτε μακρὰν ἀπαντᾶν, μήτε σύνδεσμον πρὸ συνδέσμᵘ ἀποδιδόναι τῷ ἀναγκαίᵘ᾿ ὀλιγαχῦ γὰρ ἁρμότᾳ τει. Addit exemplum: ἐγὼ δὲ, ἐπεί μοι εἰπεῖν᾿ ἦλθέ τε γὰρ κλέων καὶ δεόμενός τε καὶ ἀξιῶν᾿ ἐπορευόμην παραλαβὼν αὐτὸς, dicitque, ſi verbis conſtructis, vt hic ἐγὼ δὲ et ἐπορευόμην; multæ interponantur conſtructiones, orationem fieri obſcuram.

§. 41.

Eandem ob caufam, quia fic oratio admodum obfura et difficilis redditur, parenthefin alteram alteri infertam non admittendam effe exiftimo. IO. CLERICVS in exemplo priori ex Thucydide talem parenthefin fingit, · vt maiori minor comprehendatur, atque hoc Dyonyfii auctoritate fe feciffe dicit, qui parenthefin maiorem agnofcat, cum infertam minorem nemo repudiet. Sed *Dionyfius* παρεμβολὴν latiori fenfu dixit, quam Clericus parenthefin. Nam haec παρεμβολὴ, qua conftructio non abrumpitur, fed potius Participiis cumulatis et copula και expreffa continuatur, parentheleos fignis includi non debebat, vnde maiori parenthefi repudiata, fola minor locum fuum tuebitur. Rurfus CLERICVS §. XI. *apud Ciceronem in Tufculan. Quaeft.* Lib. II. C. I. parenthefin minorem maiori infertam fingit, cum verba: *qui iam conticuerunt paene ab ipfo foro irrifi* non neceffario ad illa, — *et copiam dicerent,* fint referenda, fed omnino proximis, *vnde erat — ignarum,* cohaereant. Imo etiam parenthefi maiori non opus effe arbitror. Nam fi, expuncto *fed,* ita legas: *et fi reperiebantur nonnulli —* tum habes alterum Protafeos membrum, quod vsque ad verba: *quid futurum putamus —* continuatur. Addo locum *ex Ciceronis Oratione pro P. Quinctio, Cap. XI. qui, quia, quod debitum nunquam eft, id datum non eft, non pecuniam modo, verum etiam hominis propinqui fanguinem vitamque eripere*

pere conatur. Hic verba, *quod debitum nunquam eft,* non funt parenthefis, fed rationem
conceptus habent et fubiecti propofitionis pofterioris. Occurrunt etiam exempla in libris facris
parenthefeos intra parenthefin examini fubiicien-
da. Sic

Deut. III, 19. in VERS. TREMELLII duplex parenthefis ita notata eft: (*Sed foeminae ve-
ftrae, paruulique veftri et pecora veftra (noui pecora multa effe vobis*) *manento in ciuitatibns ve-
ftris, quas dedi vobis.*) Parenthefis autem maior in §. 22. merito reiecta eft.

Deut. XI. 2-7. STARKIVS *in Notis felectis*
ad h. l. *Vid.* §. 28. ad *Deut.* XI. 2.

Iof. III, 14. 15. BOSTON p. 195. fic inter-
pungi iubet: *Fuitque cum proficifceretur populus — 'Dum peruenerunt portantes — (eft autem
Iarden plenus, fuperans omnes ripas fuas omnibus diebus meffis.*) Hic quidem, quod mirum,
parenthefis minor non in media maiori, fed ad
eius finem collocata cernitur. Parenthefis autem
maior ex §. 15. reiicienda eft.

Rom. I, 2-6. parenthefin maiorem ftatuit
CLERICVS l. c. §. VII. cui minorem verborum,
τῦ γενομένυ — ἐξ ἀναςάσεως νεκρῶν, infertam effe
putat, quocum faciunt C. WOLLIVS p. 63. 64.
et I. F. GRVNERVS *in Mifcellaneis S. Fafc.*
I. p. 37. Sed parenthefi maiori non opus effe
arbitror, quia propofitio Relatiua cum membris

vsque

vsque ad finem v. 6. adiunctis, tanquam παρεμ, βολη optime adhaeret conceptui priori in v. 1. et deinde v. 1-6. respiciunt vt subiectum ad prius membrum v. 7. vt propositio completa existat. De parenthesibus autem minoribus, quae hic notari solent, in §. 37. et 39. dictum est.

Ephes. III, 2-3. et simul v. 4. cum altero hemistichio v. 3. parentheseos notis includuntur in VERS. PISCATORIS, a C. WOLLIO et aliis. *Vid.* §. 6. et 26.

S. D. G.

CONSPECTVS COMMENTATIONIS:

R 4   Ita

Ita agitur de parenthefibus

Index locorum Vet. et Noui Teſtamenti,
ad quae nonnihil adnotatum eſt.

Exod.

Ier.

2 *Paral.*

Mattb.

Errata typorum sic emendanda.

P. 4. lin. 8. coniungi, l. 18. עת, p. 5. l. 1. 2. אך לי ביהוה
p. 15. l. 1. confirmandam, p. 21. l. 20. ומפרי. p. 24.
l. 19. ובחן, l. 22. אשר, p. 25. l. 24. — in, p. 29. l. 15. contrarium, p. 32. l. 17. diuersae, l. 27. יושב, p. 45. l. 20.
בגפו, p. 46. l. 4. נגפו, l. 8. f. loco, p 47. l. 22. addunt,
p. 50. l. 1. מצרים, p. 52. l. 23. Iehoram, p. 53. l. 12. poft
exhibentur scrib. punctum, p. 54. l. 11. XLIX. 8. p. 61.
l. 5. del. comma, l. 14. nam, l. 22. quoque, p. 63. l. 1.
וישכחו, p. 65. l. 21. quam ante, p. 67. l. 3. propofitione,
p. 68. l. 29. et, p. 70. l. 21. poterant, p. 71. l. 5. inuitis,
p. 76. l. 24. ויאמר, l. 26. At, p. 80. l. 30. Bibliis, p. 85.
l. 26. III. 3. p. 89. l. vlt. quia, p. 94. l. 30. VII. 2. p. 97.
l. 3. v. 10. l. 23. 2·9. p. 103. l. 2. λγε l. 27. δεκόντων,
p. 107. l. 18. Pareus, p. 109. l. 6. A. f. p. 110. l. 13.
Iof. VIII. 6. p. 114. l. 20. כל־רעתך, l. 31. vbi prioris
propofitio cum propofitione altera — p. 116. l. 30. אמרתי.
p. 120. l. 11. supererat, p. 121. l. 13. והוא, p. 123. l. 22.
והנה, p 124. l. 26. להרף, p. 125. l. 12. vna, l. vlt. notatur, p. 128. l. 4. alii, p. 131. l. 22. והכה, p. 132. l. 14.
fiquidem, p. 137. l. 10. הַיּוֹשֶׁבֶת, p. 138. l. 10. וימצאו,
l. 22. fic, p. 143. l. 17. quin, p. 144. l. 11. copulae, p. 146.
l. 9. malum, p. 148. l. 6. ad, p. 151. l. 14. מַאֲכָל. p. 158.
l. 5. poft XVII. 3. add. fed in, p. 161. l. 29. ѷ, p. 166. l. 6.
poft Verbum add. cum. l. 23. ἄν, p. 169. l. 6. Eatenus, p.
170. l. 2. Sic, p. 172. l. 13. puesques, p. 173. l. 29. occurrunt, p. 174. l. 4. probant, 175. l. 23. λοιπόν, p. 176. l. 28. ἄχρι,
p. 179. l. 29. del. vt, p. 182. l. 17. ἡλαττωμένων, l. 22. poft
B add. fpectat, p. 183. l. 26. immifcetur, p. 190. l. 11.
חֲמָל, p. 192. l. 19. adpetentia, p. 194. l. 23. XXXI. 12.
l. vlt. VI. 4. p. 195. l. 23. XLII. 13. p. 198. l. 18. בער,
p. 201. l. 29. anquirunt, p. 202. l. 15. del. comma, p. 204.
l. 24. מזבח p. 208. l. 19. poft Iehoua del. comma, p. 209. l. 2.
אלחי p. 211. l. penult. CXIX. 8. l. vlt. Michlal, 214. l. 17.
עלה, p. 216. l. 29. vtroque, l. vlt. לבשח, p. 218. l. 6. f. qui,
p. 226. l. 29. nonus, p. 227. l. 4. nonus, l. 29. אֲבִי l p. penult.
numerantor, p. 233. l. 19. poft idem add. ac, p. 234. l. 10.
abutantur, p. 236. l. 1. confidebant, p. 237. l. 1. ἡ, p. 238. l. 10.
IV. 7. p. 240. l. 13. VII. 16. l. 26. μείναντις, p. 241. l. 2. repudiat, l. 20. verba, p. 242. l. 26. τὰν, p. 253. l. 24. poffint, p. 258.
l. 7. ἡ, l. 12. quin, p. 259. l. 7. THEON·Progymnafmatibus,
l. 23. ἀναγκέω, l. 25. ὕλης, l. 26. ἐποφευόμην, it. ante verhis, add. fi.